KB190962

우리들의 롤러코스터 1

클로에 윤 장편소설

우리들의
롤러코스터

1

한끼
Han kki

With peaks of joy and valleys of heartache,
life is a roller coaster ride that's both scary and
exciting at the same time - the rise and
fall of which defines our journey.

- SebastiAn -

인생은 기쁨의 절정과 상심의 절벽을 오가는
롤러코스터와 같다. 중요한 건, 두렵고도 흥미진진한
그 모든 여정이 결국 우리의 삶을 완성해준다는 사실이다.

- 세바스찬 -

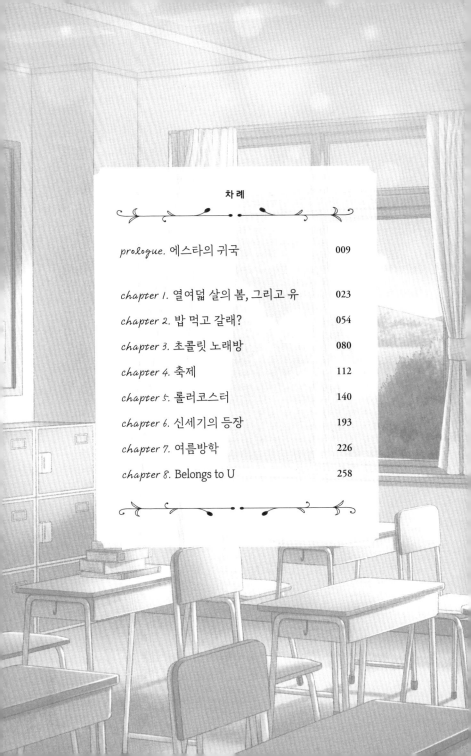

차 례

에스타의 귀국

1년 전 카메라 하나 메고 유럽으로 떠났던 에스타가 한국에 돌아오는 날이었다. 4월의 비가 나뭇가지에 막 돋아난 잎을 적셨고, 특별한 약속도 없이 잘 차려입은 박지오는 'CEO 전율'이라는 명패가 놓여 있는 책상에 걸터앉아 에스타의 SNS를 뒤적거렸다. 깨끗하게 정돈된 사무실에는 〈Last Summer〉가 흐르고 있었다. 청량한 피아노 소리는 빗소리와 섞였다. 또 봄이 왔다.

회사 직원인 마리가 대표실 문을 열고 들어왔다. 조막만 한 얼굴, 깔끔한 목선, 바짝 올라간 속눈썹에 명랑한 분위기를 가진 여자였다. "커피 드릴까요?"라고 묻는 그녀의 공손하면서도 상냥한 질문에 홍차를 부탁한 박지오와 달리 전율은, 여기는 카페가 아니고, 마리 님은 그래픽 디자이너이며, 커피를 마시고 싶으면 알아서 배

달을 시키겠다는 말로 거절했다.

　그녀의 의도가 훤한데도 조금의 관심조차 보이지 않는 전율이 안타까워서 박지오는 고개를 저었다. 전율은 여전히 8년 전 과거에 머물러 있었다. 갓 열여덟 살이 되었을 무렵 '그들'은 사랑에 빠져 있었고, 격렬한 폭풍 속에서 방황했다. 8년이 지나 버린 지금도 전율은 생에 가장 푸르렀던 봄을 어제의 일처럼 떠올릴 수 있었다.

　세 남자는 같은 시간 같은 장소에서, 잠에 빠진 한 여자를 바라본 적이 있다. 밋밋한 그녀의 얼굴을 들여다보는 그들의 눈동자는 똑같이 일렁였다. 그날의 눈부심 속에는 신비로운 힘이 깃들어 있어서 한 여자를 향한 그들의 어설픈 사랑까지 완벽하게 만들었다.

　그들은 숨을 죽이고 하염없이 그녀를 바라보면서, 이것이 사랑이라면 자신들의 힘으로는 어쩔 수 없다는 것을 분명히 깨달았다. 잠든 그녀를 바라보던 찬란한 시간이 지나가고 세 사람의 눈이 허공에서 마주쳤을 때, 사랑에 압도된 소년들은 아무 말도 하지 못한 채 서로를 바라보았다.

　뭐라고 설명할 수 없는 그들의 표정은 친구의 여자를 사랑한다는 죄책감을 넘어, 사랑하게 되어 버린 걸 어쩌지 못하는 무력감을 넘어, 친구들에 대한 실망과 분노를—일찌감치—넘어, 그야말로 아주 편안한, 오히려 뻔뻔할 정도로 무심하고도 초탈한 경지에 이른 것처럼 보였다.

　끓어오르는 열정과 애틋한 순정, 누구에게도 허락하지 않았던 건강하고 아름다운 몸, 미완성된 영혼까지 모조리 바쳤던 그들의 첫사랑은 흙탕물 속에서도 더럽혀지지 않는 이상한 여자였다. 엉망으로 어질러진 소년들의 방 한구석에 제멋대로 자라난 여린 새싹은 어느 순간 그들의 방을 집어삼켰다.

전율은 가끔 생각했다. 그 시절 우리가 그녀를 조금만 덜 사랑했더라면 그녀는 다른 선택을 했을까? 그녀가 왜 그렇게 떠났는지는 아무도 모른다. 망망대해에 버려진 유리병같이 목적지를 잃고 떠도는 이 시간이 언제까지 계속될지 그것도 알 수 없었다. 한 뼘 열어 둔 창문 틈으로 봄 냄새가 밀려들었다.

그날 저녁 에스타는 전율의 오피스텔에 짐을 풀었다. 뚜렷한 이목구비와 순수한 소년 같은 이미지만 보면 곱게 자란 왕자님 같았지만, 스무 살이 된 이후 그는 한곳에 정착한 적이 없었다. 배낭 하나 짊어지고 떠나기를 밥 먹듯이 했는데, 영어로 인사밖에 하지 못하면서도 다양한 국적의 여자와 원 없이 즐기는 걸 보면 가성비 좋은 인생인 건 분명하다.

와인잔을 들고 소파 옆에 선 박지오가 에스타의 머리를 지적했다.

"금발 지겹지도 않냐? 너 그러다 탈모 생겨. 그리고 인마 정력을 너무 낭비하면 오래 못 살아. 1년 뒤에 눈 새파란 아가들이 FedEx 상자에 담겨서 택배로 오면 어쩌려고."

팔베개를 하고 소파에 누운 에스타는 그윽한 눈으로 박지오를 바라보며 물었다.

"넌? 아직도 만나는 사람 없어?"

"너야말로 한국에 다시는 안 올 것처럼 떠나더니, 그 많은 여자 다 버리고 어떻게 왔냐?"

"여기저기 다녀 봐도 역시 한국 여자가 제일 매력 있어. 입맛에 맞는 외국 음식을 몇 날 며칠 먹다가도 결국 한식을 찾게 되는 것과 비슷해."

수건으로 젖은 머리를 털면서 거실로 나온 전율은 테이블 위에 있던 얼음 잔 하나를 집어 들고 에스타에게 안부를 건넸다.

"거지꼴로 돌아올 줄 알았더니 의외로 멀쩡하게 왔네? 다음번엔 어느 나라로 가려고?"

"글쎄…. 지루해지면 다시 나가더라도 당분간은 한국에서 사진 공부 좀 할 생각이야. 넌 요즘 사업이 잘되고 있는 거야? 오피스텔 이 작년보다 두 배는 넓어진 것 같아."

박지오가 어깨를 으쓱하며 대답했다.

"요즘 TV에 전율이 만든 게임 광고도 나오잖아. 잘해야 프로게 이머쯤 될 줄 알았는데 게임 회사를 차리다니. 군대 있을 때 끼적거 렸던 허접한 게임이 이렇게까지 잘될 거라고는 상상도 하지 못했는 데 말이야. 운이 좋았지."

전율이 어이없다는 듯이 받아쳤다.

"운이 아니라 실력."

세 친구는 지난 1년 동안의 이야기를 두런두런 나누며 술잔을 기 울였다. 어느새 밤이 깊었고, 거실 창 너머로 도시의 야경이 내려다 보였다.

"소식은… 없고?"

불쑥 내뱉은 에스타의 말에 전율과 박지오의 동작이 멈추었다. 웃고 있던 얼굴은 표정을 잃었다. 그녀는 그런 존재였다. 문득 떠올리는 것만으로도 순간 사람을 마비시키는 존재. 그녀가 웃으면 세상이 밝아지고, 그녀가 울면 세상 모든 것이 슬퍼지는 기적을 세 남자가 동시에 경험하면서 사랑의 실체를 믿을 수도, 믿지 않을 수도 없게 만들었다.

그녀가 떠난 건 7년 전이었다. 그들의 시계는 7년 전 그날 멈추었고, 전율의 목에 걸린 자물쇠는 열쇠를 잃어버렸다.

다음 날 에스타는 고향에 다녀오겠다며 집을 나섰다. 출근하는 전율의 차에 올라탄 박지오는 창밖 풍경을 흘려보내다가 물었다.

"솔직히 말해 봐. 마리가 면접 보러 왔을 때 깜짝 놀랐지? 닮아서."

박지오는 처음 마리를 마주했을 때 유와 닮은 모습에 매우 놀랐다. 그러나 전율의 표정에는 아무런 변화가 없었다.

"내가 마리 한번 만나 볼까? 얼굴 외에도 닮은 점이 있을지 모르잖아."

박지오의 말에 전율은 무심히 대답했다.

"남의 직원 유혹하러 회사 오는 거면 가. 업무 방해돼."

박지오는 오늘도 "커피 드릴까요?" 하고 물어 오는 마리를 뚫어지게 쳐다보았다. 묘하게 유와 닮은 외모가 호기심을 자극했다. 객관적으로 보자면 미인이었다. 유보다 센스 있고, 성격도 좋고, 스타일도 좋았다. 마리가 문을 닫고 나가자마자 박지오는 흥분한 목소리로 떠들어 댔다.

"아무리 봐도 닮았어. 너 진짜 아니야? 유 닮아서 뽑은 거?"

전율이 전혀 아니라며 고개를 젓자 박지오는 풀 죽은 얼굴로 중얼거렸다.

"하긴…. 아마 걘 우리 같은 머저리들 깨끗하게 다 잊고 살 거야. 죽었을지도 모르고."

며칠 후 세 친구는 돌아온 에스타의 귀국 축하 기념으로 집 근처에 있는 생고깃집에 모였다. 한 여자가 씩씩한 걸음걸이로 다가오더니 에스타의 등을 손바닥으로 철썩 갈겼다.

"김별! 유럽은 잘 갔다 왔냐? 기네스북에 올려야지. 1년 동안 여자 제일 많이 만난 놈으로."

그녀는 박지오의 전 여자친구 '이영'인데, 클럽에서 만나 만취 상태로 원나잇을 하는 바람에 여차저차 사귀게 되었지만 두 사람은 한 달도 못 가서 헤어졌다. 헤어진 이유는 박지오가 술만 먹으면 다른 여자 이름을 부른다는 것이었다.

에스타도 그녀에게 반갑게 인사를 했다.

"이영, 넌 점점 남자다워지고 있어. 멋있다."

성별, 인종, 나이와 상관없이 10초면 친해지는 넉살과 시원스러운 성격을 갖춘 그녀는 눈도 크고, 콧방울도 크고, 입도 컸지만 무엇보다 목소리가 제일 컸다. 음료수 잔에 소주와 맥주를 섞어서 벌컥벌컥 마시는 그녀를 보고 맞은편에 있던 전율이 인상을 찌푸렸다.

"박지오, 앞으로 얘 부르지 마. 취하면 남자 화장실에 들어갈 것 같아."

술이 센 박지오와 주량이 만만치 않은 이영이 만나면 술로 시작해서 술로 끝났는데, 따지고 보면 만날 때마다 박지오가 다른 여자의 이름을 불러 댄 거나 마찬가지였다. 그의 입에서 나오는 여자 이름은 언제나 같은 이름이었다고 한다.

4년 전 박지오의 생일 파티에 초대받은 이영의 입에서 "도대체 윤유가 누구야?"라는 말이 나왔을 때 세 사람은 그대로 굳어 버렸다. 미칠 듯이 원망하고 그리워했던 그 이름을 듣는 순간 설탕으로 만든 유리가 부서지듯이 애써 봉인해 왔던 열여덟 그해의 기억이 몽땅 쏟아져 나왔다. 결국 생일 파티는 엉망이 되고 말았다.

오늘도 술에 취한 이영의 혀가 꼬였다.

"전율! 너도 이제 그 개 목걸이 좀 빼! 언제까지 기다릴래? 첫사랑은 이루어질 확률이 없어! 도망간 첫사랑을 아직도 기다리는 명청이가 어디 있냐? 세상에 여자는 널렸어!"

"쟤 지금 뭐라는 거냐? 박지오, 저 새끼 입 좀 막아."

전율의 말에 지오는 난감한 표정을 지었다. 아무리 그래도 저 '새끼'라니…. 내가 사귀었던 여자인데.

굳어진 분위기에 아랑곳하지 않고 이영은 술술 나오는 대로 지껄였다.

"박지오가 술만 먹으면 유를 찾아 댔어. 그래서 난 유가 박지오랑 사귄 줄 알았거든? 근데 전율이랑 사귀었다기에 얼마나 어이가 없었는지 알아? 넌 네 친구 여친 이름을 왜 부르는데? 왜 그렇게 절절하게 부르는 건데? 유가 국민 첫사랑이야 뭐야? 친구라는 것들이 한 여자한테 매달리니까 도망가지. 나 같아도 존나 부담스러워서 도망갔겠다!"

참다못한 박지오가 손으로 이영의 입을 막았다.

"너 이러다가 전율 열받으면 멱살 잡혀. 우주 밖으로 날아가고 싶지 않으면 조용히 해!"

전율은 유리창에 비친 자신을 보았다. 목에 걸린 자물쇠가 서늘하게 빛났다. 이제 목걸이를 풀 때가 된 건가? 몸의 일부가 되어 버려서, 이걸 풀면 그 괴로움을 견딜 수 있을지 자신이 없었다.

전율은 자리에서 일어났다. 더 듣고 있을 이유가 없었다. 유의 이름이 나오는 순간 자리는 끝이 난 것과 다름없었다.

엊그제 내린 비에 벚꽃이 다 떨어지고 가로수에 새파란 잎이 무성하게 돋아났다. 퇴근 시간이 가까워졌을 때 박지오가 전율의 사무실에 나타났다.

"넌 남의 회사에 왜 매일 출근하는데?"

전율의 물음에 박지오는 저녁 메뉴에 대해 상의하러 왔다며 유리문 밖을 힐끔거렸다. 에스타가 게 튀김을 먹고 싶다고 했는데, 게를 튀기면 껍질까지 먹는 건지 아니면 튀겨진 껍질을 벗겨 내고 그 안에 있는 살을 먹는 건지 모르겠다고 말하는 그의 시선은 마리를 향해 있었다.

"그딴 건 튀김집 사장님한테 물어봐."

재킷과 차 키를 챙겨 들고 사무실을 나선 전율이 박지오와 함께 엘리베이터 앞에 서자 마리가 다가왔다.

"대표님! 잠깐만…. 혹시 오늘 저녁에 시간 있으세요?"

두 남자가 동시에 그녀를 돌아보았다. 나름대로 용기 있게 말해 놓고 긴장한 표정이 역력한 마리에게 박지오가 짝짝짝 박수를 쳐 주었다.

"마리 씨, 지금 전율한테 데이트 신청하는 거야? 얘 시간이야 남아돌지. 잘됐다. 그럼 오늘 책임지고 전율 밥 좀 먹여 줘. 난 이만 먼저 내려갈게."

당황한 전율이 박지오의 어깨를 잡았다.

"너 차 없잖아. 어떻게 가려고?"

그런 건 네 알 바가 아니라는 듯 박지오는 어깨 위의 손을 떨어내고 엘리베이터 안으로 쏙 들어간 뒤 닫힘 버튼을 잽싸게 눌렀다. 엘리베이터는 아래로 내려갔다. 둘밖에 남지 않자 마리는 더욱 당돌하게 다가왔다.

"저녁 같이 먹어요."

전율은 회사 직원과 개인적으로 밥 먹을 이유가 없다며 마리의 제안을 거절했다.

"제가 회사를 그만두면 같이 밥 먹을 이유 있어요?"

마리는 가방에서 '사직서'라고 쓰여 있는 봉투를 꺼내 전율 앞에 내밀었다. 전율은 그녀가 내미는 봉투를 받아서 반을 접고, 또 반을 접어서 쓰레기통으로 던졌다.

"그만둬도 밥은 안 먹어요."

"그럼, 술 마셔요. 여자친구도 없다면서요."

지하 주차장까지 따라온 마리는 오늘 꼭 같이 밥을 먹겠다는 굳은 의지가 담긴 눈으로 전율을 보았다. 차에 타려던 전율이 마리를 가만히 바라보았다. 마리는 금세 붉어진 얼굴로 물었다.

"처음 면접 보러 왔을 때도 그렇게 쳐다본 거 알아요? 왜? 내가 그 여자랑 닮아서?"

마리의 입에서 '그녀'에 관한 이야기가 나오자 전율의 표정이 미묘하게 구겨졌다.

"지난번에 얼핏 들었어요. 내가 누구랑 닮았다는 말."

박지오가 그렇게 큰 소리로 떠들어 댔으니 못 들었을 리가 없다. 그것도 몇 번이나. 전율이 차 문을 열자 마리가 옆자리에 올라탔다. 그녀는 생긋 웃는 얼굴로 말했다.

"제가 밥 살게요. 초밥 좋아해요?"

하필이면.

초밥은 전율이 유와 둘이서 처음 먹은 메뉴였다. 전율은 천천히 차를 몰며 그날의 기억을 떠올려 보았다. 일부러 비싼 접시만 골라서 열심히 먹던 유의 모습이 정말로 예뻤다. 그날 그녀가 신고 있던 베이지색 울 양말, 하얀 운동화, 그녀의 가방에 달려 있던 양털 인형까지….

솔직히 그 당시에는 그녀와 함께 있는 것만으로도 좋아서 학교 앞에서 초밥 가게까지 어떻게 갔는지 기억도 나질 않는데, 유에 관한 건 사소한 일 하나까지 떠올릴 수 있다는 게 신기하다. 마치 어제 일인 것처럼 생생해서 유가 옆에 없다는 걸 아직도 믿기 힘들다.

"그 여자에 대해서 자세히 알려 줘요. 옷차림, 말투, 버릇, 좋아하는 거, 싫어하는 거, 행동 하나하나, 걸음걸이까지 내가 맞춰 줄 수 있어요."

세상 누구도 그녀의 독특한 옷차림, 담백한 말투, 나른한 눈빛과 걸음걸이를 따라 할 수는 없을 것이다.

"왜 헤어졌어요?"

왜 헤어졌는지는 전율도 모른다.

"차였어요?"

수없이 차였다.

"얼마나 대단한 여자기에 대표님을 찰 수가 있지? 나 닮았으면 엄청 예뻤나?"

헝클어진 긴 머리, 흐느적거리는 팔다리, 빛을 담은 눈동자, 그리 높지 않은 코, 희미한 입술. 유는 그 외에 또 다른 걸 가지고 있었다. 사람의 마음을 끄는 특별한 무언가…. 전율은 그걸 떠올리기만 해도 그리움에 무너질 것 같아 한 번도 자세히 떠올려 본 적이 없었다. 바람에 날아가는 휴지 조각 같기도 하고, 희뿌연 수증기 같기도 한 형체를 알 수 없는 가벼움. 그건 유만이 가진 독특한 분위기였다.

"헤어진 지 얼마나 됐어요?"

"7년."

"잊어도 한참 잊었을 시간인데. 설마 아직 기다려요? 그 여자가 돌아오기를?"

유를 기다리는 시간이 그렇게 힘겹지는 않다. 언제까지라도 기다릴 수 있을 것만 같다. 그녀가 돌아오기만 한다면….

"바보 같은 생각 하지 말아요. 돌아올 거면 버리고 떠나지도 않았을 거예요. 이제 그만 잊는 게 서로를 위한 일이에요. 잊을 수 있게 내가 도와줄게요."

전율은 마리와 초밥을 먹었다. 그리고 그녀를 집 앞까지 데려다주었다.

"그 여자는 이럴 때 어떤 표정을 하고 어떤 말을 했어요?"

전율은 오늘은 더 이상 유를 생각하고 싶지 않았지만, 마리는 유에 대해 집요하게 물어 댔다.

"그녀와 처음 밥 먹은 날, 집에 데려다주었을 거 아니에요. 들어가기 전에 어떤 표정으로 어떤 말을 했는지 궁금해요."

처음 같이 밥을 먹은 날 전율은 독서실 앞에서 유한테 걷어차였다. 다시는 연락하지 말라는 말을 듣고 충격에 휩싸였던 그날을 잊을 수가 없다. 수없이 바래다주었던 그녀의 집 대문 앞, 그곳에서 울고 웃었던 기억이 떠오르자 전율의 얼굴에 희미한 미소가 걸렸다.

"여, 보, 세, 요? 대표님! 지금 정신이 완전히 다른 차원으로 가 있는 거 알아요?"

"어?"

잠깐 유 생각을 하느라 정신을 놓았나 보다. 눈앞에 손을 휙휙 젓는 마리를 보고 전율의 시선이 초점을 되찾았다.

"힘들면 나를 이용해도 돼요."

"아니. 힘들지 않아."

"내가 그 여자를 대신할 수 있으면 좋겠어요."

유를 대신할 사람은 없다.

마리는 전율의 목에 걸린 자물쇠를 보았다. 셔츠 사이로 드러난 독특한 디자인의 사슬은 그를 한층 더 퇴폐적으로 보이게 했다. 어째서 한 번도 풀지 않는 걸까 궁금했는데 자세히 보니 열쇠가 없으면 풀 수 없게 되어 있었다.

"설마 이거… 그 첫사랑이 걸어 놓은 거예요? 열쇠는?"

유가 갖고 있다.

"평생 족쇄라니. 잔인한 여자네요."

평생 족쇄. 그 사실을 안다면 유는 반드시 돌아올 것이다.

chapter 1

열여덟 살의 봄, 그리고 유

윤지의 입에서 '전율'이라는 단어가 50회가량 나왔을 때, 유는 그제야 그것이 사람 이름이라는 걸 알았다. 아침 자습 시간인데도 자리로 돌아가지 않고 활기차게 떠들어 대는 윤지는 본인이 직접 찍었다는 전율의 사진을 유의 눈앞에 들이밀었다. 언어 영역 지문을 꼼꼼히 읽고 있던 유는 여태껏 윤지가 보라고 내밀었던 사진 속 주인공이 아이돌이 아니라는 걸 알고 흘깃 시선을 가져갔다. 그리고 무언가에 홀린 듯 윤지의 휴대폰을 움켜잡았다. 유가 손에 쥐고 있던 샤프펜슬이 문제집 위를 굴렀다.

어두운 곳에서 찍은 터라 사진이 흔들리긴 했지만 매끄러운 광택의 붉은 셔츠는 알아볼 수 있었다. 사진 속 그는 무표정하게 이쪽을 바라보고 있었다. 옆으로 화면을 넘기자 혀를 내민 짓궂은 표정의 남학생이 등장했다. '전율'이라는 사진 폴더에는 그의 사진이 수십 장도 넘게 저장되어 있었다.

짙은 청록색 교복 주머니에 손을 찔러 넣은 채 미소 짓고 있는 소년이 이틀 전 그 남자와 겹쳐 보였다. 유의 머릿속에서 벌레가 기어 나오듯 스멀스멀 그때의 장면들이 떠올랐다. 붓펜, 아이라인, 빨간 셔츠…. 유는 흐익! 하는 소리를 뱉으며 들고 있던 윤지의 휴대폰을 책상에 툭 떨어트렸다. 윤지는 자신의 휴대폰을 주워 들고 깨진 곳은 없는지 살펴보며 "왜 남의 폰을 던지고 지랄"이냐며 걸걸한 욕을 뱉었다.

유는 여전히 놀란 얼굴로 물었다.

"이 사람… 누구야?"

"누구긴 누구야. 전율이지. 이 동네에서 피카츄 모르는 애는 너밖에 없어."

"그런데 왜 교복을 입고 있어?"

"뭐래. 화신고 2학년이잖아."

지난 토요일 밤 유는 친구들의 손에 이끌려 난생처음 EDM 하우스라는 곳에 갔다. 현란한 조명과 빠른 템포의 음악이 대량의 아드레날린을 생성하는 그곳에서 만 18세가 된 윤지의 생일 축하 파티가 열렸다.

학예회에 나가는 일곱 살 어린이처럼 잔뜩 울상을 지은 유의 눈썹은 당장이라도 기어갈 송충이처럼 복슬복슬했고, 진한 다홍색 립스틱은 입술 위에 동동 떠 있었다. 아슬아슬하게 붙어 있는 인조 속눈썹의 무게 때문인지 유의 눈은 반밖에 떠지지 않았다.

파티가 열리기 두 시간 전, 윤지는 유의 얼굴을 캔버스 삼아 온갖 화장품을 모조리 처발랐다. 화장을 하면 할수록 꽃 들고 춤추는 '무동' 같아지는 유의 얼굴이 영 마음에 안 드는지 덧바르는 아이라인이 점점 두꺼워졌다.

"얘는 암만 화장을 진하게 해도 얼굴이 어린애 같아. 임윤지, 진짜 유 데리고 가도 괜찮겠어?"

지현의 걱정을 듣는 둥 마는 둥 고데를 집어 든 윤지는 대충 묶어 놓은 유의 머리를 풀어 헤쳤다.

"좋았어! 간다!"

옆에 있는 사람이 움찔할 정도의 활력을 가진 윤지는 유의 머리카락을 고데에 둘둘 감았다.

"나 진짜 안 가면 안 돼?"

유는 윤지의 손에 머리를 붙들린 채로 사정해 보았지만 돌아오는 대답은 단호했다.

"어, 안 돼."

고데 안에 말려 들어간 머리카락에서 사사삭 김빠지는 소리와 함께 무언가 구워지는 냄새가 났다.

유는 윤지를 설득하려 애썼다.

"생일 파티는 집에서 해도 되잖아."

"난 졸업하자마자 이 집을 뜰 거야. 신데렐라도 아니고, 계모 같

은 언니들한테 치여 사는 것도 지긋지긋한데 개미 소굴만 한 집구
석에서 기념비적인 생일 파티를 할 수는 없어."

"그럼 카페나 도서관은?"

"네 주변에는 도서관에서 생일 파티 하는 정신 나간 아이도 있더
냐? 헛소리 그만하고 데려가 주겠다고 할 때 따라와."

10대의 마지막 생일을 뿌듯하게 장식하리라 작정을 한 윤지에게
유의 설득은 통하지 않았다. 지현은 윤지 언니들의 옷장에서 허벅
지가 반이나 보이는 타이트한 원피스를 찾아내 유에게 입혔다. 신
발장에서 둘째 언니의 번쩍거리는 하이힐을 꺼내 신은 윤지는 유의
발 앞에도 비슷한 킬 힐 하나를 놓아 주었다.

"윤유, 넌 그거 신어. 빨리 나가자. 이제 울 언니들 올 때 됐어."

난생처음 발끝에 높은 구두를 걸친 유가 미처 걸음마를 떼기도
전에 두 친구는 그녀의 손목을 잡아끌고 거리로 나왔다. 보름달이
유난히 밝아 묘한 불안함에 가슴이 두근거리는 밤이었다. 유와 친
구들이 향하는 그곳에서 '그들'이 기다리고 있다는 사실도 모른 채.

"야, 내가 뭐랬어. 나랑 둘째 언니 판박이라서 임민지 민증 훔쳐
오면 프리 패쓰라 했지? 켈켈켈."

조막만 한 얼굴과 예쁘장한 이목구비에 어울리지 않는 이상한 웃
음소리를 흘리며 당당히 입장하는 윤지의 뒤를 따라, 한때 인어였
다가 이제 막 다리를 얻어 인간 세상에 온 듯한 유가 어색한 걸음으
로 들어갔다.

유의 눈에는 시끄러운 음악에 맞춰 정신없이 몸을 흔들어 대는

사람들과 레이저로 가득한 그곳이 마치 전쟁터처럼 보였다. 그런 유를 제일 먼저 발견한 건 에스타였다. 2층에서 내려다보고 있던 그는 유가 2층으로 올라오는 순간 손가락으로 그녀를 가리켰다.

"쟤 좀 봐."

맞은편에 앉아 있던 전율은 에스타의 손끝을 따라 무심결에 고개를 돌렸다. 벌칙 같은 분장을 하고 잔뜩 웅크린 채 긴 머리로 얼굴을 가린 유의 모습에 에스타와 박지오가 킥킥 웃었다.

"완전 웃겨."

윤지와 지현은 전율이 앉아 있는 테이블 바로 뒤에 자리를 잡았다. 떠들썩한 어둠 속에서 다 같이 "임윤지의 생일을 위하여!"라는 건배사를 외쳤다. 자리에 남아 있겠다는 유를 남겨 두고 윤지와 지현은 1층 스테이지로 내려갔다.

역사는 그때 시작되었다. 한 남자가 유에게 다가와 말을 거는 순간, 유가 억지웃음을 지으며 손을 내젓는 순간, 그 남자가 유의 손목을 움켜잡는 순간, 자리에서 일어난 전율은 느릿느릿 걸어와 유의 손목에서 그 손목을 잡은 놈의 얼굴로 시선을 옮겼다. 남자는 물건을 떨어뜨리듯 유의 손목을 놓아 버렸다. 그러고는 멋쩍게 웃었다.

"하하. 미안, 율아. 너 아는 앤지 몰랐어."

전율은 유에게 손가락을 까딱거렸다. 무슨 뜻인지 못 알아들은 유의 몸이 반사적으로 기울었다.

"네?"

잔뜩 겁에 질린 그녀의 귀에 닿을 만큼 가까이 얼굴을 가져간 전율은 귓바퀴에 말을 내뱉었다.

"따라 나오라고. 안 그럼 경찰에 신고한다?"

안 그래도 하얀 유의 얼굴에 핏기가 싸악 가셨다. 미성년자라는 걸 들켜 버린 상황에 머릿속은 폭설 내린 눈밭이 되었다.

쭈뼛쭈뼛 그를 따라 나간 유는 차가운 바람 속에 빨간 셔츠의 남자와 마주 보고 섰다. 유의 고개가 저절로 숙여졌다. 공손하게 모은 두 손이 가늘게 떨렸다.

전율은 유를 찬찬히 훑어보더니 코웃음을 쳤다.

"어이, 미자야. 너 혼날래?"

그 한마디에 유의 심장이 덜컥 내려앉았다. 왠지 모를 억울함과 앞으로 일어나게 될 상황에 대한 두려움이 순식간에 그녀를 덮쳤다. 어떻게든 잡아떼어 보려고 고개를 저었다.

"아니에요. 저 스무 살이에요."

"그럼 민증 보여 줘."

전율은 유 앞에 손을 내밀었다. 주민등록증을 집에 놓고 오기도 했지만, 가지고 있다고 해도 보여줄 수 없었다. 경찰에 신고하려나, 아니면 학교에 연락하려나. 대학은? 나의 미래는? 이런 상황이 유에게는 처음이라 어떤 식으로 대처해야 하는지 몰랐다. 그래서 일단 빌었다.

"죄송합니다. 정말 잘못했습니다. 한 번만 봐주세요."

북받쳐 오르는 감정에 유는 눈물이 차올랐다. 그녀의 눈에 전율은 완벽한 성인 남성이었다. 입고 있는 붉은 셔츠가 잘 어울려 의심할 여지가 없었다. 그의 이목구비는 마치 진한 붓펜으로 그려 놓은 것 같았고, 키가 그녀보다 머리 하나는 더 컸다.

"너, 어느 학교 몇 학년 몇 반이야?"

서늘하고 건조한 질문에 유의 눈동자가 전율을 향했다.

"학교에는… 연락하지 말아 주세요. 부탁입니다…."

유는 더 깊이 머리를 숙였다. 괜히 헛기침을 하며 시선을 피한 전율은 조금 힘을 빼고 부드럽게 물었다.

"학교에 연락 안 할 테니까 대답해. 어느 학교 몇 학년 몇 반?"

"석양여고 3학년 1반입니다."

"이름은?"

"윤유입니다…."

유는 기어들어 가는 목소리로 훌쩍이며 대답했다. 추위에 몸이 떨렸고, 하얗던 손등과 코끝이 붉어졌다. 묻는 말에 착실하게 대답했지만, 그는 아무런 반응이 없었다. 유는 젖은 뺨을 손바닥으로 쓸어 내고 그를 올려다보았다. 그는 고개를 옆으로 돌린 채 웃고 있었다. 잘못 본 게 아니라 분명히 웃고 있었다.

잠시 뒤 그는 무심한 얼굴로 말했다.

"곧장 택시 타고 집으로 가."

"친구…."

유는 친구들이 걱정되었지만, 그녀들까지 위험에 빠트리고 싶지 않아서 입을 다물었다.

전율은 직접 택시를 잡아 주었다. 꾸벅 인사를 하고 택시에 오른 유는 먼저 집에 가게 되어 미안하다는 문자를 윤지에게 남기며 젖은 눈가를 손으로 닦았다. 택시비를 계산할 때 기사님은 유를 보고 "어이쿠!"라는 감탄사를 내뱉었다. 유는 욕실에 들어서서야 그 감탄사의 의미를 알 수 있었다. 오늘 생일 파티의 주인공인 임윤지가 고이고이 칠해 놓은 아이라인이 눈물을 따라 번져 시커멓게 말라붙어 있었던 것이다.

몇 번이나 세수를 해도 지워지지 않는 그날의 기억은 그녀 생의 최악의 기억으로 남았다.

유는 그날의 기억이 되살아나자 눈을 감고 두 손을 모았다. 빨간 셔츠를 입은 그와 두 번 다시 마주치지 않게 해 달라며 아무 신에게나 빌었다. 그러나 유의 일탈이 한 시간 만에 막을 내렸듯이, 그녀의 기도 역시 단 몇 시간 만에 반송되어 돌아왔다.

7교시가 끝날 무렵, 화장실에 갔던 반장이 교실 앞문을 쾅 열어젖히더니 재난 경보 방송이라도 하듯 외쳤다.

"지금 후문에 피카츄와 친구들이 와 있대!"

"와 씨. 쪽팔려."

하얀 후드 티 위에 짙은 청록색 교복 재킷을 입은, 앳된 얼굴에 볼살이 통통한 박지오가 귀여운 입술을 부리처럼 내밀고 숨겨지지 않는 몸을 나무 뒤로 숨기며 쪽팔려 죽겠다는 말을 1분에 한 번씩 뱉어 냈다. 전율은 가로수 밑에 쭈그려 앉아 애꿎은 나뭇가지를 뚝뚝 부러뜨렸고, 담장에 기대어 선 에스타는 누군가와 쉴 새 없이 문자를 주고받았다.

"어우 씨. 쪽팔려."

전율의 입에서 나온 말에 박지오가 기다렸다는 듯이 소리쳤다.

"쪽팔린 걸 알면서 왜 여기 있냐고!"

휴대폰으로 문자를 입력하던 에스타가 말했다.

"그 여자 찾으러 왔다고 하잖아."

"그 여자가 정문으로 나갈지 후문으로 나갈지 아니면 담장을 뛰어넘을지 어떻게 아냐고!"

전율은 손에 들고 있던 나뭇가지를 패대기치고 자리에서 일어났다.

"정문에 서 있으면 더 쪽팔려."

그들은 석양여고 학생들의 시선을 한 몸에 받고 있었다. 여학생들은 쿠키 조각 하나를 가운데 둔 개미 떼처럼 후문을 포위하다시피 삼삼오오 모여들었다.

시내에서 한참 떨어진 산자락에 있는 석양여고는 역사와 전통을 자랑하는 훌륭한 사립 여학교였지만 그만큼 남학생들의 관심에서는 지리적으로나 심리적으로 먼 곳이었다. 60년 전에 디자인된 자주색 재킷에 체크무늬 교복 치마도 지나치게 구식이었고, 열 명 중 여섯 명은 안경을 썼으며, 공부하는 시간에 비해 외모에 신경을 쓸 시간은 턱없이 부족한 탓에 석양여고 학생들조차 본인들이 고립되었음을 인정했다. 윤지는 성적이 조금만 낮았어도 평범한 공립학교에 갈 수 있었을 텐데 쓸데없이 성적이 좋아서 이쪽으로 오게 되었다며 성실했던 자신의 과거를 후회하기도 했다.

그런 여학교 앞에 남학생들이 나타난 건 이례적인 일이었다. 적어도 지난 3년 동안은 한 번도 일어나지 않은 일임이 분명했다. 게다가 교문 앞에 있는 그들이 누구인지 모르는 학생은 전교에—유를 제외하고—단 한 명도 없었다. 전율, 박지오, 에스타의 등장에 석양여고 전체가 들썩였다.

서로의 겨드랑이를 빌리기라도 한 것처럼 팔짱을 낀 윤지와 지현은 삼선 슬리퍼를 끌며 다른 여학생들보다 훨씬 과감하게 후문을 향해 돌진했다. EDM 하우스에서 짧게나마 함께 시간을 보냈었다는 사실을 어필해 볼 생각이었다. 그날 에스타와 몇 마디 대화를 주고받고, 가까이에서 전율의 사진을 찍을 수 있었던 것은 윤지의 인생에서 최고의 생일 선물이었다.

때마침 전율은 아무나 잡고 물어보자는 생각으로 윤지와 지현의 앞을 막아섰다. 붉게 상기된 그녀들의 호흡이 미처 다듬어지기도 전에 전율의 질문이 불쑥 튀어나왔다.

"너희들 3학년 1반 윤유 알아?"

예쁘게 웃고 있던 윤지는 전율의 입에서 '윤유'라는 이름이 나오자 놀란 얼굴로 되물었다.

"뭐? 윤유?"

"알아? 몰라?"

언니만 셋인 윤지는 꽃사슴 같은 외모와 달리 전투적이고 사나운 성격을 갖고 있었는데, 언니들과 치열하게 경쟁하며 살아온 덕분에 눈치가 매우 빠른 편이기도 했다. 윤지는 유에 관해 묻는 전율에게서 묘한 분위기를 감지하고 태도를 바꾸었다.

"알긴 알지. 그런데 왜?"

"전화해. 후문으로 나오라고."

다짜고짜 유를 불러내라는 전율의 명령에 윤지의 눈이 가늘어졌다. 나름대로 추측해 보려 했지만, 아무리 생각해도 전율이 유를 찾는 이유를 알 수가 없었다. 엊그제 같은 장소—EDM 하우스—에 있긴 했지만, 유는 입장한 지 30분도 되지 않아서 집으로 간다는 문자 하나만 달랑 남기고 도망을 가 버렸기 때문에 전율과 만났을 확률은 0퍼센트에 가까웠다.

"그런데 너, 2학년이 그게 부탁하는 태도니? 반말하면서?"

느닷없는 윤지의 말투 지적에 전율의 입에서 곧장 깍듯한 존댓말이 나왔다.

"누나, 유 좀 불러 주세요."

말투를 지적한 윤지뿐만 아니라 옆에 있던 박지오와 에스타도 전율의 공손한 태도에 놀라서 그를 쳐다보았다. 이쯤 되면 전율이 유를 불러내는 것에 진심인 것 같다고 생각한 윤지는 못 이기는 척 교실에 있을 유에게 전화를 걸었다. 하지만 신호만 갈 뿐 유는 전화를 받지 않았다.

"안 받는데?"

전율은 허공에 한숨을 뱉었다. 쪽팔림을 무릅쓰고 여고 앞에서 한 시간을 죽치고 기다렸는데 허탕이라니…. 이대로 돌아가기에는 어쩐지 억울한 마음이 들어서, 전율은 유의 연락처를 물었다.

"그럼 번호."

"뭐?"

"윤유 전화번호 달라고요."

윤지와 지현은 유의 전화번호를 달라는 전율의 말에 복화술을 하듯 자기들끼리 소곤거렸다.

'어떡하지? 줘? 말아?'

'전율이 여기까지 온 걸 보면 우리가 안 줘도 오늘 안에 알아낼 것 같은데? 윤유 이거, 진짜 모태 솔로 탈출할 기회일지도 몰라!'

윤지는 눈을 돌려 전율을 힐끔 쳐다보았다.

'얘가 유를 감당하지 못할 텐데….'

'그래도 일단 번호 줘 버리자. 그다음은 유가 알아서 하겠지.'

앞에 있는 세 사람을 젖혀 놓은 그녀들만의 대화가 한참이나 이어졌다. 언제 왔는지 모를 박지오와 에스타는 두 여자 사이에 귀를 갖다 대고 웃음을 참았다. 긴 의논을 마친 끝에 윤지는 결심했다는 듯 전율에게 말했다.

"줄게. 전화번호."

전율은 기다렸다는 듯이 윤지의 손에 자신의 휴대폰을 건넸다. 윤지는 유의 전화번호를 입력한 뒤 '내 사랑 유♡'라고 저장해 놓았다. 이것이 사랑의 시작이라면 적극적으로 밀어 주겠다는 의지의 표현이었다.

휴대폰을 돌려받은 전율은 윤지가 멋대로 저장해 놓은 이름을 가만히 들여다보더니 아무런 토를 달지 않고 주머니에 집어넣었다. 그러고는 도망치듯 그곳을 벗어났다.

전율의 그 행동으로 인해 모든 의문이 완벽하게 풀렸다. 윤지는 찢어지기 일보 직전인 입을 꼭 오므리고 날 듯이 교실로 뛰어갔다. 얼른 윤유에게 알려야 해! 전율과 윤지의 만남을 지켜본 다른 학생들도 궁금증을 참지 못하고 교실로 몰려들었다. 폭풍의 눈 한가운데 피어 있는 고요한 클로버꽃 한 송이처럼, 교실이 떠나갈 듯한 웅성임에도 전혀 동요하지 않고 유는 차분차분 책가방에 교과서와 노트를 챙겨 넣었다.

윤지는 흥분을 가라앉히지 못한 채 소리쳤다.

"윤유, 너! 이 시간 이후 모르는 번호로 전화 오면 무조건 받아. 알았지!"

그렇지 않아도 유는 모르는 번호뿐만 아니라 걸려 오는 전화 대부분을 받지 않았다. 학교와 독서실에서 휴대폰을 꺼 놓거나 무음으로 해 놓는 게 습관이 되어서, 전화는 꼭 필요할 때 발신 용도로만 사용할 뿐 받을 일은 별로 없었다. 유는 책상 서랍에서 페터 비에리의 《삶의 격》을 꺼내 펼치며 대꾸했다.

"모르는 번호는 받지 말라고 해야지, 왜 받으래. 나 한 시간 자율하고 독서실 가야 돼."

유분기라고는 하나도 없는 보송보송한 갈색 머리를 검정 고무줄로 질끈 묶고, 선크림도 바르지 않은 맨얼굴에, 모범적인 교복 차림으로 곧장 독서에 빠져든 유의 정수리를 보며 윤지와 지현은 말로 표현하지 못할 막막한 기분에 휩싸였다. 전율과 윤유라니…. 두 사람, 과연 어울릴 수 있을까?

"내가 볼 땐 전율 개고생 각이다"라고 윤지가 뱉은 한마디는 얼마 되지 않아 나비 효과만큼이나 강렬하고도 정확한 예언이 되어서 돌아왔다.

방과 후 유는 책가방을 챙겨서 독서실로 향했다. 꺼 놓았던 휴대폰을 켜자 문자 메시지 알림이 줄기차게 울렸다. 전율이 보낸 메시지는 문 앞에 쌓여 있던 택배처럼 한꺼번에 우르르 쏟아졌다. '나 전율이다'로 시작된 메시지는 '확인 즉시 전화 요망'이라는 짧고 간결한 문장으로 끝이 났다.

"전율?"

유는 슬쩍 끼쳐 오는 소름에 몸을 가볍게 떨었다. 지금껏 살아오면서 두 번 다시 보고 싶지 않다고 생각한 사람은 그가 처음이었다. 사람을 가리는 편도 아니고, 호불호가 강한 성격도 아니라서 타인에 대해 어떤 감정도 가져 본 적 없던 그녀에게 전율은 매우 특별한 경우였다. 유는 고민도 하지 않고 휴대폰을 꺼 버린 뒤 독서실 안으로 들어갔다.

한편 피시방에 있던 친구들은 유가 문자 메시지를 확인했다는 사실을 알고 호들갑을 떨었다.

"읽었어! 읽었어!"

전율은 박지오의 손에 들려 있던 자신의 휴대폰을 낚아챘다. 내심 설레는 마음으로 답장이 오기를 기다렸지만, 한참이 지나도록 답장은 오지 않았다. 처음 몇 분 동안은 아슬아슬한 긴장감 속에 침도 안 삼키고 침묵했지만, 답장이 와야 할 시간이 지나면서 상황이 묘하게 우스워졌다.

한 시간 전, 기어코 유의 연락처를 알아낸 전율은 그녀에게 문자를 한가득 보내 놓고 의기양양하게 웃어 댔다. 겨우 연락처를 알아낸 주제에 누가 보면 첫날밤이라도 치르러 가는 줄 알겠다며 놀려대는 박지오의 말에도 전율은 마냥 좋아 죽었다. 오히려 그 장면을 상상이라도 하는지 웃느라 벌어진 입은 다물어질 줄을 몰랐다.

그토록 생기발랄하던 전율의 표정이, 오지 않는 답장 때문에 점점 굳어 가는 걸 본 박지오와 에스타는 터져 나오는 웃음을 참느라 주먹을 꽉 물었다. 일부러 슬픈 생각을 하는데도 웃겨서 눈물이 찔끔찔끔 나왔다. 두 친구가 뒤에서 오열하거나 말거나 심각한 얼굴로 휴대폰을 들여다보던 전율 입에서 허탈한 한숨이 새어 나왔다.

"답장을… 안 해?"

전율은 자신의 휴대폰을 노려보다가 통화 버튼을 눌렀다. 전원이 꺼져 있다는 안내가 다 나오기도 전에 전화를 끊고 아랫입술을 잘근잘근 깨물었다. 문자도 씹고, 전화도 안 받는다니…. 전율에게 이런 일은 처음이었다.

그는 도무지 이해가 안 된다는 표정으로 에스타를 쳐다보았다.

"김별, 이거 무슨 상황인데?"

에스타는 전율에게 엄지를 척 들어 보였다.

"전율, 축하한다. 까인 거."

"임윤지, 네가 전율한테 내 전화번호 알려줬어?"

태어날 때부터 대충 그려 넣은 것 같은 유의 눈썹이 치켜 올라갔다. 엉킨 속눈썹 아래 투명한 눈망울, 그 안에 물음표가 가득했다. 보호 본능이 저절로 생겨나는 그녀의 깨끗한 얼굴을 보며 윤지가 다그쳐 물었다.

"통화했어? 전율이 뭐래? 첫눈에 반했대? 좋아한대? 사귀재?"

"그런 거 아니거든. 나 개랑 마주칠 생각 전혀 없으니까 괜히 엮지 마."

윤지는 들고 있던 거울을 내려놓고 물었다.

"그러고 보니 너 전율이랑 어떻게 알아? 설마 그날 무슨 일이 있었던 거야?"

유는 윤지의 생일날 집에 먼저 오게 된 이유를 구구절절 설명하면서 나왔던 빨간 셔츠 이야기를 다시 꺼냈다.

"그 빨간 셔츠가… 개야."

부끄러움에 얼굴이 발그레해진 유를 보며 윤지는 교실이 떠나갈 듯 웃었다. 자습하던 친구들이 쳐다보았지만 윤지의 웃음은 쉽게 그치지 않았다.

"한 살이나 어린 남자애한테 울면서 학교에 연락하지 말라고 부탁했다니. 내 손발이 다 오그라든다. 켈켈켈켈."

"난 당연히 성인인 줄 알았지…."

웃음을 그친 윤지가 유의 어깨를 토닥이며 위로했다.

"괜찮아. 이왕 이렇게 된 거 만나서 무릎 꿇려. 사랑의 힘으로!"

유는 온종일 친구들에게 시달렸다. 점심시간에도 쉬는 시간에도 결론은 유가 바보라는 말로 놀려 댔고 기, 승, 전, 율로 끊임없이 되풀이되는 이야기에 머리가 지끈거릴 정도였다. 윤지는 그동안 모아 놓았던 전율의 사진을 유에게 전송해 주기도 하고, 그에 대해 알고 있는 정보를 털어놓기도 했다.

전율이 낯을 많이 가린다든가, 승부욕이 강하다든가, 거짓말을 하지 못한다든가 하는 사실보다, 그가 즐겨 쓰는 샴푸, 좋아하는 치킨 브랜드, 1년 전 그의 몸무게 소수 자리까지 알고 있는 윤지가 놀랍기만 했다. 그 와중에 전율은 쉴 틈 없이 유에게 문자를 보냈다.

─후문에 서 있기 쪽팔린데. 너 오늘 체육관 옆에 있는 담, 타 넘을 수 있냐?

유는 전율의 전화번호를 차단하고 말았다.

화신고 2학년 7반 교실은 평소보다 떠들썩했다. 연락을 거부하는 유보다 처음 당해 보는 무시에 어쩔 줄 몰라 하는 전율의 반응이 더 재미있었다. 박지오와 에스타는 신이 나서 전율을 놀려 댔고, 전율이 석양여고 학생에게 차였다는 소문은 순식간에 학교 전체로 퍼졌다.

손여은이 새침하게 책상에 걸터앉으며 물었다.

"율아, 소문 뭐야? 지오랑 별이가 오늘 이상한 이야기 하던데, 사실 아니지?"

헤어밴드로 산뜻하게 앞머리를 올린 손여은의 이마가 예뻤다. 틴트로 물들인 새빨간 입술과 손톱 끝에 붙어 있는 자그마한 스톤이 빛났다. 전교생이 전율 여자친구로 인정한 손여은은 공식적으로 여자친구 행세를 하긴 했지만, 정작 전율은 그녀에게 별로 관심이 없었다. 일일이 맞서는 게 귀찮아서 그러려니 하고 내버려두는 것뿐이었다.

"귀찮게 하지 말고, 가."

자신을 밀어내는 전율의 팔을 슬며시 잡고 손여은이 말했다.

"틴트 하나만 골라 주면 내가 저녁 살게."

"뭘 골라 달라고?"

"틴트. 어떤 색깔이 잘 어울리는지 네가 좀 봐 줘. 네 맘에 드는 걸로 사게."

"하아, 귀찮아. 나 색깔 구별 못해."

손여은은 책상에 엎드린 전율의 어깨를 살살 흔들었다.

"초밥 사 줄까? 너 초밥 좋아하잖아."

"오늘 게임 경험치 열 배 떴어. 집에 가서 게임해야 해."

"넌 나보다 게임이 더 중요하니?"

"비교할 걸 해라. 어떻게 너랑 게임을 비교해? 당연히 게임이 억만 배 중요하지."

옆에 들러붙어서 말 거는 손여은 때문에 전율은 짜증이 더 치솟았다. 에스타가 눈치껏 나가라는 사인을 주었지만 손여은은 아랑곳하지 않고 박지오의 허벅지를 발끝으로 쿡 찔렀다.

"너희도 같이 갔다며. 여고에서 누구 만났는데?"

박지오는 자신의 허벅지를 건드린 손여은의 발을 꽉 움켜잡고 비틀었다.

"얻다 발을 대? 여고에 존나 예쁜 여자 있어서 보러 갔다, 왜?

너랑은 비교도 안 돼. 전율이 첫눈에 반해서 눈이 돌았단다. 발모가지 확 부러트리기 전에 꺼져라."

말랑말랑하게 생긴 박지오의 막말은 남녀차별이 없다. 그게 그의 매력이기도 하지만 비교도 안 될 만큼 예쁘다느니, 첫눈에 반했다느니 하는 과장된 말들은 손여은의 기분을 망쳐 놓기에 충분했다. 손여은은 찬바람을 휙 일으키며 교실을 나갔다.

도서관 앞 목련 나무가 하얀 꽃을 활짝 피운 날이었다. 꽃샘추위는 여전했지만 완연한 봄기운이 느껴지는 오후, 화신고 여학생 대여섯 명이 석양여고를 찾아왔다. 전율에게 전화번호를 준 '그녀'의 정체가 이 학교 3학년 임윤지라는 사실이 밝혀졌기 때문이다.

며칠 전 손여은은 시내에서 석양여고 학생 한 명을 잡아 전율이 여고 앞에 온 날의 정황을 캐어물었다. 겁에 질린 1학년 학생은 그날 찍은 사진을 손여은에게 보여 주었다. 여러 장의 사진 속에는 전율과 윤지가 휴대폰을 주고받는 장면, 윤지가 전화번호를 입력하는 장면 등이 찍혀 있었다. 윤지의 얼굴을 확대한 손여은은 가소롭다는 표정을 지으며 화신고 여학생들을 불러 모았다.

"어떤 년인지 가서 얼굴 좀 보고 와."

하교하던 석양여고 학생들은 정문 앞 도서관 계단에 앉아 있는 한 무리의 화신고 여학생들을 보고 슬금슬금 피했다. 짧고 타이트한 교복 치마를 입은 그녀들은 연신 바닥에 침을 뱉고 있었다. 그러다 멀리서 지현과 함께 걸어오는 윤지를 발견하고는 자신들이 뱉어 놓은 침을 밟으며 자리에서 일어났다. 지금껏 지나간 여학생들에 비하면 윤지의 얼굴이 예쁘장한 덕에 한눈에 알아볼 수 있었다.

윤지는 앞을 막아서는 그녀들을 보고 발걸음을 멈추었다.

"뭐야?"

"네가 전율한테 번호 준 그년 맞지?"

윤지는 단번에 상황을 파악했다. 전율의 일이라면 득달같이 달려와서 들쑤셔 놓는 화신고 여자애들의 호들갑은 워낙 유명했다. 그 때문에 근처 여학생들이 전율과 눈도 못 마주친다는 소문은 헛소문이 아니었나 보다. 유의 전화번호를 준 거라고 말했다가는 윤유가 살아남을 수 없을 것만 같아서 윤지는 당당하게 턱을 치켜들었다.

"어. 난데? 율이가 나한테 첫눈에 반했다고 내 번호 가져간 거 벌써 SNS에 인증샷 떴냐?"

화신고 여학생들은 어이가 없다는 듯 걸걸하게 웃어 댔다. 윤지는 한술 더 떠서 아무 말이나 지껄였다.

"나 전율이랑 사귄다. 어쩔래? 우리 엄청 사랑하는 사이거든? 너희들 여기 와서 이러고 있는 거 울 율이가 알면 가만히 안 있을 텐데."

"이 돌아이야, 그만해"라고 소곤대며 울상을 짓는 지현의 만류에도 불구하고 윤지는 전율에게 전화 거는 시늉까지 했다. 깐족깐족약을 올리는 윤지의 행동에 참다못한 화신고 여학생이 그녀의 머리채를 움켜잡았고, 삭막할 정도로 조용했던 교문 앞은 순식간에 전쟁터가 되어 버렸다.

교실에서 자습 준비를 하던 유에게도 그 소식이 전해졌다.

"지금 화신고 애들이 와서 임윤지랑 싸움 붙었어! 전율이 임윤지 번호 가져갔다고 소문나서 난리야!"

같은 반 친구의 다급한 목소리에, 유는 깜짝 놀라 교실 밖으로 뛰어나갔다.

"전율이 가져간 건 내 번호인데…."

유는 정문을 향해 달렸다. 머리카락이 바람에 휘날리고 숨이 찼다. 유의 슬리퍼 한 짝은 50미터 뒤에 덩그러니 놓여 있었고, 숨을 헐떡이는 그녀의 발그레한 얼굴은 덜 익은 딸기처럼 보였다.

유가 현장에 도착했을 때는 싸움이 종료되었는지 화신고 여학생들은 보이지 않았고, 윤지와 지현만 헝클어진 머리와 교복을 정리하고 있었다.

헉헉 숨이 차서 허리도 펴지 못하는 유가 물었다.

"어떻게 된 거야? 괜찮아?"

친구들의 대답을 듣기도 전에 옆에서 낯선 남자 목소리가 들렸다.

"윤유, 너 왜 나 차단했어?"

유는 고개를 들어 옆을 보았다. 그곳에는 빨간 셔츠가 아닌 까만 티셔츠에 청록색 교복을 입은 전율이 웃으며 서 있었다. 전율은 손으로 앞머리를 툭툭 정리하더니 한 걸음 앞으로 다가왔다.

"너 왜 내 전화 안 받아?"

떨리는 무릎을 간신히 진정시킨 유는 그의 얼굴을 빤히 쳐다보았다. 그날 어둠 속에서 잘못 본 게 아니었다. 붓펜으로 그린 것 같은 진하고 수려한 이목구비가 인상적이었다. 장난스러운 웃음을 머금은 그의 얼굴은 소년의 이미지가 더 강했다. 그를 성인 남자라고 착각한 건 온전히 그녀의 실수였다.

전율은 유의 멍한 얼굴을 보고 피식 웃었다.

"왜? 첫눈에 반했어?"

따지고 보면 전율은 잘못한 게 없었다. 학생 신분으로 EDM 하우스 같은 장소에 간 것부터 유의 잘못이었다. 오히려 그는 불편한 상황에서 유를 구해 주었고, 곱게 집에 보내 주었다. 유가 그의 연락을 피한 건 부끄러워서였다.

유는 머릿속으로 할 말을 준비한 뒤 심호흡을 한 번 하고 최대한 담백하게 뱉어 냈다.

"아니. 첫눈에 안 반했어. 앞으로도 전화는 안 받을 거야. 그러니까 찾아오지도 말고 연락하지도 마. 그럼 나 먼저 들어갈게."

망설임 없이 돌아서는 그녀의 앞을 전율이 막아섰다. 그리고 무작정 사과를 건넸다.

"그날은 미안해. 너 놀리려고 그런 것도 아니고 일부러 속인 것도 아니야. 기분 나빴다면 사과할게."

또 그날 일…. 떠올리고 싶지 않은 추잡스러운 기억이 유의 머릿속에서 자동으로 재생되었다. 우스꽝스러운 헤어스타일, 어울리지 않았던 짧은 원피스, 뻐딱하게 신었던 하이힐에 울어서 엉망이 된 아이라인….

한껏 굽히는 전율의 사과가 어떤 의미인지도 모르고 유는 그저

피하고만 싶었다.

"좋아. 사과 받을게. 이제 됐지?"

전율은 돌아서려는 유의 손목을 잡았다.

"잠깐만….."

긴장한 그의 눈동자가 심하게 흔들렸다. 유는 손목을 비틀어 빠져나왔다. 한 줌도 안 되는 손목을 잡았던 전율의 텅 빈 손이 허공에 덩그러니 남았다. 혹시나 불쾌하게 생각할까 봐 꽉 잡지도 못했다. 유는 차갑지 않게, 그러나 단호하게 전율을 밀어냈다.

"이제 너와는 볼 일 없었으면 좋겠어."

"사과 받았으면 밥 먹자. 내가 사 줄게. 초밥 좋아해?"

살살 달래는 그의 말에 유는 잠시 고민했다. 뭔가 억울한 기분을 시원하게 풀 수 있는 기회일지도 모른다는 생각이 들었다. 초조한 표정으로 대답을 기다리는 전율에게 유가 대답했다.

"가방 가지고 나올게. 기다려."

전율의 얼굴에 함박웃음이 걸렸다. 유는 벗겨진 슬리퍼를 주워 신고 학교 건물 안으로 들어갔다.

서로에 대해 아는 거라고는 나이와 이름밖에 없는 두 사람은 어색함을 가득 안고 시내에 있는 회전 초밥집으로 갔다. 유는 돌아가는 레일 위에서 제일 비싼 접시만 골라서 테이블로 내렸다. 많이 먹는 편은 아닌데 전율이 산다고 했으니, 오늘만큼은 마음껏 먹어 줄

작정이었다.

전율은 커다란 초밥을 터질 듯 입에 넣고 오물거리는 유를 구경하면서 마냥 웃었다. 본인이 웃고 있다는 사실도 몰랐다. 길을 가다가 귀여운 동물을 발견하면 간식부터 내밀고 싶은 심정이 이런 건가? 동물원마다 '먹이 주지 마세요'라고 적힌 푯말이 왜 붙어 있는지 알 것 같았다. 받아먹어 주면 한없이 책임지고 싶고, 안 먹으면 서운한 그 감정….

밥 먹는 옆 사람을 관찰하면서 자기 허벅지를 주먹으로 툭툭 때리기도 하고, 냉수를 들이켜기도 하고, 다리를 덜덜 떨기도 하는 전율의 행동이 유의 눈에는 이상하게만 보였다. 원래 이렇게 가벼운 앤가? 잘 알지도 못하는 사람에게 밥을 사 줄 만큼 생각 없고 한가한 녀석인가 보다 했다.

디저트로 초코 케이크와 푸딩까지 먹은 유는 쌓여 있는 초밥 접시를 보고 전율의 반응을 살폈다. 그래 봤자 열 접시도 못 먹어 놓고 눈치 보는 그녀가 귀여워서 전율은 웃기만 했다.

날이 저물자 봄바람이 쌀쌀했다. 전율은 앞서 걷고 있는 유를 뒤따라 걸었다. 함께 나눌 적당한 대화 주제도 찾지 못했다. 방금 밥을 같이 먹고 나온 일행이라고는 생각되지 않을 만큼 두 사람의 거리가 멀었다.

길을 걷던 중, 유는 발걸음을 멈추고 풀린 운동화 끈을 내려다보았다. 교복 치마를 입은 탓에 길 한가운데 쪼그려 앉기도, 배가 너무 불러서 몸을 숙이기도 애매한 상황이었다. 독서실까지만 그냥 갈까? 하고 고민하고 있을 때 전율이 앞으로 와서 한쪽 무릎을 꿇고 앉았다.

"내가 묶어 줄게."

유는 발 앞에 앉아 운동화 끈을 묶어 주는 전율의 어깨와 등을 물끄러미 내려다보았다. '전율'이라는 이름 두 글자가 내포하고 있는 그의 특별함 같은 건 알지 못했다. 함박웃음을 짓던 그의 얼굴에서 단지 나쁜 애는 아닌 것 같다는 느낌 정도만 받았을 뿐이다.

독서실 앞에서 유는 작별 인사를 건넸다.

"고마웠어. 잘 가."

미련 없이 돌아서는 그녀의 등 뒤에 전율의 목소리가 닿았다.

"잠깐만…. 할 말 있어."

전율은 바닥 한 번 보고, 그녀의 얼굴 한 번 보고, 허공 한 번 보고 깊은 숨을 내뱉었다. 멀쩡한 앞머리를 헝클어트리기도 했다. 비록 오래 살지는 않았지만 살면서 이 정도로 떨렸던 적은 없었다고 맹세할 수 있다. 뭐라고 말을 꺼내야 할지 몰라 한참 뜸을 들이던 그가 입을 열었다.

"차단하지 마."

어스름한 불빛 아래서 전율은 진지한 표정으로 유에게 시선을 고정했다. 백합 같은 얼굴, 몽롱한 눈빛, 살짝 벌어진 흐릿한 입술 사이로 보이는 도자기 같은 치아. 전율은 그 순간 알았다. 자신의 인생에서 고백은 이번이 처음이자 마지막이라는 걸.

"나 좀 받아 주라."

유와 전율이 초밥을 먹으러 간 사이 박지오와 에스타, 윤지와 지현은 카페에 옹기종기 모여서 단체 채팅방을 만들었다. 유와 전율의 관계가 진전되는 상황을 실시간으로 공유하기 위함이었다. 어떤 드라마보다 흥미진진한 리얼 러브스토리에 다들 몰입도가 최고였다.

윤지는 다음 날 등교한 유에게 무슨 일이 있었는지 하나도 빠짐없이 말하라며 닦달했다. 유는 차분하게 문제집을 펼쳤다.

"우리 고3 수험생이거든? 난 남친 같은 거 필요 없어."

유의 대답을 들은 윤지와 지현은 눈앞에서 본인의 머리가 잘려나가는 절단 마술이라도 본 것처럼 입이 떡 벌어졌다. 공부 외에 다른 어떤 것에도 관심 없는 그녀였지만 전율을 거절할 거라고는 예상하지 못했으므로, 빗나간 전개에 당혹스러움이 번졌다.

화신고의 상황도 마찬가지였다. 늘 지각하던 전율이 웬일로 일찍 와서 책상에 엎드려 있었다. 어제 입이 찢어지도록 헤벌쭉 웃으며 윤유의 뒤를 따라가던 그였다. 하지만 오늘 그의 주변에는 왠지 심상치 않은 기운이 감돌았다. 사막 한가운데에 거꾸로 꽂힌 코카콜라를 본 원시인처럼 전율 주위를 조심스럽게 탐색하던 박지오가 물었다.

"밤새 통화하느라 못 잤어?"

어깨에 박지오의 손이 올라오자마자 전율은 신경질적으로 튕겨냈다.

"왜 이래? 설마….""

박지오와 에스타는 서로 눈을 맞추었다. 그리고 거의 동시에 물었다.

"차였냐?"

대답을 안 하면 모를까, 엎드려 있는 전율의 등은 잔뜩 화가 나 있었다. 두 친구는 터져 나오는 웃음을 억지로 참느라 끅끅거렸다.

"한 여자한테 두 번 차이기도 쉽지 않아."

"그럼, 쉽지 않지. 매우 어렵지. 풉. 그 어려운 걸 해냈다 네가. 전율아, 멋지다 내 친구."

박지오와 에스타는 엎드려 있는 전율을 향해 힘차게 박수까지 쳐 주었다. 끝을 모르고 놀려 대는 친구들 덕분에 전율은 우울할 틈도 없었다. 벌떡 일어난 그는 박지오가 내려놓은 책가방을 창문 밖으로 냅다 집어 던지고 에스타의 발에서 벗겨 낸 실내화도 창밖으로 던졌다. 자기 실내화가 날아가는 걸 목격한 에스타는 실내화를 따라 2층 창밖으로 뛰어내렸다.

그렇지 않아도 교무 회의 시간에 2학년 7반 교실 창문에 쇠창살을 달아야 한다는 의견이 나오기도 했다. 하지만 그 의견은 반려되었는지 창살 대신 '뛰어내리지 마시오'라고 적힌 팻말이 창틀마다 달렸고, 누군가 '지'와 '마' 자를 지워 버린 뒤로 그들의 전용 출구가 되었다. 이런 소란은 하루에도 몇 번씩 일어나는 일이라 7반 학생들의 표정은 여느 때처럼 평온했다.

박지오는 전율에게 버럭 소리를 질렀다.

"윤유한테 차인 게 내 탓이냐?"

'차인 게'라는 말을 듣는 순간 전율은 명치가 찌르르하며 아파

왔다.

"차였다는 말 하지 마라."

"그럼 거절당했냐? 왜 거절했대? 혹시 어제 그 벌떼들 때문에 무서워서 그런 거 아니야? 웬만하면 그냥 손여은이랑 사귀어! 그게 답일지도 몰라!"

박지오 입에서 '벌떼들' 이야기가 나오자 벌떡 일어난 전율은 교실 밖으로 후다닥 달려 나갔다. 전율이 간 곳은 손여은이 있는 2학년 5반이었다. 교실 문을 부서져라 열고 들어간 전율은 숨죽이는 학생들 사이를 지나 손여은 앞으로 갔다.

"너야? 네가 시켰어?"

"율아… 무슨 일인데? 왜 화났어? 나가서 둘이 이야기할까?"

갑작스러운 전율의 등장에 당황한 손여은이 그를 달랬지만 분위기는 무거웠다.

"묻는 말에 대답해."

"아, 그게. 어제 석양여고 앞에서 김주연이 너 만났다고 하더라. 이야기 들었어."

"그래서 네가 시켰냐고. 거기에 가서 뭐 어쩌자는 건데!"

전율의 목소리가 커지자 손여은의 목소리도 카랑카랑해졌다.

"얼굴만 보고 오라고 했어! 왜, 난 알면 안 되니? 네가 어떤 여자애한테 관심 갖는지 궁금하기도 하고…."

우당탕탕!

전율은 손여은의 책상을 시작으로 그 분단 책상과 의자를 모조리 뒤집어엎었다. 딱지를 뒤집듯이 순식간에 모든 책상을 뒤엎은 그는

"한 번만 더 그딴 짓 했다가는 너도 이렇게 만들 수 있어" 하고는 교실 밖으로 나가 버렸다.

전율은 자리로 돌아와 다시 책상에 엎드렸다.

새 학기가 시작된 지 얼마 되지 않았을 때 에스타가 일을 구해 왔다. 혼자 자취하는 에스타는 매달 부모님에게 용돈과 생활비를 받고 있었지만, 틈틈이 아르바이트를 하곤 했다. 아르바이트라고 해서 머리를 쓰는 골치 아픈 일이나 몸을 쓰는 일은 결코 아니었다. 잘 차려입고 가만히 앉아 있기만 하면 되는 그런 일들이 에스타의 주변에는 넘쳐났다.

누구든 자신의 재능을 발휘해서 돈을 번다면 에스타는 '아름다운 외모'라는 압도적인 재능을 나름대로 잘 발휘하고 있었다. 만나는 모든 여자에게 돈을 받는지 아닌지는 모른다. 철없는 아이가 곤충을 잡아 다리를 떼고 날개를 찢으면서 즐거워하는 것처럼, 거기엔 단순한 쾌락만 있을 뿐 어떤 죄책감이나 연민 같은 건 없는 것이다.

아르바이트 장소는 시내에 새로 생긴 EDM 하우스였고, 시간은 금요일과 토요일 밤 9시부터 자정 사이였다. '괜찮은' 친구 두 명만 데리고 와서 놀면 시간당 10만 원을 주기로 했다며, 에스타는 그 돈을 N분의 1로 나누자고 제안했다. 하지만 전율과 박지오는 거절했다. 귀찮기도 하고 내키지 않았다. 여자들이 득실거리는 장소는 불건전하다고 생각하는 박지오와 밤에 게임을 해야 하는 전율은 시끄러운 곳을 질색했다. 그런데 찰거머리처럼 달라붙는 에스타 때문에 어쩔 수 없이 딱 세 시간만 있다가 오기로 하고, 그곳—운명의 장소—에 갔다.

자리에 앉은 지 한 시간쯤 되었을 때 전율은 유를 발견했다. 그녀의 첫인상을 뭐라고 설명해야 할까⋯. 우유에 물을 탄 것 같기도 하고, 다 풀어진 리본 같기도 했다. 물에 씻다 만 꽃 같기도 하고, 한국말을 잘 못할 것 같기도 했다. 모자이크 유리창을 사이에 둔 것처럼 어떤 것도 선명하지 않았지만, 그녀와 눈이 마주친 순간 온몸이 파도치듯 떨려 왔다.

그런 이상하고 강렬한 충격은 처음이었다. 전율은 그녀에게서 눈을 뗄 수가 없었다. 엉거주춤한 걸음걸이와 어울리지 않는 옷차림도 왠지 모르게 시선을 끌었고, 짙은 화장으로도 가려지지 않은 얼굴은 어둠 속에서도 뿌옇게 빛이 났다. 웬 남자가 그녀의 손목을 잡는 순간 전율의 몸이 저절로 움직였다. 그렇게 무작정 그녀를 데리고 밖으로 나갔다.

가까이에서 본 그녀는 생각했던 것보다 훨씬 더 허술했다. 혼낼 생각도 없었는데 눈에 눈물부터 그렁그렁 고였다. 발그레한 뺨을 따라 흘러내리는 눈물의 속도가 느렸다. 그녀는 훌쩍이면서도 몹시 차분했고, 겁에 질려 있으면서도 고고한 태도를 잃지 않았다. 정말 황당하게도, 울고 있는 그녀를 보며 새어 나오는 웃음을 참느라 힘들었다.

이름이 '유'라고 했다. 윤유. 전율은 그 이름을 몇 번이나 되뇌었다. 그리고 학교에 연락하지 않겠다는 말로 그녀를 안심시키고 택시를 태워 보냈다. 그날 이후 그녀의 얼굴이 머릿속에 끝도 없이 맴돌았다. 깨어 있는 동안에는 그녀와의 만남을 무한 반복해서 떠올렸고, 잠을 자는 동안에는 꿈속에서 그녀를 만났다.

그리고 어제저녁 그녀는 전율의 고백을 매몰차게 거절했다.

"미안. 다시는 만나지 않았으면 좋겠어."

태어나서 처음 고백하고 거절당한 상황에서 이유 따위 들을 정신은 없었지만, 전율은 그냥 돌아서기 싫어서 이유를 물었다. 그녀는 말간 얼굴로 잔인한 말을 술술 뱉어 냈다.

"그런 곳에서 이상한 꼴로 만났다고 날 우습게 보지 않았으면 좋겠어. 난 가야 할 대학도 정해져 있고 해야 할 공부도 빡빡해. 어쩌다 한 번 우연히 만났을 뿐 그 이상은 아니야. 지금이 내 인생에서 가장 중요한 시기야. 부탁할게. 나한테 연락하지 마."

이유가 너무 똑 부러져서 전율은 반박도 하지 못했다. 어린아이 같던 그녀가 갑자기 어른스러워 보여서 더는 다가갈 수가 없었다. 두 사람은 시작도 하지 못한 채 끝이 나 버렸다.

chapter 2

밥 먹고 갈래?

화창한 4월의 토요일 오후, 유는 과외 선생님과 봄바람을 쐴 겸 시내 외곽으로 향했다. 잘 정돈된 택지에는 분위기 좋은 카페가 많았다. 공부는 독서실에서도 잘되었지만 카페만큼 잘되는 곳도 없었다. 유의 과외를 맡고 있는 김우진은 그녀가 가고 싶어 하는 의과 대학교 2학년 학생으로 도시적인 분위기를 물씬 풍기는 하얀 얼굴의 정석 미남이었다.

마음에 드는 카페를 발견한 유가 문을 열고 들어섰을 때 저 멀리 어디서 본 적 있는 넓은 어깨와 등이 보였다. 설마, 아니겠지. 겨우 등으로 그 녀석을 알아볼 수 있을 리가 없다고 생각한 유는 카운터 쪽으로 고개를 돌렸다.

"유야, 뭐 마실래? 청귤차? 얼그레이?"

메뉴를 고르고 주문하는데, 유의 뒤에서 뜨거운 시선이 느껴졌다. 뒤를 돌아보는 순간 유는 전율과 정통으로 눈이 마주치고 말았다. 그녀는 황급히 시선을 피했다. 모른 척 멀찍이 앉으려고 했던 유의 바람과 달리 아무것도 모르는 우진은 전율의 옆 테이블에 자리를 잡았다. 들고 있던 책으로 얼굴을 가려 보아도 그녀를 쳐다보는 전율의 강렬한 시선은 책을 뚫을 정도였다.

유는 어색하게 인사를 건넸다.

"안녕?"

무반응으로 노려보는 전율 대신 맞은편에 있던 박지오가 반갑게 알은체를 했다.

"어? 율이 걷어찬 누나 안녕하세요? 여긴 어쩐 일이에요? 전교 1등은 카페 같은 데 안 오는 줄 알았는데."

에스타도 신기한 듯 유와 우진을 번갈아 보았다.

"전율이 차인 이유가 따로 있었네. 누나 남자친구예요? 남친 공부 겁나 잘하게 생겼다. 심지어 잘생겼어! 불쌍한 우리 율이."

우진은 멋지게 웃으며 그들의 인사에 답했다.

"우리 유 후배들이야? 귀엽네."

우리 유? 전율은 자몽에이드에 꽂혀 있던 빨대를 뽑아 테이블에 타악! 집어던지고는 아직 녹지 않은 얼음을 모두 입안에 털어 넣었다. 와그작와그작 얼음이 깨지는 소리가 들렸다. 그는 컵을 테이블 위에 팽개치고는 우당탕 소리를 내며 일어나 카페를 나갔다. 박지오와 에스타가 엉망이 된 테이블을 수습하고는 전율을 따라 나갔다.

무언가 한바탕 휩쓸고 지나간 것 같은 그곳에 황당함만 덩그러니 남았다. 유는 딸랑딸랑 메아리를 남기며 닫힌 카페 문을 멍하니 바라보았다. 아쉬움이 남아서 그런 건 아니었다. 전율이 뭔가 오해를 한 것 같기도 하고, 기분이 나쁜 이유가 자신 때문인 것 같기도 하지만 변명해야 할 일인지 판단이 되질 않았다.

공부한다고 말해 놓고 노는 것같이 보였나? 우진은 과외 선생님이지 남자친구가 아니라고 말했어야 했나 싶다가도 어차피 달라질 건 없다는 생각이 들었다. 고백을 거절한 여자가 반가울 리 없겠지. 유는 그냥 내가 보기 싫어서 나가 버린 것일 수도 있다고 결론을 내렸지만 자꾸 마음이 쓰였다. 그래서인지 봄바람에 잠시 붕 떠올랐던 기분이 천천히 가라앉았다.

책을 펼치고 수학 문제를 설명하려던 우진은 유의 멍한 눈빛에 말을 멈추었다. 평소와 달리 집중하지 못하는 원인이 조금 전 그 녀석 때문일 거라 확신했다. 노트를 손끝으로 톡톡 두드리자 흐릿하게 풀려 있던 유의 눈동자에 초점이 돌아왔다. 전율을 생각하고 있던 걸 들키기라도 한 듯 유의 얼굴이 붉게 물들었다.

"봄이라서 그런가…. 공부하기엔 조금 아까운 날이다."

우진은 재미있는 이야기를 들려주겠다며 의과 대학 캠퍼스에서 일어난 일들을 풀어놓았다. 유의 꿈은 의사였다. 공부 외에 딱히 할 줄 아는 게 없는 그녀는 자신이 가진 재능—암기와 집중력—을 발휘해 유용한 기술 하나쯤은 익혀야겠다고 생각했다. 그래서 선택한 것이 의술이었다. 평소에 의과 대학 강의 내용에 관심이 많았던 유는 우진이 들려주는 캠퍼스 에피소드를 들으며 꿈을 키워 갔다.

"우리 학교 캠퍼스 벚꽃 피면 엄청 예뻐. 다음 주면 활짝 필 것 같은데. 학교 구경시켜 줄까? 강의실이랑 연구실도 보여 줄게. 잔디밭에서 수탐 100문제 어때?"

우진은 유에게 '데이트'라는 개념이 없다는 걸 알고 있었다. 영화를 보러 가자고 하거나 산책을 가자고 했을 땐 매우 단호하게, 그러나 기분 나쁘지 않게 거절했던 그녀였지만 공원이나 카페에서 수학문제를 풀자고 했을 땐 흔쾌히 승낙했기 때문이다.

미지근하게 식어 버린 차를 마시던 유의 눈이 빛났다. 대학 캠퍼스 구경과 수학 100문제 중 어느 것이 마음에 들었는지 몰라도 유는 고개를 끄덕였다.

"좋아요."

"그럼 다음 주 토요일에는 학교 앞에서 만나자. 구내식당에서 제일 맛있는 돈가스도 사 줄 테니까, 일주일 동안 공부 열심히 하기."

과외를 마친 유는 우진과 시내 초입에서 헤어지고 꺼 놓았던 휴대폰을 켰다. 당장 전화하라는 문자만 열 개나 보낸 윤지는 노래방에서 전화를 받았다. 시끄러운 반주 소리와 지현의 노랫소리가 뒤섞여 몇몇 단어는 들리지도 않았다. 유가 뭐라 대답하기도 전에 윤지는 '수 노래방'으로 오라는 말을 하고 전화를 끊었다.

유는 시내 쪽으로 걸음을 옮겼다. 노래방 입구에 거의 다 왔을 때 2층에서 한 무리의 사람들이 내려왔다. 얼떨결에 옆으로 비켜선 유 앞에 박지오의 얼굴이 불쑥 나타났다.

"어? 누나 또 보네요? 전율 몸에 GPS 달아 놓았어요? 이 누나 은근히 변태네."

서너 명의 여학생들과 계단을 내려오던 에스타도 유를 발견하고는 눈을 크게 떴다. 곧이어 단발머리 여자아이와 함께 전율이 나타났다. 모른 척 무시하고 지나갈 줄 알았는데, 전율은 걸음을 멈추었다. 노래방에서 나와서 그런지 살짝 잠긴 목소리로 말을 걸었다.

"윤유도 꽤 바빠? 공부하랴, 데이트하랴, 노래방까지. 전교 1등은 못하는 게 없네?"

고개를 들면 그의 코가 이마에 닿을 것 같아서 유는 바닥만 쳐다보았다. 옆에서 단발머리 여자아이가 전율의 팔꿈치를 잡아당겼다.

"율, 뭐 해? 양꼬치 먹으러 가자며. 빨리빨리."

전율은 애교 있게 보채는 그녀의 손을 툭 떨어냈다.

"안아름, 애들이랑 먼저 가."

박지오와 에스타, 여학생들이 멀어졌다. 노래방 계단을 올라가려고 발을 내딛는 유의 등 뒤에서 "같이 갈래?"라고 묻는 전율의 목소리가 들렸다. 유가 뒤를 돌아봤을 때 전율은 아무 말도 안 했다는 듯 고개를 돌리고 있었다. 팽팽한 그의 목덜미는 긴장한 기색이 역력했다.

전율의 시선이 유를 향했다.

"양꼬치, 좋아해?"

유는 이 장면을 어디선가 본 적 있다. "초밥 좋아해?"라고 물었던 그날, 전율은 그날과 같은 표정을 짓고 있었다. 그땐 전율을 곤란하게 하려고 일부러 초밥을 먹으러 갔다. 지금은 그때와 달랐다. 양꼬치가 좋아서도 아니고, 그를 곤란하게 만들기 위해서도 아니다. 그 표정을 다시 보고 싶었다. "가방 가지고 올게"라고 말했을 때 어린아이처럼 활짝 웃던 그 얼굴을….

유는 고개를 끄덕이며 대답했다.

"응. 좋아해."

그녀의 대답에 전율의 얼굴이 확 붉어졌다.

"전교 1등답게 주어, 목적어, 서술어 똑바로 다 갖춰서 말해."

느닷없는 그의 지적에 유는 대답을 정정했다.

"나는 양꼬치를 좋아해."

이렇게 말하면 되는 건가? 생각하며 유는 시간을 확인했다. "윤지가 기다리고 있을 텐데…." 유가 혼잣말하듯 중얼거리자 전율은 안 가도 된다면서 또다시 얼굴을 붉혔다. "그거 나 때문에 그런 거야"라고 말하고 앞니로 아랫입술을 지그시 깨무는 그를 보면서, 유는 당장 전화하라던 윤지의 성화가 전율과 만나게 하려는 의도였다는 걸 알았다.

유와 전율은 시내 구석에 있는 양꼬치집으로 향했다. 초밥을 먹으러 갈 때와 같은 거리, 같은 어색함이지만 하나 달라진 게 있다면 전율이 뒤따라 걷지 않고 유의 옆에서 나란히 걷고 있다는 것이다. 전율은 이따금 유 쪽으로 고개를 돌렸지만 유가 그를 보는 경우는 한 번도 없었다.

"누나, 전율이랑 그 남자 사이에서 양다리 걸쳐요?"

양꼬치집에 들어서자마자 박지오가 농담인지 진담인지 모를 소리를 했다. 대답을 들으려고 물은 것 같지 않아서 유는 가만히 있었다.

에스타 옆에 앉은 여학생이 유를 훑어보고는 그의 귓가에 대고 조심스럽게, 그러나 다 들리는 목소리로 "고3 맞아? 초딩 같아"라는 평가를 했다.

에스타는 자랑스럽게 말했다.

"너 전교 1등 실제로 본 적 있어? 없지? 저 누나가 석양여고 전교 1등이래. 공부 잘하는 사람은 양꼬치를 어떻게 먹는지 잘 봐 둬. 그래야 나중에 누군가 전교 1등이 양꼬치 먹는 거 본 적 있냐고 물으면 그렇다고 자신 있게 대답할 수 있지."

소란스러운 와중에 전율은 유를 테이블 한가운데 앉히고 본인은 그 옆자리에 멀찍이 거리를 두고 앉았다. 전율에게 밀려 테이블 밖으로 나가다시피 한 박지오가 좁다고 짜증을 부렸다.

"피카츄! 옆으로 더 가! 왜 남의 자리까지 차지하고 난리야!"

전율의 주먹이 박지오의 옆구리에 꽂혔다.

"피카츄라고 부르지 말랬다."

별명이 심하게 귀여운 것이 전율은 마음에 안 들었다.

시선을 어디에다 둬야 할지 몰라서 헤매던 유의 눈동자가 맞은편에 있던 안아름의 눈과 마주쳤다. 우연히 마주쳤다기보다 그쪽에서 먼저 뚫어지게 보고 있었던 게 맞다. 일자 앞머리, 짙은 속눈썹, 새빨간 입술. 적대감을 감출 생각이 없어 보이는 안아름은 입술을 뾰로통하게 내밀었다가 집어넣고는 개구쟁이처럼 웃었다.

"언니, 이제 시내 다닐 때 조심해야 돼요. 손여은 성깔 장난 아니거든요. 뒤통수에 돌멩이 맞는 수가 있다?"

물을 한 모금 마시려던 유는 어깨를 움찔하며 컵을 내려놓았다. 보는 사람이 불편할 정도로 어색하게 앉아 있는 유의 옆으로 의자를 끌어당긴 전율은 그녀의 얼굴을 힐끔 쳐다보았다. 그리고 눈이 마주치는 순간 곧장 시선을 거두었다. 그 찰나의 장면을 목격한 박지오의 놀림이 폭격처럼 쏟아졌다.

"뭐야! 너 왜 피해? 전율이 눈을 못 마주치는 여자도 있어? 정신 차려 피카츄! 너에겐 백만 볼트가 있다고! 저 누나도 한낱 인간일 뿐이야! 쫄지 마!"

전율은 양꼬치를 꿰었던 꼬챙이를 들고 자리에서 일어났다. 박지오와 전율의 도망치고 쫓아가는 혼돈의 소용돌이 속에서 유는 윤지의 전화를 핑계 삼아 식당을 빠져나왔다. 간절함이 섞인 목소리로 도움을 요청했지만 윤지는 잘해 보라며 파이팅을 외치고 전화를 끊었다.

유는 휑한 골목 한가운데에 서서 양꼬치 가게를 바라보았다. 저 길 다시 들어가야 하나 말아야 하나 고민하던 찰나, 식당 문이 열리고 전율이 나왔다.

"여기 양꼬치 맛없어. 다른 거 먹으러 가자."

친구 놈들 사이에 계속 있다가는 유가 질려서 겁먹고 도망갈 것 같았다. 다시는 저것들이랑 같이 만나지 말아야지, 라고 다짐한 전율은 뒤도 안 돌아보고 빠른 걸음으로 골목을 빠져나갔다.

두 사람은 시내를 통과해 주택가를 걸었다. 본능에 따라 유의 발걸음은 집으로 향했고, 전율은 어디로 가는지 모른 채 무작정 그녀의 뒤를 따랐다. 묻지도 않는데, 혹시라도 유가 오해할까 봐 변명을 했다.

"여자애들은 우연히 만난 거야. 노래방에 같이 간 거 아니고."

"응."

전율은 카페에 같이 왔던 남자에 관해 물어볼까 말까 하다가 말았다. 수십 초의 침묵을 깬 건 유였다.

"궁금한 게 있는데, 물어봐도 돼?"

뭐든 대답해 줄 수 있을 것만 같았던 전율은 "손여은이 누구야?"라는 유의 질문에 우뚝 발걸음을 멈추었다.

"궁금한 게 겨우 그거야?"

"아니, 하나 더 있어."

"뭔데?"

"별명이 왜 피카츄야?"

혈압이 오른 전율은 자기 목덜미를 감싸 쥐었다. 박지오, 학교 가면 뒤졌다.

"그거 별명 아니고, 박지오 혼자 그렇게 부르는 거야."

윤지도 그렇게 부르고, 다른 애들도 다들 그렇게 부르던데 그럼 별명 아닌가? 싶었지만 전율은 그 사실을 모르고 있는 것 같아서 유는 그냥 내버려두었다. 그녀는 또다시 전율에게 말을 건넸다.

"있잖아. 부탁이 있는데…."

전율은 부탁이라는 유의 말에 가슴이 철렁 내려앉았다. 느낌이 좋지 않아서 선수를 쳤다.

"연락하지 말라거나 만나지 말자는 말은 지난번에 했으니까, 그 이야기는 하지 마."

그건 아닌지 어색한 웃음, 조심스럽고도 공손한 말투, 그렇지만 야무진 목소리로 유가 말했다.

"누나라고 불러 주면 좋겠어."

넌 2학년이고 난 3학년인데 어째서 이름을 막 부르고 반말하는 거니, 라고 따지는 듯한 그녀의 얼굴을 전율은 물끄러미 바라보았다. 발목까지 오는 양말에 헐렁하고 긴 원피스, 알록달록한 니트 카디건을 입고 머리카락을 흩날리며 서 있는 그녀의 모습은 꿈결처럼 오묘했다.

전율은 유를 내려다보며 말했다.

"내 앞에서 '누나'라는 단어는 사용 금지야."

어느새 두 사람은 유네 집 대문 앞에 도착했다. 전율은 그녀의 집 앞에 와 있다는 걸 알고 허탈하게 웃었다. 같이 밥 먹으려고 했는데 기회를 놓쳐 버렸다는 사실과, 이제 몇 마디 나누기 시작했는데 들여보내야 한다는 사실이 겹쳐서 몸의 힘이 쭉 빠졌다.

"갈게."

간다는 그 말이 왜 그렇게 듣기 싫은지, 머리로는 들여보내야 한다는 걸 아는데 정신 나간 전율의 손은 그녀의 옷자락을 잡고 있었다. 유는 잡힌 옷자락을 내려다보았다. 그리고 놓아 주기를 기다렸다.

전율은 엄마 치맛자락 붙잡은 꼬맹이처럼 놓아 주지는 않으면서 허공 한 번 보고, 바닥 한 번 보고를 시작했다. 독서실 앞에서 그랬던 것처럼 하고 싶은 말은 많지만, 할 수 있는 말이 없어서 망설였다. 고백은 지난주에 했고, 차였고, 무슨 말을 더 해야 할지….

"전율."

"윤유."

동시에 서로를 불렀다. 전율이 유에게 발언권을 양보했다. 도무지 생각을 알 수 없는 그녀의 입에서 무슨 말이 나올지 예상할 수 없었기에 더욱 긴장되었다.

유는 시선을 내리깔고 조심스레 물었다.

"괜찮으면 우리 집에서 밥 먹고 갈래?"

월요일 아침, 전율은 오른쪽 팔에 깁스를 하고 등교했다. 샤워하다 말고 유의 전화를 받으러 뛰어가다가 넘어져서 손목에 금이 갔다는 그의 말에 박지오와 에스타는 걱정스러운 표정을 지었다.

"전율이 원래 이런 캐릭터였나? 애가 점점 실성하는 것 같아."

전율은 휴대폰에서 눈을 떼지 못했다. 연락하지 말랬는데 하면 질척거리는 것 같고, 연락하지 말랬다고 안 하면 유는 자기한테 신경도 안 쓸 것 같다. 그는 고개를 들고 에스타를 쳐다보았다. 꺼림칙하지만 양이나 질로 따져 봤을 때 여자라면 에스타만큼 잘 아는 놈도 없었다.

전율은 그에게 대뜸 물었다.

"연락하지 말라는 건 연락을 하라는 거야 말라는 거야?"

창틀에 앉아 있던 에스타는 전율의 질문에 웃음을 터트렸다. 그러고는 알아듣기 쉽게 설명해 주었다.

"여자들의 말은 의사소통을 위한 수단이 아니라 마음을 숨기거나 애매하게 드러내기 위한 장치 같은 거라서 곧이곧대로 들으면 곤란해. 당시의 상황이나 분위기, 표정이나 눈빛으로 알아들어야지, 입에서 나오는 말 자체를 해석하려 하면 절대 못 알아들어."

전율은 경이로우면서도 아니꼬운 눈빛으로 에스타를 바라보았다.

"그래서 어쩌라는 건데?"

"내가 볼 때 그 여자는 널 어떻게 해 보려고 말을 빙빙 돌리는 타입이 아니야."

햇살을 받아 반짝이는 에스타의 까만 머리칼이 부드럽게 흩날렸다. 동화 속 요정처럼 긴 속눈썹을 차분히 내리깔고는 싱긋 웃으며 말했다.

"깔끔하게 포기해."

전율은 어깨에서 팔이 빠진 듯 흐느적거리며 책상 위로 쓰러졌다.

지난 토요일 유네 집에서 저녁밥을 먹었다. 여자 집에 간 것도 처음이지만 그녀의 부모님을 뵙게 될 거라고는 상상도 하지 못했다. 부모님은 전율을 반갑게 맞아 주었고, 유의 남자친구로서 부족함이 없다며 흡족해했다. 그녀의 엄마인 이연희 여사는 전율에게 또 놀러 오라는 말을 두 번이나 했다.

"남자친구가 아니라, 그냥 아는 동생이에요"라고 단호하게 말하는 유에게 서운한 마음도 들었지만, 늦은 밤 집에 잘 도착했는지 안부를 묻는 유의 전화를 받고는 행복에 겨운 나머지 금이 간 손목이 붓는 줄도 몰랐다. 그러나 그게 다였다. 집에 잘 들어갔으면 됐다고 말한 그녀는 가차 없이 전화를 끊었다.

통화 시간은 겨우 14초. 집에 데려간 것도, 부모님께 소개한 것도 그녀에겐 아무것도 아닌 일이었다. 내가 어지간히도 매력이 없는 건가? 싶은 생각에 전율은 자존감마저 바닥을 쳤다.

그의 넓은 등이 한없이 애처로워 보였는지, 에스타는 선심 쓰듯 힌트를 던져 주었다.

"최후의 방법이 있긴 한데…. 제대로 먹힐지 모르겠지만."

전율이 고개를 들었다.

"최후의 방법? 그게 뭔데?"

박지오가 빈정대며 끼어들었다.

"뭐긴 뭐겠어. 키스를 확 갈겨 버리는 거겠지. 그건 김별, 네 주특기고. 내가 볼 때 그 여자 성격이면 경찰에 성추행으로 고소할 거다."

창틀에서 내려온 에스타는 전율의 어깨에 손을 올렸다.

"네 영혼이 시키는 대로 해. 의외로 진심이 통할 때가 있거든."

일과가 끝나고 하교하는 시간, 석양여고 정문 앞에는 위풍당당 화신고 교복을 입은 남학생 세 명이 서 있었다. 촐랑이 하나, 뺀질이 하나, 상등신 하나. 멀리서 유를 발견한 전율은 하얀 붕대가 감긴 손을 흔들어 댔다.

친구들과 교문 밖으로 빠져나온 유는 모른 척 지나칠 수가 없어서 전율 앞으로 갔다.

"손은 왜 그래? 무슨 일 있었어?"

"그냥…. 운동하다가 좀 삐끗했어."

옆에서 박지오와 에스타가 소리를 죽이고 큭큭 웃었다.

"전율이 요즘 운동을 욕실에서 한대."

출랑이 박지오가 기어코 한마디를 던지자 에스타가 맞장구를 쳤다.

"희한한 음악에 맞춰서 운동을 한다던데?"

두 사람은 전율의 경쾌한 벨소리를 화음까지 맞춰 가면서 불러 댔다. 전화 받으러 뛰어가다가 넘어져서 다쳤다는 것까지 유에게 알리고 싶지 않아서 비밀로 하려고 했는데, 하필 친구라는 것들이 세상에서 제일 주둥이 가벼운 놈들이라는 걸 잊었다.

전율은 붕대 감은 팔로 친구들의 목을 졸랐다. 그러는 동안 유는 그들을 지나쳐 독서실이 있는 시내 방향으로 걸어갔다. 전율은 거 머리를 떼어 내듯 친구들을 떼어 내고 교복을 툭툭 털며 유를 따라 왔다.

"학교 앞으로 찾아오지 말라니까 왜 또 왔어?"

전율은 묻는 말에 대답은 하지 않고, 깁스한 손을 유의 어깨에 척 걸쳤다. 어깨에 올라와 있는 묵직한 팔과 그 팔의 주인을 바라보 는 유의 미간이 찌푸려졌다. 뭐하는 거냐고 묻기도 전에 전율이 시 무룩한 표정을 지었다.

"나 아프잖아. 오늘 점심도 못 먹었어."

다친 사람에게 유독 마음이 약한 유는 나무토막 같은 팔을 어깨 에 얹고 시내에 있는 돈가스 가게로 들어갔다. 주문한 돈가스가 나 오자 전율은 아, 하고 입을 벌렸다.

"오른손 다쳐서 포크도 못 써."

유는 다친 새에게 모이를 준다는 생각으로 돈가스를 찍어서 전율 의 입에 넣어 주었다. 전율은 돈가스를 맛있게 받아먹었다. 열심히 먹여 주던 유는 불현듯 혼란스러운 마음이 들었다. 평소 같았으면 독서실에 도착했을 시간인데 어째서 이 아이와 돈가스를 먹고 있는 건지, 정확히 말하자면 먹여 주고 있는 건지 알 수가 없었다.

"포크질은 왼손으로도 할 수 있잖아."

반이나 먹여 주고 나서야 유는 의문이 들었다.

"나 심각한 오른손잡이라서 왼손으로는 이도 못 닦아."

다 먹은 다음 이까지 닦아 달라는 건가…. 유가 멍한 눈으로 쳐다보자 전율은 어린아이 같은 웃음을 지었다.

유는 2주 전처럼 그를 단호하게 거절하지 못하고 그가 시키는 대로 하는 자신을 발견했다. 전교 2등이 보낸 스파이일까? 아니면 악마의 유혹? 중간고사까지 한 달밖에 남지 않았다. 정신 차려야 해. 유는 포크를 내려놓았다.

"미안. 나 이제 가 봐야 할 것 같아."

전율도 자리에서 일어섰다.

"독서실까지 데려다줄게."

"괜찮아. 혼자 갈 수 있어."

전율은 서둘러 나가 버리는 유를 쫓아갔다. 그녀의 어깨에 팔을 걸쳤지만 이번엔 얌전히 있지 않고 어색한 손짓으로 밀어냈다.

"이러지 않았으면 좋겠어."

유는 뭔가 이상한 기분이 들었다. 물에 젖는 줄도 모르고 있다가 어느 순간 정신을 차렸을 때 물속에 들어와 있다는 걸 알게 된 기분이랄까…. 평소 혼자 다닐 때와는 다르게, 지나가는 학생들의 시선이 느껴졌다. 길 건너편에서 이쪽을 향해 휴대폰을 꺼내 든 여학생들도 심심찮게 발견할 수 있었다. 전율과 동행하는 길이 어쩐지 부담스러워졌다.

독서실 앞에 도착한 유는 또 한 번 전율에게 부탁했다.

"이젠 진짜 나한테 연락하지 마."

"연락 안 했잖아."

"학교 앞으로 찾아오지도 말고."

"내 발이 저절로 움직이는데 어떡하라고."

"나 시험에 집중해야 해. 이렇게 너랑 만나서 놀 시간 없어."

"학교에서 독서실 오는 길에만 잠깐 보는 거잖아."

사실 유에게는 시간이 문제가 아니었다. 마음이 자꾸 다른 곳으로 흘러가는 게 문제였다.

유는 신중하게 단어를 골랐다.

"정말 미안한데, 이제 너를 안 만났으면 좋겠다는 말이야."

이쯤 되면 철벽이 아니라 합금 벽이다. 티타늄이나 텅스텐 같은…. 전율이 상처를 받지 않았다면 거짓말이다. 몇 번을 들어도 그녀의 거절은 적응이 되지 않았다.

유를 바라보던 그가 물었다.

"내가 싫어?"

대답하지 못하고 시선을 떨어트리는 유의 뺨이 붉었다. 그가 싫은 건 아니었다. 감정에 서툴기도 하고 누군가와 교제할 마음의 준비가 되어 있지 않을 뿐이었다. 유의 그런 태도가 전율을 더욱 애타게 했다. 들어갈 틈도 주지 않으면서 여지를 남기는 행동 하나하나가 그녀에게 이끌리는 본능을 거부할 수 없게 만들었다.

전율은 유의 손을 잡고 앞으로 힘껏 당겼다. 힘없이 딸려 온 그녀의 얼굴은 전율의 가슴에 사정없이 곤두박질쳤다. 빠져나오려고 몸을 움직였지만 유를 안은 팔은 꿈쩍도 하지 않았다. 전율은 정말 많이 참았다고, 많이 서럽고 많이 좋아한다고, 그러니까 나 좀 봐 달라고 애원이라도 하듯 유를 강하게 끌어안았다.

따뜻한 품, 좋은 냄새. 긴장이 풀려 버린 유의 귓가에 전율의 심장박동 소리가 들렸다. 세차게 뛰는 심장은 가슴을 뚫고 나올 것만 같았다. 한참을 안고 있던 전율이 팔에 힘을 풀었다. 발갛게 달아오른 유의 볼을 손으로 톡 건드리는 전율의 얼굴에 예쁜 미소가 걸렸다. 유는 부끄러움에 도망치듯 독서실로 올라가 버렸다.

목덜미가 뻐근해서 고개를 들었더니 벽에 걸린 시계가 자정을 가리키고 있었다. 유는 가방을 챙기고 휴대폰을 켰다. 전율에게서 문자가 와 있었다.

—독서실 앞이야. 끝나면 내려와.

두 시간 전에 온 문자였다. 아직 기다리고 있을 리가….

가방을 메고 계단을 내려가던 유는 시커먼 후드를 뒤집어쓰고 독서실 계단 끝에 앉아 졸고 있는 전율을 발견했다. 굳이 얼굴을 확인하지 않아도 등과 어깨로 그를 알아볼 수 있는 건, 어느 순간—전율이 운동화 끈을 묶어 주던 순간—얻게 된 특별한 능력이었다.

유는 작은 목소리로 그의 이름을 불렀다.

"전율."

번쩍 눈을 뜬 전율은 우두둑 소리를 내며 목을 한 바퀴 돌렸다. 그러고는 눈앞에 서 있는 유를 보고 일어서며 기지개를 켰다. 유는 걱정스러운 말투로 물었다.

"왜 이러고 있어? 날씨 추운데 감기 걸리면 어쩌려고…."

"그렇게 걱정되면 일찍 다니든가."

"기다리는 줄 몰랐어."

전율은 미안한 얼굴로 올려다보는 유의 머리에 손을 얹었다.

"다음부턴 알고 있어. 내가 기다린다는 거."

두 사람은 큰길로 나가서 택시를 잡았다.

유는 무릎 위에 올라가 있는 자신의 가운뎃손가락을 매만졌다. 연필을 너무 오래 쥐고 있었더니 굳은살이 박여 버렸다. 모든 신경 세포가 유에게 쏠려 있는 전율은 그녀의 작은 행동 하나까지 놓치지 않았다. 나뭇가지 끝에 앉은 잠자리의 날개를 잡듯 그녀의 손을 잡았다.

"손 아파? 내가 만져 줄게."

전율이 손가락을 살살 만져 주자 유는 손을 빼내려 꼼지락거렸다. 차창 밖으로 지나치는 가로등이 수줍어하는 그녀의 얼굴을 환하게 비출 때마다 전율의 심장도 같이 뛰었다. 잡고 있던 손을 놓기 아쉬웠지만 유가 기어코 빼내는 바람에 놓아 주었다.

5분쯤 달린 택시가 집 앞에 섰다. 전율도 유와 함께 내렸다.

"그냥 타고 가지. 집까지 꽤 걸어가야 하지 않아?"

"괜찮아. 나 다리 튼튼한 거 안 보여?"

두 사람은 그녀의 집 대문 앞에서 인사를 나누었다.

"늦었어. 얼른 가."

"집에 가서 전화할게."

"응."

연락하지 말라던 그녀가, 전화하겠다는 전율의 말에 고개를 끄덕였다. 전율은 믿을 수가 없어서 다시 한번 물었다.

"진짜로 전화해?"

"응. 집에 도착하면 전화해."

"율아, 일어나 봐. 점심 먹으러 안 가?"

손여은은 전율이 잠만 자는 게 박지오 탓인 양 앙칼지게 따져 물었다.

"얘 어제 뭐 했어? 왜 오전 내내 이러고 있는 건데?"

"요즘 연애하느라 바쁘잖아. 어젯밤에도 피곤한 일이 있었겠지. 남의 사생활 캐묻지 말고 나가. 네가 이 교실에 있으면 분위기가 싸해져."

손여은에게 이런 식으로 막말하는 애는 박지오밖에 없었다. 손여시, 폭스, 식육목, 개과 포유류 등으로 부르는 박지오에게 손여은이 까칠하게 굴면서도 찍소리 못 하는 건 예전에 한 번 그가 장난삼아 팔에 가둔 적이 있었기 때문이다.

"전율 포기하고 나한테 올래?"라고 묻는 그의 말에 당황한 손여은은 아무런 대답도 하지 못하고 얼굴을 붉혔다. 박지오는 팔을 풀며 소리쳤다.

"어라? 반응 뭐야, 짜증나게!"

손여은은 새침하게 쏘아붙였다.

"내 반응이 뭐? 대답할 가치가 없어서 가만히 있었거든?"

"얼굴은 왜 빨개지는데? 와, 소름…. 너 설마 나한테 관심 있냐? 최악이다."

"뭐래, 미친놈이. 비켜."

박지오는 손여은의 턱을 한 손으로 꽉 움켜잡고 말했다.

"전율 포기하더라도 나한테 올 생각 따위 하지 마라. 절대 안 받아 줘."

"아니라니까!"

손여은은 뒤늦게 아니라며 앙탈을 부렸지만 그 사건을 계기로 약 아빠진 박지오에게 씻을 수 없는 약점이 잡힌 것이다.

자신을 쳐다보지도 않고 휴대폰만 들여다보는 박지오에게 손여은이 히스테릭한 목소리로 물었다.

"뭐야? 아직도 그 여고 년 쫓아다녀?"

"말조심해라. 유 건드리면 전율이 너 얼굴 갈아엎어 버린댔다."

자리에서 일어난 박지오는 손바닥으로 손여은의 얼굴을 사정없이 훑어 내렸다.

"까악! 미친놈!"

손여은이 질색하거나 말거나 손에 묻은 화장품을 더럽다는 듯 벽에 닦아 낸 박지오는 에스타와 함께 점심을 먹으러 갔다.

책상에 엎드려 잠든 전율은 미동조차 하지 않았다. 유 때문에 새벽까지 잠을 설친 그는 전화하라고 해 놓고 받지 않는 새로운 버전의 밀당에 적응이 되지 않아 몸이고 마음이고 멀쩡한 곳이 없었다. 유에게 전화하기 위해 날 듯이 집까지 뛰어갔는데, 그녀는 끝내 전화를 받지 않았다.

"오늘도 전율이 데리러 오는 거지? 공부도 잘하는데, 남친도 잘해줘서 좋겠다."

책가방을 메는 유에게 윤지가 부럽다는 듯이 말했다.

"남자친구 아니야."

유는 딱 잘라 부정하고 휴대폰을 확인했다. 전율에게서 연락이 없었다. 지난밤 집에 도착하자마자 씻고 곧장 잠이 드는 바람에 그의 전화를 받지 못했다. 일부러 안 받았다고 생각하는 것일 수도 있고, 그래서 더 이상 연락하지 않기로 결정을 내린 것일 수도 있다.

그것보다 중요한 건 연락이 오지 않아서 후련한 건지 아니면 서운한 건지 자신도 알 수 없다는 것이다. 하루에도 몇 번씩 떠오르는 그의 얼굴은 그를 만나는 게 절대로 이롭지 않다는 걸 증명하고 있었지만, 그를 만나지 않아도 공부에 방해가 되기는 마찬가지였다.

교문을 나서던 유는 혹시나 해서 도서관 쪽을 흘깃 바라보았다. 정문 앞 도서관 계단에 앉아 있던 전율은 웃으면서 몸을 일으켰다. 자연스럽게 다가온 그는 유의 어깨에 팔을 둘렀다.

"너 울 학교로 전학 오면 안 돼? 여기에서 도저히 못 기다리겠어. 얼굴 다 닳아 없어질 것 같아."

"오지 말라니까 진짜 말 안 듣는다."

"내가 누구 말 듣게 생겼어? 그런데 은근히 나 기다린 것 같다? 오지 말라면서 왜 웃어?"

"안 웃었어."

"웃었는데? 너 아까 나 보고 웃었잖아."

"아니라니까."

아니라고 말하는 유의 얼굴에 수줍은 미소가 걸렸다.

"내가 그렇게 반가워? 나 보고 싶었어?"

반가워서 어쩔 줄 모르는 건 전율 본인이면서 수줍어하는 유를 놀려 댔다.

두 사람은 시내 쪽으로 걸음을 옮겼다. 오늘도 점심을 굶은 전율은 행복한 표정으로 유가 포크로 찍어 주는 돈가스를 받아먹었다. 어제 같이 걸었던 길을 오늘도 함께 걸었다. 독서실 앞에서는 보란 듯이 두 팔을 벌렸다. 유가 멀뚱멀뚱 서 있자 전율이 얼른 안기라며 고갯짓을 했다.

유는 곤란한 표정을 지었다. 전율의 품은 덫이었다. 두뇌 활동을 멈추게 하는 자그마치 한 시간 반짜리 마취제. 어제 갑작스러운 그의 포옹 때문에 도무지 공부에 집중할 수가 없어서 시작도 끝도 늦어 버렸다. 눈을 감으면 그의 웃는 얼굴이 떠오르고, 귓가에는 심장 박동 소리가 메아리쳤다.

주춤하며 뒤로 물러난 유는 성큼 다가오는 그를 향해 손을 뻗었다.

"오지 마. 한 발짝만 더 오면 다시는 너 안 봐. 거짓말 아니야."

그녀와 밥을 먹고, 눈을 맞추고, 대화를 나누고, 나란히 걸으면서 충분히 가까워졌다고 생각했는데, 혼자만의 착각이었나 보다.

"이제부터 스킨십 금지야."

청천벽력 같은 그 말에 전율은 힘없이 두 팔을 내렸다. 또다시 멀어진 유를 바라보았다. 대답이 바로 나오진 않았지만 그녀의 뜻을 존중했다.

"오케이. 네가 싫다면 안 해. 들어가."

유를 독서실에 들여보낸 전율은 친구들이 있는 피시방으로 갔다. 그 후로 두 시간 동안 말 한 마디 하지 않고 모니터만 죽어라 노려보았다. 어제는 세상 다 가진 사람처럼 큰 소리로 노래를 부르다가 아르바이트생에게 조용히 해 달라는 말을 몇 번이나 듣더니 오늘은 마우스만 죽일 듯이 클릭하고 있었다.

빨대처럼 생긴 젤리를 오물오물 씹어 먹던 박지오가 에스타에게 물었다.

"김별, 넌 어제의 전율이 더 무섭냐, 아니면 오늘의 전율이 더 무섭냐?"

에스타가 전율의 눈치를 살피며 대답했다.

"그건 잘 모르겠고, 윤유가 대단한 여자인 건 확실해. 사람을 어떻게 저렇게까지 들었다 놓았다 할 수가 있지?"

박지오가 전율의 입에 빨대 모양 젤리를 집어넣었지만 젤리는 허벅지 사이로 힘없이 낙하했다.

"도대체 무슨 일인데? 왜? 윤유가 뭐래? 연락하지 말래도 연락하고, 찾아오지 말래도 찾아가면서 뭐가 문제야? 이젠 말도 걸지 말래?"

박지오가 답답한 듯 소리치자, 마우스를 클릭하던 전율은 키보드에 이마를 쾅쾅 내리찍었다. 그녀에게 또다시 거절당했다는 사실이 창피하고 막막해서 참을 수가 없었다. 전교 1등을 만나 봤어야 알지. 그녀 앞에서 했던 말과 행동들을 떠올려 보면 하나같이 한심해서 자신을 때리고만 싶었다. 그냥 죽자.

놀란 박지오가 전율의 목을 끌어안았다.

"왜 이래? 김스타, 빨리 키보드 치워!"

에스타가 키보드를 빼앗으려 했지만 전율의 힘을 당할 수가 없었다. 결국 아르바이트생까지 뛰어와서야 겨우 진정되었다.

그날 이후 전율은 매일 학교 앞으로 유를 데리러 갔고, 늦은 밤엔 어김없이 집 앞까지 바래다주었다. 그녀와 걸을 때 반보 정도의 일정한 거리를 유지했으며, 어깨에 매달린 양팔은 유의 손을 잡고 싶은 마음을 감춘 채 시계추처럼 허공을 휘젓기만 했다.

앞서 걷는 유가 속도를 늦추고 조금만 멈칫해도 심장이 쿵 내려앉았다. 더 이상 학교 앞에 오지 말라는 건 아닐까 하는 생각에 잔뜩 긴장해서 바지 주머니에 찔러 넣은 손이 움찔했다. 요즘 박지오와 에스타는 전율 놀리는 재미로 산다는데, 이런 모습까지 들키지 않아서 다행이었다.

아무리 천천히 걸어도 집까지 오는 길은 언제나 짧고 아쉬웠다. 유는 대문 앞에서 "고마워" 인사하고 등을 돌렸다. 전율은 용기 내어 그녀를 불러 보았다.

"유야, 내일 뭐 해?"

내일은 S대학교 캠퍼스에 구경하러 가기로 약속한 날이었다.

"캠퍼스 구경도 하고 거기서 과외도 받으려고."

"몇 시에 끝나는데?"

"글쎄…. 아마 오후쯤 끝날 것 같아."

"그럼, 일요일은?"

"도서관에 가야 해."

"바쁘네."

전율은 조금 실망한 목소리로 말했다. 유는 자신이 뭔가 잘못한 것 같은 생각에 시선을 발끝으로 내렸다. 전율의 시선도 바닥을 향했다. 잠시 후 전율은 고개 들어 허공을 한 번 보고, 유의 얼굴을 보고, 옅은 한숨을 내쉬었다.

"너의 하루에, 너의 머릿속에 내가 있는지 궁금해. 그런데 묻기가 겁나. 정말 조금도 없는 것 같아서."

늘 웃던 얼굴이 지나치게 진지해서 유의 마음에 작은 동요가 일었다. 어느 순간부터 그녀의 일상에 전율이 자리를 차지하기 시작했다. 그건 사실이었다. 그러나 공부 외에 다른 걸 생각할 여유가 없다는 것 역시 명백한 사실이었다.

적절한 대답을 찾지 못한 그녀는 서운해하는 그의 얼굴을 똑바로 볼 수가 없어서 미안함과 난처함을 어쩌지 못하고 입술을 깨물었다. 앞니에 눌린 입술이 분홍빛을 띠며 벌어졌다. 그걸 보는 전율의 심장 한가운데 폭풍이 일었다. 멈출 수도, 막을 수도 없는 순간. 전율은 그녀의 입술에 입을 맞추었다.

깜짝 놀란 유는 숨을 크게 들이마셨다. 풋풋한 소년이 발산하는 미열과 향긋한 로션 냄새와 젤리인지 사탕인지 모를 포도 향이 폐를 통해 몸 전체로 스며들었다. 온 마음 다해 끝장날 각오로 한껏 맞대 보는 첫 입술의 느낌은 뼛속까지 짜릿해서 막상 호기롭게 입을 맞춘 전율도 당황할 정도였다.

힘 조절 없이 입술을 부딪치고, 서툴게 맞댄 살결의 온도와 감촉을 느끼고, 아쉬운 듯 떨어지기 직전에 그녀의 아랫입술을 가볍게 빨았다가 놓아 준 게 다였지만, 그것만으로도 커피를 100잔 마신 것처럼 심장이 요동쳐서 며칠 밤을 새울 수도 있을 것만 같았다.

유는 붉어진 얼굴을 손목으로 가리고 한 걸음 물러났다. 전율은 그녀의 앞에 잠자코 서 있었다. 미안하지 않았다. 그래서 사과도 하고 싶지 않았고, 실수였다는 거짓말도 지껄이고 싶지 않아서 이어질 상황을 겸허히 받아들일 준비를 했다. 그러나 유는 아무 말도 하지 않고 전율을 바라보다가 대문 안으로 들어가 버렸다.

chapter 3

초콜릿 노래방

대학생처럼 보이고 싶어서 무릎까지 오는 원피스를 골라 거울 앞에서 대보던 유는 거울 속에 비친 자기 얼굴을 바라보았다. 시선이 눈에서 코를 따라 입으로 내려오자 지난밤 전율과의 일이 생각났다. 아침에 눈을 뜨고서부터 벌써 몇 번째였다. 입술을 짓누르던 뜨거운 감촉이 되살아나면 금세 얼굴이 붉어졌다.

유는 요즘 도서관에서 빌린 책을 틈틈이 읽었다. 수능 관련 서적이 아니라 의외로 《아들 육아》라든가 《남자아이 대백과》 같은 양육기술에 관한 책이었다. 알고 싶은 게 있으면 뭐든 책을 통해 공부하는 게 습관인 그녀가 그런 내용의 책을 읽는다는 건 전율에게 어느 정도 관심이 생겼다는 뜻이었다.

책의 내용에 따르면 남자아이에게 하지 말라는 말을 했을 때 그들은 당연하게 그 행동을 반복한다고 한다. 그건 상대를 화나게 하기 위해서가 아니라 단지 궁금하기 때문이라고. '하지 말라고 했을 때 하면 어떻게 되는 거지?'라는 순수한 호기심이 행동의 밑바탕이 되므로 강하게 비난하거나 혼내기보다 명확한 한계를 알려 주는 것이 좋다고, 책에 쓰여 있었다.

이론적으로 공부하기는 했지만 책과 실전이 일치하는 것도 아니고, 한계선을 어디까지 그어야 하는지도 모호했다. 유는 학교 앞에서 기다리고 있는 전율을 보면 미소 짓게 되고, 그의 서툰 애정 표현이 싫지는 않았다. 싫은 건 그가 아니라, 그를 생각하느라 자꾸만 집중이 흐트러지는 자기 자신이었다.

영어 지문을 해석하다가도 멍해지고, 수학 문제를 풀다가도 실수를 반복했다. 두 가지 일을 동시에 할 수 없는 유에게 전율은 치명적인 방해꾼이었고, 그녀는 점점 그에게 시간과 마음을 빼앗기는 것이 두려웠다.

유는 전율에 관한 생각을 떨치려 고개를 흔들었다. 누군가를 만나더라도 그건 대학을 간 후의 일이었다.

S대학교 정문 앞에 우진이 먼저 와서 기다리고 있었다. 흰색 바지에 하늘색 셔츠가 잘 어울렸다. 유는 소매에 푸른 자수가 놓여 있는 흰색 원피스를 입었는데, 비슷한 색상으로 옷을 맞춰 입은 듯한 두 사람은 누가 봐도 연인처럼 보였다.

"유, 오늘 예쁜데? 이거 완전 데이트하는 기분이야."

"쌤도 뭔가 평소랑 달라 보여요. 안경은 왜 안 썼어요?"

"학교에선 쌤이라 부르지 마. 조금만 있으면 학교 후배가 될 텐데. 편하게 오빠라고 불러."

정문 옆 커다란 게시판에 S대학교 홍보 포스터가 붙어 있었다. 유가 포스터를 가리키자 우진은 학과장의 추천으로 학교 홍보 모델이 되었는데 포스터에 얼굴이 대문짝만 하게 실려서 지나다닐 때마다 부끄럽다고 했다.

"나 안 같지? 사진이 이상하게 나왔어."

포스터를 등으로 가리며 유를 캠퍼스로 안내하는 그의 얼굴에 미소가 번졌다.

햇살이 따사로워서 봄이라기보다 초여름 날씨에 가까웠다. 벚꽃을 구경하러 나온 연인과 가족들로 캠퍼스는 북적였다. 활짝 핀 벚꽃이 바람에 날려 환상적인 꽃비를 내렸다.

유와 우진은 발길 닿는 대로 캠퍼스를 누비며 싱그러운 나무와 푸른 잔디, 그리고 조각상과 미술품 등을 구경했다. 캠퍼스 동쪽에는 커다란 저수지가 있었는데, 저수지를 따라 벚나무가 터널처럼 늘어서 있었다. 꽃길을 걸으며 우진은 내분비학이나 호흡기학, 임상신경학에 관한 이야기를 떠들어 댔고, 유는 눈을 반짝이며 그의 이야기에 집중했다.

"유야, 사진 찍어 줄게."

유는 우진이 시키는 대로 커다란 벚나무 아래에 섰다.

"오빠도 같이 찍어요."

우진은 사양하지 않고 그녀 옆에 가서 섰다. 휴대폰 화면 속에는 유의 사랑스러운 얼굴과 우진의 멋진 미소가 담겼다. 다정한 포즈로 사진을 찍으려는 그때, 우진의 손에 들려 있던 휴대폰을 누군가 낚아챘다.

"전율?"

전율은 우진의 휴대폰을 던지듯 돌려주었다. 뒤에 있던 박지오가 박수를 쳤다.

"누나, 오늘도 두 탕 뛰어요? 역시 전교 1등은 달라. 한 번에 둘을 만나면 시간을 아낄 수 있잖아. 효율적이라고 해야 하나? 와, 멋있어."

예기치 않은 만남에 어리둥절한 유와 달리, 약속이라도 한 것처럼 나타난 전율은 어째서 과외 선생한테 오빠라고 부르냐면서 트집을 잡았다.

"너희들이 여긴 어쩐 일로…."

유의 물음에 박지오가 대답했다.

"S대 캠퍼스는 하절기 주말 오전 9시부터 오후 6시까지 시민들에게 개방한다고 정문 앞 게시판에 쓰여 있는 거 몰라요?"

그걸 물어본 게 아닌데…. 유는 전율을 바라보았다.

전율은 날씨가 좋다면서 딴청을 피웠다. 에스타는 바닥에 떨어진 꽃잎을 긁어모아 박지오에게 던졌고, 전율이 발로 벚나무를 흔들어 꽃잎을 떨어트리자 에스타가 입을 벌리고 꽃잎을 받아 먹었다. 그들은 뭐가 그리 재미있는지 어린아이들처럼 깔깔대며 웃었다. 잘 노는 걸 보니 그냥 놀러 온 게 맞는 것 같다는 생각에 유는 우진과 학교 건물 쪽으로 걸음을 옮겼다.

후다닥 뒤쫓아 온 전율이 두 사람 사이에 어깨를 들이밀었다. 옆으로 밀려난 우진이 황당한 웃음을 지었다. 전율은 유에게 따지듯이 물었다.

"과외가 아니라 데이트하러 온 것 같다?"

"데이트라니…. 내가 꿈꾸는 대학에 진지하게 견학 온 거야. 넌 친구들이랑 놀러 온 거 아니었어?"

"나도 이 대학에 올 거라서 미리 구경해 놓으려고."

보기보다 공부를 잘하는 녀석이었나? 유의 눈이 동그래졌다. 공부와는 거리가 멀어 보인다는 것은 그의 겉모습만 보고 내린 판단이었으므로, 그 역시 S대학교 진학을 목표로 하고 있는지도 모를 일이었다. 유는 할 말을 잃었고, 옆에 있던 우진이 웃으면서 길을 안내했다.

"캠퍼스 구경하러 왔다면 후배도 같이 가자. 강의실 보여 줄게."

"어이 쌤, 나 후배 아니고 윤유 남친."

전율이 당당하게 말하자 유의 얼굴에 어색한 웃음이 걸렸다.

"아니에요. 남친."

"넌 남자친구도 아닌 남자랑 대문 앞에서 키스해?"

걸음을 멈춘 유의 입이 가만히 벌어졌다. 남자친구도 아니고 키스도 아니었지만, 전율은 자신이 말하고 싶은 대로 아무렇게나 떠벌렸다.

어쩔 줄 몰라 하던 유는 전율을 멀찍이 끌고 가서 다른 사람 앞에서 '그런 말'은 하지 않았으면 좋겠다고 조용히 다그쳤다. 전율이 "무슨 말?" 하고 묻자 유의 뺨이 붉어졌다.

"키스라든가…."

전율의 얼굴에 장난기 섞인 미소가 스쳤다.

"어젯밤에 내 생각, 했어?"

생각을 안 하려고 해도 안 할 수가 없잖아, 라고 말이 나오려는 걸 꾹 참았다. 유는 아무런 대답도 하지 않고 우진의 옆에 가서 섰다. 황급히 걸음을 옮기는 그녀를 전율이 느긋하게 뒤따랐다.

지나가던 여대생들과 눈이 맞아 학교 밖으로 나간 박지오와 에스타를 제외하고, 세 사람은 교내 식당에서 맛있다고 소문난 돈가스를 주문했다.

유가 돈가스를 썰자 옆에 앉은 전율이 당연한 듯 입을 벌렸다.

"후배가 손을 다쳐서 먹기 힘들구나? 내가 먹여 줄게."

우진은 깁스한 전율의 오른손을 보고 돈가스 한 조각을 내밀었다. 밀어낼 줄 알았는데, 전율은 그가 내민 돈가스를 받아먹었다. 그러면서 정정할 건 정정했다.

"나 후배 아니고 전율. 유 남친."

"어, 그래. 전율아, 맛있지? 많이 먹어."

전율이 피클 혹은 파인애플을 달라고 할 때마다 우진은 그런 그가 귀엽다는 듯 시키는 대로 입에 넣어 주었다. 전율이 유를 좋아한다는 건 카페에서 이미 눈치챘다. 유가 거절했을 거라는 것도 예상했다. 우진은 유에게 연애 세포라는 게 없다는 걸 누구보다 잘 알고 있어서 그런 유를 쫓아다니는 전율이 귀엽기도 하고 안쓰럽기도 했던 것이다. 동병상련이랄까….

식사를 마친 세 사람은 과외를 하기 적당한 장소에 자리를 잡았다.

전율이 잔디밭에 누워 있는 동안 유와 우진은 벤치에 앉아서 수학 문제를 풀었다. 눈을 감은 전율의 귓가에 유의 웃음소리가 들려오면 가늘게 눈을 뜨고 두 사람을 보았다. 수학 문제를 풀면서 웃을 일이 있다는 게 신기했다.

시간이 얼마나 흘렀을까. 깜박 잠이 들었던 전율의 귓가에 우진의 다정한 목소리가 들렸다.

"유야, 사실은 나… 오늘 너한테 할 말이 있어."

전율의 눈이 번쩍 뜨였다.

어느새 그들은 벤치가 아닌 조금 떨어진 잔디밭에 앉아 있었다. 이 정도 거리에서 꽤 낮은 목소리를 잠결에 들은 건 초능력에 가까웠다. 우진이 고백한다면 위험할 것 같다는 생각이 들었다. 연애와 과외를 한 번에 해결할 수 있어서―혹은 수학 과외를 24시간 받을 수 있어서―좋다고 고개를 끄덕일 유의 모습이 상상되었다.

"윤유!"

느닷없이 끼어든 전율의 목소리에 유와 우진이 그를 보았다. 어깨에 잔디 몇 가닥을 붙인 채 성큼성큼 걸어온 그는 늦었으니 집에 가자며 유에게 손을 내밀었다. 아직 햇볕이 쨍쨍한 한낮이었다.

"오늘 유한테 꼭 해야 할 말이 있어서. 미안하지만 후배님이 좀 빠져 줘."

우진의 점잖은 부탁에도 전율은 물러서지 않았다.

"꼭 해야 하는 그 말이 무슨 말인지 모르겠지만, 아니 알겠는데, 다음에 해요."

"오늘밖에 할 수 없는 말이라서 그래."

"그럼 전화로 하면 되겠네."

"얼굴 보고 이야기하고 싶어."

윤유 남자친구라고 큰소리쳤지만 전율 역시 아직은 후보 중 한 명이라서 따지고 보면 우진과 별반 다를 거 없는 입장이었다. 방어력 없는 방패를 들고 전장에서 싸우는 기분이랄까…. 전투 의지는 최강이었지만 우진이 유에게 고백한다면 타격을 고스란히 받을 것만 같았다.

"얘한테 지금이 가장 중요한 시기인 거 몰라요? 고3이라 공부만 하기에도 바빠서 남친 같은 거 만들 시간 없어요. 그러니까…."

전율이 유 대신 거절의 말—본인이 그녀에게 들었던 말—을 줄줄이 뱉어 내고 있을 때, 그의 발등에 무언가 부드러운 것이 툭 떨어졌다. 발밑을 보니 유가 잔디밭에 쓰러져 있었다.

전율은 그녀가 기절이라도 한 줄 알고 깜짝 놀랐는데, 늘 있는 일인 양 "아이고, 또 잠들어 버렸네"라고 우진이 중얼거리는 걸 듣고 더 놀랐다.

"밤새워 공부하느라 잠이 부족해서 낮에 잠드는 경우가 많아."

잘 차려입은 옷에 잔디 물이 스며들었지만 그런 건 상관없다는 듯, 다만 유에게 직접 말하지 못한 것이 못내 아쉬움으로 남는다는 얼굴로 우진은 자리에서 일어났다.

"나 다음 달에 군대 가. 오늘이 마지막 수업이었다고 말하려 했는데 방해를 받아 버렸네."

사실 우진은 돈가스를 먹기 전까지만 해도 마음을 전해 볼까 생각했다. 대학에 입학하게 되면, 다시 한 번 만나보지 않겠냐고.

그러나 수학 문제 풀이 도중 이따금 잔디밭에 누워 있는 전율에게
로 향하는 유의 시선을 보고 생각을 접었다. 군대 가기 전에 밥이나
한 번 먹을 수 있을까 물어보려 했지만 옆을 지키고 있는 전율 때문
에 그것도 쉽지 않을 것 같다.

우진은 싱긋 웃으며 전율에게 작별 인사를 했다.

"다음에 또 놀러 와. 돈가스 사 줄게."

우진이 가고, 전율은 유의 옆에 누웠다. 왼팔을 그녀의 목덜미
아래로 넣어 팔베개를 해 주었다. 부드럽고 따뜻한 머리카락에서
봄 햇살 같은 냄새가 났다. 하늘을 바라보며 구름이 흘러가는 것을
감상했다. 좋아한다는 말로 그녀의 남자가 될 수 있다면 숨을 마시
고 내뱉을 때마다 할 텐데…. 전율은 겹겹이 배어나는 아쉬움을 달
래 보려 그녀의 머리카락에 입술을 비볐다.

어느새 잔디밭에 있던 사람들이 하나둘씩 사라졌다. 쌀쌀한 바
람이 뺨을 스쳤다. 푸르던 하늘이 노랗게 물들 때쯤 곤히 잠들었던
유가 눈을 떴다. 몽롱한 그녀의 시야에 가장 먼저 들어온 건 까만
눈동자 속에 웃음을 가득 담고 있는 전율이었다. 그와 눈이 마주친
순간, 왜 그의 이름이 전율인지 누가 말해 주지 않아도 알 것만 같
았다. 그의 예쁜 입술이 물었다.

"잘 잤어?"

유는 자신도 모르게 "응"이라고 대답했다.

"그럼 머리 좀 치워 줄래? 팔 저려."

그의 팔을 베고 있다는 것도, 숨결이 닿는 거리에서 서로 얼굴을
마주하고 있다는 사실도 한 박자 느리게 깨달은 유는 흠칫 몸을 일

으켰다.

"전교 1등 머리는 든 게 많아서 이렇게 무거워? 팔 떨어질 뻔했네."

팔베개해 달라는 말을 한 적도 없는데 맘대로 해 줘 놓고 생색은 있는 대로 내는 전율을 물끄러미 바라보는 유는 아직도 꿈을 꾸는 표정이었다. 하지만 꿈이 아니라는 걸 알았는지 주변을 두리번거리더니 "우진 쌤은?" 하고 물었다.

"집에 보냈어. 노숙이 체질인가, 길바닥에서 무슨 잠을 그렇게 오래 자?"

전율은 엉덩이에 붙은 잔디를 툭툭 털며 유에게 손을 내밀었다.

"가자. 집에."

유는 전율이 내민 손을 잡았다. 집에 도착할 때까지 그가 놓아 주지 않을 거라는 걸 알았더라면 잡기 전에 조금은 망설였을지도 모르겠지만, 그땐 몰랐기에 덥석 내어 주었다. 손바닥만큼의 마음도 함께. 싱긋 웃는 그의 얼굴을 보며 그녀도 수줍게 따라 웃었다.

집 앞까지 바래다준 그를 그냥 보낼 수가 없어서 저녁 먹고 가랬더니 전율은 사양하지 않고 마당으로 들어섰다. 벌써 두 번째 방문이었다. 처음 그녀의 집에 왔을 때 어색함과 민망함을 감추지 못한 전율은 쑥스러운 웃음을 머금고 유의 부모님께 인사를 드렸었다.

이 여사와 윤 사장은 듬직하게 인사하는—무릎과 허벅지 부분이 찢어진 청바지에 카키색 점퍼를 입고 새까만 머리를 차분하게 흔들어 정리하는—'그냥 아는 동생'이라고 소개한 유의 가벼움과 거리가 먼 남학생의 등장에 조금 놀랐지만, 곧 반갑게 맞아 주었다.

전율을 보는 엄마의 얼굴엔 흡족한 미소가 떠나질 않았다. 딸 가진 엄마들은 딸내미가 연애하느라 공부는 뒷전이라고 걱정이었지만 이연희 여사는 그 반대였다. 내 딸이 어디 하나 부족한가 싶을 정도로 학교랑 독서실만 왔다 갔다 하고, 연애니 연예인이니 그런 건 관심도 없이 24시간 공부에만 매달리는데, 이건 딸을 키우는 게 아니라 공붓벌레 뒤치다꺼리하는 것 같아 내심 답답한 심정이었다.

그런 유에게 전율은 남자친구로 제격이었다. 훤칠한 외모에 이따금씩 유를 바라보는 눈에서는 애정이 뚝뚝 묻어났고, 어려운 걸 어려워할 줄 알면서도 주눅 들지 않는 당당한 태도가 마음에 들었다. 무엇보다 뭘 좋아하느냐는 윤 사장의 면담 반 취조 반 질문에 전율은 서슴없이 "윤유 좋아합니다"라고 고백을 해 버려서 이 여사는 즉각 합격점을 주었다.

전율이 현관에 등장하자 윤 사장은 만면에 웃음을 띠고 복도까지 달려 나왔다.

"어, 그래. 율이 어서 와."

"아빠, 왜 그렇게 반가워해요?"

의아해하는 유의 물음에 윤 사장은 흠흠 헛기침을 했다.

"오랜만에 보니까 반가워서 그러지."

그러면서 방으로 들어가더니 커다란 상자 하나를 들고 나와 거실 한가운데 펼쳐 놓았다. 윤 사장은 평소보다 신난 얼굴로 전율에게 물었다.

"율아, 너 이거 할 줄 아니? 응?"

전율은 박스 안에서 나오는 최신형 게임기를 보고 와하하 웃음을 터트렸다.

"대디, 이거 뭐예요?"

"너 게임 좋아한다며? 아빠도 게임 겁나 좋아한다. 너 오면 같이 하려고 샀어."

"나한테 한 판도 못 이길 걸요? 나 이런 거 안 봐줘요."

자신만만한 전율의 말에 윤 사장도 지지 않고 대꾸했다.

"너 아빠를 뭐로 보고. 내기할래?"

"소원 들어주기요."

"좋지!"

저녁 식사가 끝나자 윤 사장과 전율은 게임 삼매경에 빠졌다. 클래식 음악과 독서가 기본이던 거실이 오늘은 시끌벅적한 오락실로 변했다.

"나이스! 그렇지! 오케이! 가자!"

게임을 입으로 하는 건 전율이 아닌 윤 사장이었다.

식탁을 정리하던 엄마가 "율이 안 왔음 네 아빠 어쩔 뻔했니" 하는데 유가 봐도 전율이 아빠랑 참 잘 놀아 주고 있는 것처럼 보였다. 다른 게 효도가 아니라 저런 게 효도구나 싶은 생각에 전율에게 새삼 고마움을 느꼈다. 그러고 보니 잔디밭에서 잠들었을 때 내내 옆에 있어 주었는데 고맙다는 말도 하지 못했다. 이래저래 많이 고마운 녀석. 전율을 바라보는 유의 얼굴에 미소가 걸렸다.

그날 아빠는 한 번도 져 본 적 없는 레이싱 게임에서 무려 스무 판을 졌다며 승부욕 하나는 기가 막힌 놈이라고 전율을 칭찬했다.

일요일 아침부터 집 앞으로 찾아온 전율은 영화를 보러 가자며 유를 졸랐다. 그러나 유의 걸음은 도서관을 향했다.

"나 영화 안 좋아해."

"극장에 영화 보러 가는 커플이 몇 명이나 된다고. 다들 팝콘 먹으러 가는 거지. 유야, 우리도 팝콘 먹으러 가자."

"팝콘도 안 좋아해. 오늘은 정말 놀 시간 없어."

언젠 놀 시간 있었냐? 잔뜩 토라진 전율은 아이처럼 생떼를 부렸다.

"진짜 너무한다. 너 자꾸 이러면 나 소원권 써 버린다?"

"아빠랑 내기해서 얻은 걸 왜 나한테 쓰니? 난 네 소원 들어줄 이유 없어."

단호한 발걸음으로 도서관을 향해 걷는 유와, 그런 유의 주변을 꿀벌처럼 빙빙 도는 전율 간의 실랑이가 500미터 넘게 이어졌다.

"영화는 두 시간밖에 안 해. 그것도 나랑 못 봐 줘?"

"그렇게 보고 싶은 영화면 너 혼자 가서 봐. 귀찮게 하지 말고."

전율이 그녀 앞을 가로막았다.

"너 내가 귀찮아?"

"할 일 많은 엄마한테 놀아 달라고 떼쓰는 어린애 같거든? 이제 그만 비켜 줄래?"

"알았어. 그럼 나도 도서관 갈래."

영화를 포기한 전율은 도서관에 같이 가겠다며 유의 가방을 들어 주기도 하고, 팔짱을 끼기도 하고, 어깨에 손을 올리기도 했다.

도서관 근처에 다다랐을 때 유는 걸음을 멈추었다. 전율의 주머니에서 휴대폰 진동이 끊임없이 울려 대고 있었다.

"너랑 만날 때마다 신경 쓰였는데, 전화 좀 받지 그래?"

진동이라고 해도 도서관에 들어가면 방해가 될 것 같다. 연신 울려 대는 전화가 누구에게 오는 건지 궁금해하지 않으려고 해도 그와 관련된 사소한 것 하나까지 조금씩 크게 다가오는 건 유도 어쩔 수 없는 일이었다.

전율은 바지 뒷주머니에 있는 휴대폰을 꺼내서 유에게 건넸다. 왜 주는 건지 묻기도 전에 발신자를 확인했다.

"손여은이 누군데 전화를 안 받아?"

"같은 학교 아는 애. 안 받아도 되니까 안 받지."

유는 통화 버튼을 누른 뒤 전율에게 돌려주었다. 주말 내내 전율과 연락이 닿지 않아 몹시 예민해진 손여은의 목소리가 전화기 너머로 들려왔다. 기분이 좋지 않은 건 전율도 마찬가지였다. 어디서 뭐 하느냐는 그녀의 다그침에 짜증 섞인 대답을 내뱉었다.

"나 유랑 같이 있어. 유한테 영화 보러 가자고 졸랐는데 같이 안 보겠다고 해서 기분 안 좋거든? 제발 방해하지 마. 그리고 유가 너 신경 쓰인대. 그러니까 전화도 하지 마."

본인 할 말만 하고 뚝 끊어 버린 전율은 휴대폰을 껐다. 전화 예절이라고는 찾아볼 수 없는 무지막지한 통화에 충격을 받은 유가 물었다.

"그 애가 너 좋아하는 거 아니야?"

"우리 학교에 나 안 좋아하는 애는 없어. 아니지, 이 구역에 나 안 좋아하는 여자는 없어. 너 말고."

"그래. 그렇구나⋯."

그래서 다가오는 것도 쉽고, 거절하는 것도 쉬운 거구나⋯.

유는 전율이 자신을 쫓아다니는 이유가 무엇일지 생각해 보았다. 단순한 호기심이나 도전 정신, 그것도 아니면 굴복시키고자 하는 남자들의 본능 같은 걸까? 아니면 끝판을 깨고 싶은 흥미로운 게임 같은 것일 수도 있겠다. 유는 한순간 기분이 가라앉았다.

"미안해. 도서관은 나 혼자 가고 싶어."

전율은 흥분해서 펄쩍 뛰었다.

"그러니까 내가 전화 안 받는다고 했잖아!"

전화를 안 받는다고 해결될 문제가 아니었다. 공부밖에 모르는 모태 솔로에 연애 경험 제로인 유는 책으로도 배운 적 없는 연애를 전율과 할 수 있을 리 없다고 생각했다. 단순히 공부에 방해받고 싶지 않은 거라고 생각하면서도 그를 향해 생겨나는 알 수 없는 감정들과, 머리를 어지럽히는 온갖 상념들로부터 무작정 도망치고만 싶었다.

유는 정중히 두 손을 모으고 말했다.

"미안. 진짜 미안. 부탁할게. 나 좀 그냥 내버려둬. 더 이상 만나는 건 무리인 것 같아. 아무리 생각해도 너랑 나는 어울리지 않아. 널 좋아하는 애랑 잘 사귀었으면 좋겠어."

한꺼번에 쏟아져 나온 간절한 그녀의 말에 전율은 방전된 로봇처럼 두 팔을 떨어트렸다. 사람이 이렇게까지 잔인할 수가 있나 싶어서 어떤 반응도 하지 못했다.

유는 길 한가운데 전율을 내버려두고 바쁜 발걸음을 옮겼다.

다음 날 등교하자마자 손여은이 살벌한 냉기를 독사같이 내뿜으며 교실로 들이닥쳤다.

"전율! 나랑 이야기 좀 해!"

전율, 박지오, 에스타를 뺀 나머지 학생들은 모두 자는 척 책상에 엎드리거나 교실 밖으로 나갔다. 손여은의 히스테리는 종종 있었던 일로, 괜히 옆에 있다가 불똥이라도 튀면 하루 종일 재수가 없다. 전율은 의외로 그녀를 반겼다.

"잘됐다. 나도 너한테 할 말 있었는데."

반가운 얼굴로 일어서는 전율을 보자 살기가 한풀 꺾였는지 손여은은 할 말이 뭐냐고 새침하게 물었다. 전율은 일말의 망설임 없이 말했다.

"너 나한테 연락하지 마. 전화도, 문자도 하지 마."

앞뒤 가릴 생각 없어 보이는 전율의 말에 박지오와 에스타가 그를 쳐다보았다. 윤유가 뭔지 모르겠지만 손여은한테 저렇게까지 하는 건 위험하다는 생각도 들었다. "저 새끼 진짜 미친 거 아니야?" 하는 박지오의 목소리가 들렸지만 전율은 하던 말을 이었다.

"나 유 좋아해. 걔한테 상처 주고 싶지 않아."

자비라고는 없는 전율의 냉정함에 손여은의 눈동자가, 목소리가, 팔다리가 떨렸다.

"할 말이… 겨우 그거였어? 너 진짜 나한테 이러면 안 되는 거 몰라?"

"어, 몰라. 넌 지금껏 나한테 아무것도 아니었고, 앞으로도 그래."

전율은 유가 자신에게 했던 잔인한 일을 손여은에게 똑같이 하는 이 상황이 유쾌하지는 않았지만 그녀를 위해서라도 이번 기회에 확실히 정리하는 게 좋을 거라고 생각했다. 아무리 애를 써도 마음을 줄 수 없다는 걸 알아들었으면 좋겠다.

"그러니까 교실로 찾아오지도 말고, 좋아하지도 마. 나 말고 다른 남자를 사귀어. 그게 낫겠다."

할 말을 마친 전율은 손여은을 덩그러니 남겨 둔 채 교실 밖으로 나갔다. 교실 안은 개미 숨소리 하나 들리지 않을 정도로 조용했다. 박지오와 에스타도 오늘만큼은 손여은을 놀릴 분위기가 아니라는 것에 동의하고는 입을 다물었다.

손여은은 굴러떨어지는 눈물을 신경질적으로 지워 냈다. 윤유가 나타나기 전까지만 해도 이렇게 무시당하진 않았다. 그동안 다른 여자 만나지 말라고 앙칼지게 단속을 하면 "네가 뭔데?"라고 하면서도 "너 때문에 다른 여자는 쳐다보지도 못해"라고 말하던 그였다. 사귀지만 않을 뿐이지 전율에게 여자는 자기밖에 없다고 확신하고 있었다. 그런데 윤유가 나타난 후 무언가 크게 잘못되었다. 손여은은 무참히 짓밟힌 자존심에 참을 수 없는 분노를 느꼈다.

교실 문이 부서질 듯 큰 소리를 내며 쾅 닫혔다. 들어올 때보다 더 강력한 독기를 품은 손여은이 나간 후에야 학생들은 참았던 숨을 내뱉었다.

"윤유… 괜찮으려나?"

에스타가 걱정하듯 물었다. 무언가 큰일이 벌어질 것 같은 예감에 박지오는 고개를 저었다.

유는 유난히 조용한 정문 앞을 지나면서 도서관 계단을 힐끔 보았다. 그렇게 모질게 보지 말자고 해 놓고 전율이 오길 기대한 건 모순이다. 어깨 위를 묵직하게 누르던 팔, 해맑게 웃던 얼굴, 속삭이던 목소리, 잡고 걸었던 따뜻한 손. 그를 남겨 두고 돌아섰던 어제의 기억이 선명했다.

매일 함께 가던 돈가스 가게를 지날 때, 오늘은 점심을 먹었을까? 깁스는 언제쯤 푸는 걸까? 궁금해하고는 흠칫 놀랐다. 유는 걸음을 빨리했다. 이러다가는 전율의 생각으로 머리가 가득 찰 것만 같아 가방에서 동아시아 근대화 운동과 민주주의 저항에 관해 메모해 둔 수첩을 꺼내서 외우기 시작했다.

시내 중심가를 지나던 중 모두가 자신을 쳐다보는 것만 같은 느낌에 유는 본능적으로 몸을 움츠렸다. 그리고 그건 느낌이 아니었다. 화신고 여학생들이 유가 지나가지 못하도록 은근히 길을 막고 있었다. 유는 하는 수 없이 건물 사이 골목길로 들어섰다. 그리고 거기서 기다리고 있던 손여은과 마주쳤다. 골목 끝에는 형광색 점퍼를 입은, 건장한 체격의 남학생 서너 명이 쪼그려 앉아서 담배를 피우고 있었다. 윤지의 치마보다 더 짧고 타이트한 교복 치마에 보라색 스웨이드 재킷을 입은 손여은이 새빨간 입술을 묘하게 비틀며 물었다.

"윤유?"

유는 대답하지 않았다. 앞에 있는 그녀가 누구인지 모를뿐더러 자신에게 닥친 상황이 이해되지 않았기 때문이다. 아무래도 길을 잘못 들어온 것 같다는 생각에 걸음을 돌리려는 그때, 유에게 다가온 손여은은 암기용 수첩을 빼앗아 골목 끝으로 집어 던졌다. 남학생 한 명이 수첩을 주워 들고 라이터로 불을 붙였다.

"안 그래도 찾아가려고 했는데, 어떻게 제 발로 걸어 들어오지? 신기하다."

유는 반쯤 타들어 가다가 이끼 낀 물웅덩이에 던져진 자신의 수첩을 보고 손여은에게 물었다.

"나한테 왜 이러는 거야?"

인형 같은 예쁜 얼굴에 싸늘한 웃음이 걸렸다.

"너 내가 누군지 모르는구나?"

전혀 모르겠다는 유의 표정에 손여은은 인상을 구겼다.

"전율을 알면서 감히 나를 몰라?"

앙칼지게 외친 그녀는 유의 어깨를 잡아 남학생들이 있는 쪽으로 돌려세운 뒤, 등을 발로 차서 바닥에 넘어뜨렸다. 바닥을 짚은 손바닥에 생채기가 났다. 무릎에서도 통증이 느껴졌다.

"지금 안아름이 전율 데리고 피시방에 가 있으니까 걱정 말고 내가 시킨 대로 해. 전율 오른손까지 다쳐서 타이밍 딱 좋아."

손여은이 말하자 앉아 있던 남학생들이 바닥에 꽁초를 내던지며 육중한 몸을 일으켰다.

"손여은, 진짜 괜찮은 거지? 나중에 전율이 알게 되거나 그러면 나도 좀 곤란해."

"모르게 하면 되지. 얼른 가. 전율이 애 찾아간다고 피시방에서 나오기 전에."

네가 손여은이구나…. 고개를 돌린 유는 그녀를 똑바로 쳐다보았다. 사람을 궁지에 몰아넣고 재미있다는 듯 웃고 있는 얼굴이 섬뜩한 가면처럼 보였다.

유는 팔을 잡힌 채 건물 안으로 끌려 들어갔다. 건물 1층에 벌떼처럼 모여 있는 화신고 여학생들은 질질 끌려가는 유를 힐끔거리기만 할 뿐이었다. 형광색 점퍼를 입은 남학생 세 명은 유를 건물 2층에 있는 노래방으로 데려갔다. 그중 손바닥이 두툼한 남학생이 꽤 진지한 태도로 여기까지 오게 된 경위를 설명했다.

"고3이라며. 공부 잘하는 여학생이 남자 하나 때문에 인생 망치면 안 되잖아. 그러니까 다시는 전율 앞에 알짱거리지 않는 걸로 우리끼리 약속하고 조용히 마무리 짓자. 나도 너 건드렸다가 나중에 전율이 알게 되면 좀 그렇거든? 무슨 말인지 이해됐지?"

가만히 시선을 내리고 있던 유는 눈을 들어 그를 쳐다보았다. 작은 목소리지만 또렷하게 받아쳤다.

"전율 앞에 알짱거린다는 게 무슨 뜻인지 명확하게 설명해 줘. 난 걔 앞에 알짱거린 적이 없거든."

그의 얼굴에 황당한 웃음이 어렸다. 갓 돋아난 나뭇가지 같은 몸, 풀꽃 같은 얼굴, 순진한 눈동자에 뭐라고 심하게 말도 못 하겠고, 적당히 겁주고 구슬려서 탈 없이 끝내려 했는데 맞받아치는 말이 의외로 당돌해서 놀랐다.

"알짱거린 적이 없다? 그러니까 내 말은 앞으로 전율을 만나지 말라는 뜻이야."

유는 그의 얼굴을 똑바로 보며 분명하게 자신의 의사를 밝혔다.

"난 전율 만날 생각 없으니까 이만 보내 줘."

그는 손으로 관자놀이를 짚었다. 저 좋다고 매달리는 손여은을 놔두고 어째서 이런 밋밋한 여학생에게 빠진 건지, 손여은이 매운 맛이라면 이쪽은 순한 맛도 아닌 맹물이었다. 맹물 주제에 고분고분하지도 않아서 어처구니가 없었다.

손바닥이 두툼한 남학생은 "전율 그 새끼, 취향 한번 골치 아프네"라고 중얼거리면서 자기 허벅지를 철썩 내리쳤다.

"좋아! 그럼 만나지 않기로 약속했고, 이제 증거 자료를 만들어 보자."

옆에 있던 또 다른 남학생이 유를 향해 휴대폰 카메라를 열었다.

"자, 맹세해. 나 윤유는 이 시간 이후로 전율을 만나지 않겠습니다. 한 번이라도 만날 경우 오늘 찍힌 사진을 공개하는 데 동의하는 걸로 하겠습니다."

사진이라는 말에 유의 눈동자가 흔들렸다. 남학생은 그제야 나쁜 짓을 할 마음이 드는지 흐뭇하게 웃었다.

"네가 약속을 안 지킬 수도 있으니까, 우리도 좀 확실하게 해야 해서. 가방 여기다 내려놓고 교복 벗어. 예쁘게 찍어 줄게."

유는 부당한 요구에 응할 생각이 눈곱만큼도 없었다. 유가 꼼짝도 하지 않고 서 있자 그가 재촉했다.

"시키는 대로 해. 스스로 안 하면 우리가 강제로 해야 하잖아. 너도 그건 바라지 않지? 빨리 벗어."

두려움에 떨어지지 않는 발걸음을 뒤로 옮겨 보았지만 걸음이 막혔다. 문 앞을 막고 있던 놈이 우악스러운 손길로 유의 책가방을 어깨에서 잡아 뺐다. 가방끈을 움켜쥔 유의 앙상한 손이 떨렸지만, 그녀의 반항은 그들에게 재미를 더할 뿐이었다.

한편 같은 건물 5층 피시방에 있던 전율은 잘 보이는 곳에 휴대폰을 올려놓고 1분에 한 번씩 힐끔거렸다. 먼저 연락이 오지 않을 걸 알면서도 자꾸만 눈길이 갔다.

옆에서 간식을 챙겨 주는 안아름의 손이 바빴다. 손여은에게 받은 '특별 임무'를 수행하기 위해 적극적인 간식 공세를 펼치는 중이었다.

"내가 나오라고 연락할 때까지 전율을 잡아 둬."

손여은이 무슨 짓을 꾸미는지 알고 싶지도 않지만 불쌍한 윤유는 자기 무덤을 스스로 판 거나 다름없었다. 변수는 박지오와 에스타였다. 윤유가 여고 앞에서 살해당했을지도 모른다느니, 손여은의 눈빛이 오늘 누구 하나 땅에 묻을 것 같았다느니, 이상한 소리를 해 대는 바람에 일이 틀어질까 봐 조마조마했다. 휴대폰을 집어 드는 전율의 손을 안아름이 막았다.

"너무 질척거리는 것도 매력 없어. 가끔은 밀고 당기는 것도 필요해. 오늘 하루만 좀 참아. 그래야 윤유도 너의 빈자리를 느끼지. 혹시 알아? 내일쯤엔 먼저 연락해 올지도?"

그럴 일은 없겠지만. 생긋 웃는 안아름의 말도 일리가 있다고 생각한 전율은 휴대폰을 내려놓았다. 그때 에스타가 툭 한마디 던졌다.

"전율, 깔끔하게 포기? 그럼 이번엔 내 차롄가…."

혼잣말 같은 중얼거림은 진심이라기보다 전율을 도발하기 위한 장난이었지만 에스타의 말에 전율은 휴대폰을 다시 집어 들었다. 당황한 안아름이 막아 보려 손을 뻗었고, 박지오가 안아름의 목덜미를 잡아챘다.

"넌 좀 빠져."

어차피 전화해도 안 받을 거 안다. 안 하고 속 태우는 것보다 하고 체념하는 게 나았다. 그래서 전율은 통화 버튼을 눌렀다.

유의 교복 재킷 주머니에서 전화벨이 울렸다. 교복 재킷을 벗기려던 두툼한 손이 멈추었다. 발신자가 전율이라는 걸 알고 모두 숨을 죽였다.

남학생은 잠시 고민하더니 유에게 휴대폰을 건넸다.

"전화 받아. 안 받으면 의심하니까."

유는 최대한 침착하게 전화를 받았다.

"여보세요."

전화를 받은 사람보다 건 사람이 더 놀라서 목소리가 한 톤 높아졌다.

"윤유? 너… 웬일로 전화를 받아?"

"율아…."

무슨 일이냐고 묻는 전율의 심장 뛰는 속도가 빨라졌다.

다리를 쩍 벌리고 소파에 앉은 남학생은 엄지로 목을 긋는 시늉을 했다. 평소처럼 적당히 통화하고 끊으라는 말이었다. 유는 눈을 감고 심호흡했다. 그들은 유가 아무 말도 하지 않으니 전율이 유의 상태를 모를 거라고 생각하겠지만 유는 전율에게 자신이 처한 상황을 알리고 있었다. 전율은 뭔가 이상한 낌새를 눈치챘다.

첫째, 윤유가 전화를 받을 리가 없는데 받았다. 둘째, 처음으로 성을 빼고 이름만 불렀다. 셋째, 독서실에 있어야 할 시간인데 전화기 너머에서 노래방 반주 소리가 희미하게 들려왔다.

"너, 어디야?"

유의 신호를 접수한 전율의 목소리가 낮아졌다. 끝까지 전달할 수 있을지 모르겠지만 유는 물음에 정확하게 대답했다.

"초콜릿 노래방 3번…."

벌떡 일어난 남학생이 순식간에 휴대폰을 쳐 냈고, 손을 들어 유의 뺨을 후려쳤다.

전화가 끊기자마자 전율은 팽팽하게 장전되어 있던 총알처럼 피시방을 뛰쳐나가 계단을 날 듯이 내려갔다. 노래방 문을 발로 차서 열고 3번 방으로 들이닥쳤다. 그 뒤로는 잘 기억나지 않았다. 경찰이 왔고, 구급차가 왔다. 전율은 실신한 유를 업고 병원으로 미친듯이 뛰었다.

일주일 만에 등교한 유를 반기는 친구들의 눈가에 눈물이 고였다. 당사자가 아니고서야 그녀가 겪은 일의 충격과 상처를 전부 알 수는 없지만, 무사한 모습으로 돌아와 준 것만으로도 다행이었다. 집에 찾아온 친구들을 마주할 자신이 없어서 돌려보냈던 유는 걱정해 준 친구들에게 고마움을 느꼈다.

전율 역시 지난 일주일 내내 유의 집을 찾아갔지만 그녀를 만나지는 못했다. 박살 난 유의 휴대폰은 전율이 가지고 있었다.

"죄송합니다."

할 수 있는 말은 그것밖에 없었다. 거실 소파에 앉아 고개를 푹 숙인 전율의 무릎에 눈물이 뚝뚝 떨어지는 걸 보고 유의 부모님은 말없이 그의 등을 쓸어 주었다.

보는 사람이 더 안타까울 정도로 전율은 스스로를 탓하고 원망했다. 그날 유를 혼자 두는 게 아니었는데…. 이렇게 될 줄 알았더라면 손여은에게 너무 모질게 대하지 말 걸 그랬다. 아니면 처음부터 유를 만나지 말았어야 했나? 몇 번이나 시간을 되돌려 보아도 바뀌는 것은 아무것도 없었다.

유는 매일 창가에 앉아 집 대문을 나서는 전율의 뒷모습을 보았다. 병실 침대에 누워서 정신을 차렸을 때 부모님의 얼굴이 제일 먼저 눈에 들어왔다. 무슨 일이 일어난 건지 그땐 알지 못했지만 나중에 엄마에게 전해 들었다. 유의 교복 블라우스 단추가 모두 뜯긴 걸 본 아빠가 가해 학생들을 찾아갔지만 심하게 다친 그들을 보고 조용히 돌아왔다고…. 다 부서진 깁스를 손목에 걸치고 유가 깰 때까지 옆에 앉아 있던 전율은 그녀의 부모님이 오고 나서야 직접 경찰서에 찾아갔다고 했다.

유는 전율에게 향하던 발걸음도, 기회가 오면 전하려 했던 마음도 조금만 미루기로 했다. 유에게는 그것보다 더 중요한 일이 남아 있었다. 중간고사가 2주 앞으로 다가왔다. 이번 시험은 유의 인생에 있어 가장 중요한 시험이었다. 전율과의 만남이 공부에 어떤 영향도 끼치지 않았다는 걸 증명해 내야 한다. 만약 전 과목 만점을 받지 못하면 전율에게 흔들렸던 자기 자신을 용서하지 않을 생각이었다.

유는 놓친 진도를 따라잡기 위해 잠자는 시간을 줄이고 점심 식사까지 걸렀다. 다른 친구의 교과서와 노트를 빌려서 필사를 하고, 쉬는 시간마다 담당 과목 선생님을 찾아가 질문했다. 전율은 더 이상 그녀의 학교 앞에 나타나지 않았다. 그러나 유는 알고 있었다. 독서실에 가는 길, 집에 가는 길, 언제나 멀리에서 그가 따라오고 있다는 걸….

그렇게 고3 첫 중간고사가 시작되었다. 한 과목이 끝나면 학생들은 유의 자리로 몰려와서 시험지를 펼쳐 놓고 채점했다. 가끔은 벽에 걸린 답안지보다 유의 시험지로 채점하는 게 더 빠르고 정확할 때도 있었다. 4일간의 시험은 순조롭게 진행되었고 마지막 과목까지 시험을 마쳤다.

"유, 이거 답 뭐야? 3번?"

"4번 아니야? 문제가 뭔가 이상해."

벽에 붙은 답안지로 채점했을 때 유는 수학을 제외한 전 과목이 만점이었다. 수학 한 문제의 답이 벽에 붙어 있는 정답과 일치하지 않았다. 이걸 틀리면 다시는 전율의 얼굴을 보지 못한다.

유는 비장한 각오로 시험지를 들고 교무실로 올라갔다. 수학 담당 선생님께 문제의 오류를 알리고 그 근거를 풀이 과정을 통해 차

근차근 설명했다. 그녀의 설명을 묵묵히 듣고 있던 선생님은 고개를 끄덕인 후 나지막이 "그렇네…"라고 대답했다. 문제가 잘못되었다는 것을 인정한 수학 선생님은 모든 답을 정답으로 처리했다. 유의 얼굴에 모처럼 미소가 떠올랐다.

오랜만에 시내로 나간 유는 친구들과 웃고 떠들며 즐거운 시간을 보냈다. 그리고 오후 4시가 다 되어갈 때쯤 가방을 챙겼다.

"미안. 나는 먼저 갈게."

지현이 아쉬운 듯 그녀를 잡았다.

"벌써 집에 가려고? 오늘 시험도 끝났는데, 놀다가 저녁까지 먹고 가자."

"가 볼 데가 있어서."

"어디 갈 건데? 근처까지 데려다줄 테니까 앞장서."

혼자 보내기엔 마음이 놓이지 않아서 팔짱 끼는 윤지를 유는 조심스럽게 밀어냈다.

"꼭 만나야 할 사람이 있어. 다녀올게."

화신고 하교 시간이 거의 다 되었다. 유는 친구들을 보며 수줍게 미소 지었다. 그 미소의 의미를 단박에 알아차린 윤지와 지현은 감격스러운 얼굴로 유의 손을 맞잡았다. 그동안 얼마나 안타까웠는지 말로는 다 표현할 수가 없었다. 유가 전율을 만날 결심을 한 것만으로도 마음이 놓였다.

친구들의 응원을 받은 유는 화신고 교문 앞에 섰다. 교복을 입은 남녀 학생들이 무리 지어 교문 밖으로 나왔다. 정문 앞에 서 있다는 게 이런 기분이구나. 새삼 알게 된 유는 얼굴이 닳아 없어질 것 같다는 전율의 투정을 떠올리며 빙그레 미소 지었다.

힐끔힐끔 쳐다보는 시선에는 온갖 반응들이 뒤섞여 있었다. 꼴통 학교로 유명한 화신고 앞에 여고 학생이 서 있다는 것만으로도 엄청난 일이었지만 그 당사자가 '윤유'라는 사실에 분위기는 한층 더 어수선했다.

화신고 전설이 되어 버린 초콜릿 노래방 사건의 히로인을 모르는 사람은 아무도 없었다. 유는 자신을 알아보고 수군대는 목소리도, 학생들의 호기심 어린 시선도 무덤덤하게 흘려보냈다. 10분쯤 지났을 때 멀리서 왁자지껄한 소리가 들려왔다.

"그 누나는 뭐냐? 올백이래 올백! 하나 틀린 거 교무실 찾아가서 문제가 잘못되었다고 선생 조지고 왔다더라? 볼 때마다 느끼는 건데, 멋있어!"

소란스럽게 교문을 나서던 박지오가 유를 발견하고 소리쳤다.

"왁! 저기! 윤유다! 윤유!"

지금껏 지나간 어떤 학생보다 격한 반응에, 무덤덤하게 서 있던 유는 어깨를 움츠렸다. 전율은 말도 안 되는 소리라며 박지오의 목덜미를 손으로 내리쳤다. 유가 여기 있을 리 없다. 이런 장난은 벌써 몇 번이나 당했다. 이제 안 속아.

"뭐래, 미친놈이…."

그러면서도 고개가 저절로 돌아갔다. 그 순간, 유를 보고 놀란 전율의 동공은 아스팔트 깨어 부수는 중장비가 머리를 박기라도 한 것처럼 사정없이 흔들렸다. 드디어 정신이 나가서 헛것이 보이는 건가?

유는 멍하게 서 있는 전율을 향해 달려갔다. 그리고 넓은 가슴에 얼굴을 묻었다. 턱이 빠지도록 입을 벌린 박지오와 에스타 앞에서 전율의 허리에 팔을 둘렀다.

가슴이 울렁일 만큼 커다란 감동이 심장을 치며 밀려 들어와 전율의 코끝을 찡하게 울렸다. 그는 넋이 나간 채로 유의 어깨를 끌어안았다. 얼마나 마음을 졸였는지, 얼마나 걱정했는지, 얼마나 자신을 원망했는지 말하지 않아도 안다는 듯, 그의 등을 토닥이는 유의 따뜻한 손길에 세상이 녹아내리는 것 같았다.

유는 살며시 고개를 들어 전율과 눈을 맞추었다.

"나, 올백 맞았어. 그래서 너 보러 왔어. 수학 하나 틀렸으면 못 왔을 텐데. 올백 맞아서 왔어."

눈물을 글썽이며 사랑스럽게 웃는 그녀의 말에 전율도 같이 웃었다.

"수학이 생명의 은인이네."

전율과 유는 시내에 있는 카페로 갔다. 오랜만에 마주하는 얼굴이었다. 전율은 머리가 제법 길었고, 수척해 보였다. 어딘지 모르게 외모가 달라진 것 같지만 유에게 쌍꺼풀의 두께를 알아차릴 만큼의 눈썰미는 없었다. 훗날 박지오가 놀리는 바람에 알게 된 사실이지만 전율의 눈에 쌍꺼풀이 생겨 버린 건 초콜릿 노래방 사건이 있었던 그날 이후라고 한다.

한층 짙어진 눈매가 더 이상 소년이 아닌 남성미 물씬 풍기는 이미지를 만들어 냈다. 처음 만났을 때보다 더 어색하게 마주 앉은 두 사람은 각자 앞에 놓인 음료 잔을 바라보며 어떤 말을 어떻게 꺼내야 할지 한참을 고민했다.

"손은 좀 어때?"

유가 먼저 물었다.

처음 손목에 깁스했을 때보다 더 두꺼운 붕대를 감고 있는 그의 팔 아래 살짝 비치는 손등에는 아직도 아물지 않은 딱지가 남아 있었다. 왼손으로는 밥도 못 먹는다더니…. 다친 그의 손을 보자 유는 가슴이 먹먹해졌다.

전율은 웃으며 씩씩하게 대답했다.

"엄청 아팠는데 네 얼굴 보니까 하나도 안 아프다. 신기하네."

귀엽게 웃으며 손목을 까딱까딱하는 전율에게 유는 고맙다는 말을 먼저 했다.

"고마워. 그날 나한테 와 줘서."

전율의 얼굴이 갑자기 어두워지며 시선이 테이블로 떨어졌다.

"미안해. 나 때문에…."

고개를 푹 숙인 전율은 자기 때문에 유에게 그런 일이 생겼다며 몹시 미안해하고 있었다.

고요하던 유의 눈동자가 야무지게 빛을 냈다.

"너 때문인 거 알고는 있니?"

"응. 나도 알아."

혼나는 어린아이처럼 고개를 숙이고 상처투성이인 손가락을 꼼지락거리며 대답하는 그가 귀여워서 유는 더 새침한 목소리로 다그쳤다.

"네가 무슨 잘못을 했는지 말해 봐."

"그날 너 데리러 안 간 거."

"그리고?"

"너 혼자 보낸 거."

"또?"

"제대로… 정리하지 못한 거."

진심으로 미안해하는 그의 모습에 유의 목소리 톤이 원래대로 차분하게 돌아왔다.

"지금은? 다 정리했어?"

"응."

고개를 번쩍 들어 올린 전율은 재빠른 동작으로 주머니에서 새 휴대폰을 꺼내 유 앞에 내밀었다.

"나 핸드폰 바꿨어. 여기 연락처 목록 보면 엄마, 아빠, 박지오, 김스타 그리고 너. 전화번호도 아예 바꿨어. 내 번호 알고 있는 사람은 너 말고 여기 네 사람밖에 없어."

복잡한 여자관계를 다 정리했다는 듯 자랑스럽게 눈앞에 연락처를 열어서 보여 주는 전율에게 유가 말했다.

"나 이제 정말 괜찮아. 너 때문도 아니고 네 책임도 아니니까 미안해하지 않았으면 좋겠어."

전율은 유의 손을 잡았다.

"네가 먼저 와 줘서 정말 다행이다."

그녀가 먼저 와 주지 않았더라면 가슴을 억누르는 죄책감 때문에 다시는 옆에 갈 수 없었을지도 모른다.

윤유는 정말 아이러니한 여자였다. 겉보기에는 한없이 연약해 보이는데, 감당하기 쉽지 않은 일을 겪고도 당당히 학교 정문 앞으로 찾아왔다. 같은 일을 또 당할까 두려워 세상 밖으로 나오지 못하면 어쩌나 걱정했지만 어두운 그늘이나 상처의 흔적 없이 말간 얼굴을 보니 전율은 마음이 놓였다.

"시험 끝났으면 이번 주말에 시간 되겠네?"

전율의 물음에 유는 고개를 끄덕였다.

"응. 이번 주는 아무것도 안 하고 쉬려고."

"그럼… 데이트다?"

"응."

유를 쫓아다닌 지 한 달 만에 얻어 낸 데이트 허락이었다. 전율은 속으로 나이스를 외치며 쾌재를 부르는 마음과 달리 표정은 최대한 덤덤하게, 행동은 최대한 점잖게 유지하느라 다리가 덜덜 떨렸다.

chapter 4

축제

    봄의 끝 무렵, 맑게 갠 토요일 아침이었다. 한 달 만에 유에게 데이트 허락을 받아 낸 전율은 지난번에 조르다가 못 본 영화를 먼저 보기로 했다. 비행기 타러 가는 아이처럼 들뜬 전율이 영화 제목을 이것저것 나열했지만, 유는 제목을 들어도 아는 게 없었다. 영화관은 주말이라 더욱 붐볐다.

    "여기 잠깐 있어. 내가 가서 팝콘 사 올게."

    전율은 유를 세워 두고 사람들로 북적이는 팝콘 카운터로 갔다.

    사람의 얼굴을 잘 구별하지 못하는 유는 잘생긴 얼굴과 못생긴 얼굴의 차이를 모른다. 눈, 코, 입만으로는 누구에게나 비슷한 인상을 받기 때문에 피부의 톤이라든가 목소리의 높낮이, 확연히 눈에 보이는 키와 체격 등으로 사람을 구별하는 편인데 전율은 조금 달랐다. 그에게 익숙해진 탓인지 아니면 그가 특히 눈에 띄는 이목구비를 가진 건지, 멀리서도 그를 알아볼 수 있게 된 건 매우 큰 변화였다.

구석에 서서 전율이 오기를 기다리고 있을 때 누군가 그녀의 어깨를 툭 쳤다.

"유? 진짜 윤유네? 나 기억나? 오랜만이다."

고1 때 다녔던 입시 학원에서 같은 반 수업을 들었던 도현이었다. 훌쩍 큰 키, 떡 벌어진 어깨, 고3이라고는 믿기지 않을 만큼 세련된 옷차림의 그는 반갑다며 유를 덥석 안았다.

"영화 보러 왔어? 누구랑?"

팝콘 카운터 쪽으로 유가 시선을 가져가자 도현도 그쪽을 돌아보았다. 사람들 사이에 불쑥 튀어나와 있는 전율의 뒤통수가 보였다.

"남자친구?"

"아니. 그냥 아는 동생. 너는?"

"난 친구들이랑 왔어. 의외네? 1학년 때는 토요일마다 과외 있었잖아. 그래서 내가 주말에 만나자고 해도 늘 거절했었는데. 영화관 같은 곳엔 안 오는 줄 알고 너 찾으러 도서관에 엄청나게 다녔어. 덕분에 책 진짜 많이 읽었다."

그가 주말에 만나자고 한 적이 있었던가? 유는 그런 쪽으로는 워낙 관심이 없어서 기억나질 않았다.

"과외 하던 쌤이 군대를 가게 되어서…. 엄마가 다른 쌤 알아보는 동안 잠깐 쉬고 있어."

유의 말에 도현은 안 그래도 본인이 하는 그룹 과외에 빈자리가 났다며 과외 선생님을 소개해 주겠다고 했다. 그는 유에게 휴대폰 번호를 물어보았다.

"미안. 나 지금 핸드폰이 고장 나서…."

"그러면 잠깐만."

도현은 메고 있던 가방에서 볼펜을 꺼냈다.

"손 좀 줘 볼래?"

자신의 전화번호를 유의 손바닥에 꾹꾹 눌러 적은 그는 꼭 연락하라는 말을 남기고 친구들이 있는 곳으로 뛰어갔다. 전화번호가 적힌 손바닥을 내려다보고 있을 때, 전율이 팝콘과 콜라를 들고 돌아왔다. 유는 슬그머니 손을 감추었다.

유와 전율은 상영관에 자리를 잡고 앉았다. 영화 내용이야 아무렴, 방해받지 않고 유와 있을 수 있는 시간을 무려 두 시간이나 맡아 놓았으니 전율은 더 바랄 것이 없었다. 극장 안에 불이 꺼지고, 전율은 어둠 속에서 유의 옆얼굴을 훔쳐보았다.

영화 끝나고 카페에 갈까 아니면 밥을 먹을까? 분위기가 괜찮으면 사귀자고 한번 말해 볼까? 밀려드는 기대로 가슴이 두근거렸다. 다정한 손길을 유의 어깨 쪽으로 뻗는 순간, 부드러운 머리카락이 팔을 스쳤다. 영화가 시작한 지 5분도 되지 않아 꾸벅꾸벅 졸고 있는 그녀를 보자 팽팽하던 긴장감이 나뭇가지에 걸린 연처럼 툭 끊어졌다.

전율은 유가 기댈 수 있도록 어깨를 낮춰 주었다. 왼쪽 어깨에 내려앉은 머리의 무게가 좋아서 잠든 그녀의 이마와 코끝을 내려다보았다. 그녀의 손을 움켜잡고 손가락을 얽어서 깍지를 꼈다. 같이 있는 것만으로도 긴장감이 최고인데, 넌 잠이 오니? 전율은 어이가 없어서 웃음이 났지만 두 시간이 아니라 20년이라도 이렇게 앉아 있을 수 있을 것만 같았다.

그날 두 사람은 평범한 연인들처럼 데이트를 즐겼다. 빵을 먹고 차를 마시고 공원을 거닐었다. 별로 한 것도 없는데 시간은 훌쩍 지나갔다. 대문 앞에서는 언제나 아쉬웠지만 저녁까지 다 먹었으니 유를 붙잡을 핑계도 없었다.

유는 전율에게 잘 가라며 손을 흔들었다. 전율은 그녀가 흔들고 있는 손을 잡아 자신의 눈앞으로 가져갔다.

"이거 뭐야?"

꽤 잘 감추고 있었는데, 하필 마지막에 방심했다.

"아까 영화관에서 오랜만에 친구를 만났는데 내가 핸드폰이 없어서…."

전율은 티셔츠 끝자락으로 유의 손바닥을 벅벅 문지르며 다 번져서 보이지도 않는 전화번호를 지웠다. 도대체 이 갈증은 언제쯤 채워질 수 있는 건지. 그녀와 함께하는 시간이 쌓여 갈수록 전율은 허기지고 목이 말랐다.

"나한테 관심 없는 거 알아. 오늘 함께한 것도 너한텐 별 의미 없는 시간이었겠지만…."

속마음 같은 거 말로 해 본 적 없어서 쪽팔리는 건 기본이고 내가 왜 그랬을까 싶어 밤새 이불 걷어차는 게 일상이지만, 전율은 유 앞에서는 그런 걸 생각하고 따질 여유가 없었다. 넘쳐나는 열정을 이렇게라도 쏟아 내지 않으면 속에서 끙끙 앓아 정상적인 상태를 유지하기 어려웠다. 고요한 유의 얼굴을 마주하면 아쉬움이 겹겹이 배어 나왔다.

"나 봐 달라고 안 해. 그 대신 내가 나를 보여 줄 수 있게 아주 조금만 시간을… 아니 기회를 주면 좋겠어."

붉어진 손바닥을 엄지로 매만지던 유는 고개를 끄덕였다. 그 끄덕임에 전율은 오히려 속이 답답해졌다.

"무슨 말인지는 알고 끄덕인 거야?"

"응."

왠지 모르는 것 같아서 전율은 확실히 알려 주었다.

"내가 옆에 있는 동안 다른 남자 만나지 말라는 말이야."

유의 눈빛이 흔들리는 걸 보면 무슨 말인지 몰랐던 게 확실하다. 곧 유가 입을 열었다.

"나도 너한테 할 말이 있어."

할 말이 있다는 그녀의 말에 전율의 심장이 철렁 내려앉았다. 다른 남자 만나지 말라는 말이 거슬렸던 건가? 아니면 아까 그 남자 때문에 다시는 보지 말자는 말을 하려는 걸까? 그런 말이라면 별로 듣고 싶지 않았다.

"다음에 들을래. 오늘 너랑 있어서 진짜 기분 좋았거든. 그냥 이대로 갈게."

전율은 바지 주머니에 손을 찔러 넣고 몸을 돌려 도망치듯 골목으로 사라졌다. 유를 만나면서 터득한 이상한 버릇 중 하나였다. 여차하면 할 말만 하고 도망치기, 어차피 받을 상처라면 하루쯤은 미루기, 상처받은 후에 아무렇지 않게 다시 찾아가기.

유는 그런 전율의 행동을 해석해 보려 했지만 궁금증만 커졌다. 나도 너 보면 좋다고, 너 말고 다른 남자는 없다고, 그렇게 말하려 했는데 그는 들으려고 하지 않았다. 내가 전율을 좋아하는 건지 아니면 그가 좋아해 주는 것을 좋아하는 건지 잘 모르겠다. 누가 나에게 정답을 좀 알려 주었으면….

5월의 어느 날, 유는 새 휴대폰을 구입했다. 없는 게 더 편했지만 전율이 못 참겠다며 자신의 것을 억지로 쥐어 주는 바람에 어쩔 수 없었다. 며칠간은 전율의 휴대폰을 사용하긴 했다. 그러나 3일째 되는 날 그에게 돌려주고 말았다.

"나도 새로 사려고."

"그래? 잘됐다. 근데 왜 자꾸 꺼 놓는 거야? 어떻게 열 번 전화하면 한 번 받을 수가 있지?"

"여자들한테 전화가 많이 와서 꺼 놓았어. 특히 밤에는 더 많이 오더라."

담담한 유의 말에 전율은 얼굴을 붉혔다.

초콜릿 노래방 사건 이후 전화번호를 바꿨기 때문에 다른 여자들에게 전화 올 리가 없는데, 에스타가 전율의 전화번호를 돈 받고 여기저기 팔았다더니 그 소문이 사실인가 보다. 개인정보보호법 위반으로 고소해 버릴까?

학교에서 윤지와 지현은 이번 달 마지막 토요일에 열리는 축제에

관한 이야기를 했다. 같이 가자는 친구들에게 유는 토요일에 과외
가 있어서 안 된다는 말을 하려다 말고 도현을 떠올렸다. 그의 연락
처는 손바닥에 쓸 때 이미 외웠다. 암기는 유의 특기다.

과외 선생님의 연락처를 묻는 문자 메시지를 보내자마자 도현에
게서 만나자는 답장이 왔다. 그와 만날 약속을 잡은 유는 전율에게
도 메시지를 보냈다. 오늘은 약속이 있으니 데리러 오지 말라는 그
녀의 문자에 득달같이 전화가 왔다. 누구를 만나는지, 어디에서 만
나는지, 성별까지 캐어묻던 전율은 그렇지 않아도 동아리 활동이
있어서 잠깐 가 봐야 한다고 했다. 전화기 너머에서 사물함 문짝을
뜯어내라는 박지오의 고함이 들려왔다.

윤유가 속 썩일 때마다 전율이 사물함을 발로 걷어차는 바람에
사물함 문짝 열두 개가 떨어져 나갔다며 그중에 본인의 것도 포함
되어 있다고 했다. 시끄러운 친구의 입을 막느라 이를 악문 전율은
독서실 끝나는 시간에 맞춰 데리러 가겠다는 말을 남기고 전화를
끊었다.

방과 후 유는 시내에 있는 카페에서 도현을 만났다. 올림피아고
의 상징인 회색 교복을 입고 카페에 앉아 책을 읽던 그는 유를 발견
하고는 얼굴 가득 웃음을 지었다.

"기다리게 해서 미안."

"아니야. 얼마 안 기다렸어. 그리고 너 기다리는 거 하나도 안 지
루하더라."

도현의 표정과 목소리에 옅게 깔린 감정이나 그가 한 말의 의미
같은 건 생각해 볼 여지도 없이 유는 자리에 앉자마자 용건부터 꺼

냈다.

"과외는 아직 빈자리 있어? 쌤 연락처 알려 주면 내가 직접 통화해 볼게."

도현에게도 1분 1초가 아까운 시간이었다. 문자로도 얼마든지 주고받을 수 있는 과외 선생님의 연락처를 알려 주기 위해 카페에 나오기까지 할 정도로 한가한 김도현이 아니었다.

"그 전에, 뭐 마실래? 커피? 아니면 다른 거? 내가 살게."

유는 시간을 확인했다. 독서실 가기 전까지 30분 정도의 여유는 있었다. 유는 오렌지 주스를 주문했다. 그녀와 마주 앉은 도현의 얼굴에 웃음이 가시질 않았다. 과외 스케줄이 빡빡하지만 필요하다면 전부 취소할 생각이었다.

"중간고사는 어땠어?"

그의 물음에 유는 그럭저럭 괜찮았다고 대답했다.

무표정한 얼굴로 미지의 공간을 응시하고 있을 땐 꿈을 꾸는 것 같고, 환하게 웃을 땐 5월의 봄날 같은 그녀는 남학생들의 이상형이었다. 그 사실을 모르고 있는 멍한 분위기마저도 그녀의 매력이었다.

유가 말없이 학원을 그만둔 후에도 도현은 종종 그녀를 떠올리곤 했다. 여자를 만나서 노닥거리는 데 할애할 시간은 없지만 윤유 정도라면 여자친구로 나쁘지 않을 것 같다는 생각을 했다. 조용한 성격에 순종적인 태도, 무엇보다 남자 경험 없는 그녀의 순진함은 도현의 관심을 끌기에 충분했다.

"읽을 만한 책 있으면 추천 좀 해 주라. 난 뭘 읽어야 할지 몰라서 마음만 급해."

그녀가 책을 좋아한다는 걸 알고 도현은 대화의 방향을 터 보았다. 평소에 말이 없던 유도 자신이 관심 있어 하는 분야에 대해서는 눈을 빛냈다.

"나는 인문학에 관한 책을 즐겨 읽어. 살아간다는 건 처음부터 끝까지 인간에 대한 이해가 아닐까 싶어서."

"그건 그래. 본인의 일상이 지향하는 삶의 목적이 무엇인지 모른 채로 살아가는 사람이 많으니까. 고도의 경쟁 상태 속에서 각자 맡은 역할을 하고 있지만 무엇에 에너지를 쏟아야 하는지를 발견하는 사람은 소수일 뿐이지. 자기 자신에 대한 이해가 바탕이 되지 않으면 삶을 겉돌 수밖에 없다고 생각해."

투명한 빨대를 입에 물고 오렌지 주스를 홀짝이는 유에게 도현이 물었다.

"유, 너는 인간이 삶을 살아가는 목적이 뭐라고 생각해?"

"그냥… 존재하기 위해서가 아닐까? 나무처럼 바위처럼 그 자리에 존재하는 것이 목적인 것 같아. 더 깊이 들어가서 존재의 이유를 묻는다면 쓰임이겠지. 나무가 존재하는 것만으로 그늘을 만들 듯이 단지 존재하면서 자신을 이롭게 할 수 있다면 조금 더 아름답게 존재할 수 있을 것 같아."

도현은 조곤조곤 이야기하는 유의 얼굴을 감상했다.

유는 그의 시선을 느끼고 말을 멈추었다. 평소에 누군가와 이런 대화를 해 본 적 없는 그녀로서는 자신의 이야기가 상대방에게 지루하게 들릴까 봐 걱정되었다.

"미안…. 재미없지? 괜히 시간 빼앗은 것 같아. 이만 가 볼게."

가방을 챙기려는 유를 도현이 다급히 막아 세웠다.

"아니, 아니. 재미있어. 너무 잘 듣고 있었어. 계속해 줘. 더 듣고 싶어."

엉거주춤 일어서려던 유는 도현의 적극적인 만류에 눈을 깜박이며 천천히 자리에 앉았다. 갸우뚱하는 유에게 도현의 고백이 날아들었다.

"나도 좋아해. 인문학."

"그렇구나."

"오늘은 학원 스케줄 없는 날이라 시간 많아. 너만 괜찮다면 대화를 조금 더 하고 싶어."

그렇게 시작된 대화는 한 시간이 넘도록 이어졌다. 정치경제학을 전공하고 싶다는 도현은 자신의 꿈을 당당하게 밝혔고, 유는 의대를 목표로 하고 있다고 조심스럽게 털어놓았다. 전율 앞에서는 꺼내지도 못했던 말들이 술술 나왔다. 경청하는 도현의 따뜻한 눈빛은 어떤 이야기든 다 들어 줄 것만 같았다. 그래서 유는 용기를 냈다.

"도현아, 나 궁금한 게 있는데. 남자들은 좋아하는 여자가 생겼을 경우 보통 그 마음이 얼마나 오래가?"

뜬금없는 유의 질문에 아이스 아메리카노를 마시던 도현이 호탕한 웃음을 터트렸다.

"궁금한 게 그런 거였어? 엄청 의외다. 혹시… 그 아는 동생?"

"그게… 그냥 아는 동생은 아니고… 친구도 아닌데 경계가 모호해서 그것도 좀 궁금해. 남자친구의 역할이라든가, 사귄다는 의미라든가….”

“글쎄. 나도 남자친구 역할을 안 해 봐서 잘 모르겠는데?”

얼굴에 웃음기가 가득한 도현은 순전히 유를 놀리고 있었다.

“직접 경험하지 않으면 모르는 거구나….”

“너 그 녀석 좋아해?”

전율을 좋아하느냐는 도현의 물음에 유는 고개를 저었다.

“사실 그것도 잘 모르겠어. 내가 전율을 좋아하는 건지 아니면 전율이 나를 좋아해 주는 걸 좋아하는 건지.”

유의 입에서 전율의 이름이 나오자 도현의 눈이 커졌다.

“전율? 화신고 2학년?”

전율을 아느냐는 유의 물음에 도현은 모호한 표정을 지었다. 전율에 관한 이야기는 알고 싶지 않아도 어딜 가나 들을 수 있었다. 여자애들에게 인기가 많을 뿐만 아니라 남학생들 사이에서도 꽤 영향력이 있었다. 도현은 ‘그래 봤자 반반한 양아치’ 정도로만 생각하고 있었다.

“너랑은 좀 어울리기 힘들지 않아? 소문으로는 그렇게 착실한 모범생은 아닌 것 같던데.”

소문은 어떨지 모르지만 실제로 그렇게 나쁜 아이는 아닌 것 같다고 말하는 유의 목소리에 확신은 없었다.

“믿어?”

도현이 물었다.

“지금까지는….”

진주를 한 번도 보지 못한 사람이 탁한 물속에서 진주와 자갈을 구별해 내기란 쉬운 일이 아니었다. 망설이는 유에게 도현이 소신 껏 말했다.

"전율 말고 너 자신을 믿느냐는 말이야. 다른 사람을 좋아할 땐 상대방이 아니라 자기 자신이 주체여야 해. 그 친구를 믿지 말고 네 느낌을 믿어 봐. 너의 선택은 분명히 너를 좋은 방향으로 이끌어 줄 거야."

도현의 조언에 어둡던 유의 표정이 밝아졌다.

"다른 것도 더 가르쳐 줄 수 있어?"

"물론이지. 네가 궁금해하는 것들을 내가 알려 줄게. 그 대신 궁 금한 게 있을 때마다 전화나 문자 말고 직접 만나서 이야기하는 걸 로 하자. 어때?"

"응. 좋아. 고마워 도현아."

유는 도현이 소개해 준 과외 선생님과 통화해 보았지만, 개인적 인 사정으로 정원을 늘리기 어렵다는 답변을 들었다. 수학 과외 대 신 그녀는 도현에게 '연애 과외'를 받기로 했다. 그녀로서는 엄청난 결심이었고, 전율에게 다가가기 위한 작은 한 걸음이었다.

유가 독서실에서 나왔을 때 입은 웃고 있지만 눈은 화난 것 같은 전율이 기다리고 있었다. 그는 유의 어깨에 팔을 두르고 '그 새끼' 랑 무슨 이야기를 했느냐고 낮은 목소리로 물었다. 유는 인문학 이 야기도 했고, 경제학 이야기도 했고, 학교 교육에 대해서도 이야기했다고 대답했다.

"그게 다야? 뭐 그딴 이야기를 해?"라며 의아해하는 전율에게 유는 연애 과외를 받기로 했다는 말은 하지 않았다.

"그 새끼 눈빛이 어땠는데?"

"눈빛? 그냥 평범했는데."

"하긴 너 같은 둔탱이가 남자의 눈빛을 읽을 줄 아냐? 그놈이 널 어떻게 쳐다봤을지 생각하면 열이 받는데, 물증이 없으니 그냥 넘어간다."

전율은 오랜만에 동아리 모임에 갔다가 연습실에서 세 시간을 뒹굴었더니 삭신이 쑤신다는 둥, 나중을 대비해서 에너지를 아껴 놓으려고 했는데 망했다는 둥, 박지오가 한 말—사물함 문짝에 관한 말—은 신경 쓰지 말라며 원래 교실 사물함에는 문이 없다는 둥 등의 말들을 늘어놓았다. 그리고 대문 앞에 다다르자 낮에 윤지가 했던 이야기를 꺼냈다.

"이번 달 마지막 토요일에 공연이 있어. 너도 보러 와."

"윤지한테 들었어. 너 춤도 출 줄 알아?"

"아니. 못 추는데, 나 춤추는 거 보면 네가 나한테 반할 거라고 친구들이…. 그래서 너 오면 하고, 안 오면 안 한다고 했어."

전율은 말을 하면서도 쑥스럽다는 듯이 손으로 앞머리를 헝클어 트렸다. 그 모습이 귀여워서 유는 웃음을 터트렸다.

"무대에서 넘어지지 않게 연습 열심히 해. 꼭 보러 갈게."

전율은 깁스를 풀었다. 그리고 매일 학교에 남아 춤 연습을 했다. 독서실 끝나는 시간에는 어김없이 계단에 앉아 졸면서 유를 기다렸다.

유는 도현과 일주일에 두 번 정도 만나서 궁금한 것들에 관한 이야기를 나누었다. 고3이 연애 상담이나 하고 있다니 스스로 생각해도 한심하지만 유에게는 수학 문제를 푸는 것보다 더 중요한 일이었다.

1년에 한 번 열리는 '상생 페스티벌'은 규모가 큰 지역 행사로, 대규모 공연이 다양하게 펼쳐지는 축제였다. 전율이 속해 있는 댄스 동아리는 몇 년 전 학생들이 취미 활동으로 시작한 모임인데, 점차 실력과 인지도를 쌓아 가면서 국내뿐만 아니라 세계 대회에도 참가할 만큼 전문적인 댄스팀으로 성장했다.

학교를 졸업한 선배들에 비하면 전율과 친구들은 단순히 재미로 춤을 추는 것에 불과하지만 그들로 인해 댄스 동아리의 인기는 정점을 찍었다. 윤지의 휴대폰에는 댄스팀의 공연 영상이 여러 개 저장되어 있었으나 유는 전율이 춤을 춘다는 사실도 몰랐다.

아침부터 학교에 나가서 최종 연습을 마치고 무대 리허설까지 해야 한다는 전율은 유에게 늦지 말라며 몇 번이나 당부하고 휴대폰에 알람까지 맞춰 놓았다. 공연 시간은 오후 4시였기에 유는 친구들과 3시쯤 광장에서 만나기로 약속했다.

점심쯤 도현에게서 만나자는 전화가 왔다. 유는 친구들과 축제에 가야 한다고 했지만, 잠깐이면 된다는 그의 말에 집 앞으로 나갔다. 도현은 오늘따라 옷차림이나 헤어스타일에 신경을 쓴 듯했다. 패션에 관심 없는 유의 눈에도 뭔가 중요한 약속이 있는 사람처럼 보였다.

"무슨 일로 보자고 했어?"

유의 물음에 도현은 머뭇거렸다. 사실은 데이트 신청을 하려고 했다. 서점에도 가고, 전시회도 가고, 가로수 길도 함께 걸으며 미래에 관한 이야기를 나누고 싶었지만 막상 축제에 가려고 예쁘게 준비하고 나온 그녀를 보니 입이 쉽게 떨어지지 않았다.

"넌 사람 많은 곳은 별로 좋아하지 않잖아."

도현의 말에 유는 차분하게 내리고 있던 속눈썹을 들어 올렸다.

"한 번쯤 가 보는 것도 좋은 경험이 될 것 같아."

"예전에 비해 축제의 의미가 많이 퇴색된 것 같기도 해. 전에는 자신의 재능을 펼칠 수 있는 환경이 제한적이었고, 공연을 관람할 수 있는 기회도 많지 않아서 축제가 하나의 문화의 장이 될 수 있었지만, 요즘에는 워낙 방법이 다양해져서 디지털 콘텐츠로도 춤과 노래를 많은 사람들에게 보여 줄 수 있고, 또 얼마든지 감상이 가능하니까. 공연장에서는 문화를 즐긴다기보다 이성과의 만남을 시도하거나 노는 애들 위주로 모여 일탈하는 경우가 더 많은 것 같다고나 할까…."

줄줄이 뱉어 내는 도현의 말에 유는 멍한 기분이었다. 이성과의 만남…. 생각해 보면 그녀도 전율을 보기 위해 가는 거니까 그럴 수도 있겠다 싶은 생각이 들었다. 대답 없이 얼굴을 붉히는 유를 보며 도현이 손을 내저었다.

"축제에 가는 게 나쁘다는 말이 아니라 너의 귀한 시간을 조금 더 의미 있게 쓰면 좋을 것 같아서 한 말이야. 늘 도서관에 가던 애가 축제에 간다니 의외라서."

귀한 시간을 의미 있게…. 도서관에 가는 건 의미가 있고, 축제에 가는 건 의미가 없는 것인가? 의미는 어디에서 찾아야 하는 건지 유는 조금 혼란스러웠다.

전율을 만나기 전까지 축제 같은 건 관심도 없었다. 학생의 본분은 공부이고, 그것을 잘하지 못하면 모범적이지 않다는 평가를 받는 게 당연한 줄로만 알았다. 지금껏 학생이라는 신분을 만들어 낸 사회적, 역사적 배경을 한 번도 의심한 적이 없었다. 나답게 존재하기 위해 태어났을 뿐인데 어째서 우리는 '학생'이 된 건지, 무슨 이유로 다 같이 공부라는 의무를 짊어진 건지, 유는 처음으로 궁금해졌다.

"그러게…. 나도 요즘은 이상해. 지금까지 답이 정해져 있다고 생각해 왔던 문제가 그 애를 만난 후부터 헷갈리기 시작했어. 이것도 답이고 저것도 답일 수가 있구나 하는 함정에 빠져 있는 동안 정말 놀랍게도 사실은 문제 자체가 틀렸을 수도 있다는 생각이 들었어. 조금은 두렵지만 설레기도 해. 나도 내가 왜 이러는지 잘 모르겠지만…."

도현은 두서없는 유의 이야기를 듣자마자 확신했다. 본인은 잘 모른다고 해도 그녀는 이미 전율을 좋아하고 있었다. 그건 유가 축제에 가는 것보다 더 시급한 문제였다.

"유야, 처음 네가 나한테 했던 질문 기억나? 남자가 여자를 좋아하기 시작하면 그 기간이 얼마나 지속되는지 물었잖아."

도현의 질문에 유는 고개를 끄덕였다.

"맞아. 그거 정말 궁금했었어."

길고 긴 소설의 결말을 기다리듯 유의 눈빛이 진지해졌다.

"좋다고 쫓아다니던 남자의 마음이 변하는 시기가 언제부터인 줄 알아?"

도현은 비밀스러운 이야기를 하듯 목소리를 낮추었다. 두 사람의 간격이 좁혀졌다.

"그건 바로 이 여자가 내 것이라고 생각되는 그 순간이야. 여자가 자신을 좋아한다는 사실을 알게 되면, 그때부터 남자는 마음이 변하기 시작할 거야."

유는 큰 충격을 받았다. 그 말이 사실이라면 전율을 좋아한다고 고백하는 그 순간부터 나에 대한 마음이 변한다는 말인가? 흐트러진 생각들을 수습하기도 전에 도현의 다정한 목소리가 닿았다.

"한순간의 두근거리는 감정은 사랑이 아니야. 단순한 호기심일 뿐. 넌 똑똑하니까 지금 당장의 호기심이나 재미보다 앞으로 너의 미래에 도움이 될 수 있는 남자를 잘 선택할 수 있을 거야."

전율은 너 같은 둔탱이가 남자의 눈빛을 읽을 줄 아냐며 구박했지만, 유는 도현의 눈빛이 평소와 다르다는 걸 알 수 있었다. 그는 입시에 도움이 될 만한 다양한 정보들을 알려 주었고, 그러는 동안 친구들과의 약속 시간은 훌쩍 지나 버렸다.

한편 축제 장소에 마련된 스테이지 뒤에서는 공연을 안 하겠다는 전율을 말리느라 댄스 팀장과 팀원들이 진땀을 뺐다. 전율은 목에 걸고 있던 목걸이를 벗어서 바닥에 패대기쳤다.

"내가 처음부터 윤유 오면 하고, 안 오면 안 한다고 했잖아요!"

"율아, 한 번만 살려 주라! 너 없으면 안무 안 되는 거 알잖아!"

"아, 몰라요!"

"전율, 장난이지? 이제 앞에 두 팀 남았어. 지오야, 별아, 율이 좀 말려 봐!"

대기실 천막 사이로 밖을 보고 있던 에스타가 다 부질없다는 말투로 혀를 찼다.

"전율을 잘 모르시네. 저 새끼 못 말려요. 그냥 포기해요."

댄스 팀장이 밖으로 나가려는 전율의 허리를 붙잡고 늘어지고 있을 때 밖을 보던 박지오가 외쳤다.

"왔다, 왔다! 전율! 문어 다리 누나 왔어! 지금 자리에 앉았어!"

택시를 탄 유는 차가 많이 막혀서 대로변에 내렸다. 숨이 턱까지 차오를 만큼 열심히 달렸다. 억새풀보다 더 빽빽한 사람들 사이를 비집고 들어갔다. 무대 바로 앞 줄, 전율이 맡아 놓은 자리에 앉자마자 윤지와 지현의 손바닥이 유의 등을 향해 사정없이 날아들었다. 한 시간짜리 공연을 10분 남기고 도착한 유는 앞 팀의 공연을 모두 놓쳤다.

다행히 전율이 소속된 팀은 마지막 순서였다. 유가 숨을 돌리기도 전에 사회자가 마지막 팀을 소개했다. 팀 소개가 끝나자마자 뒤에서 엄청난 함성이 쏟아졌다. 놀란 유는 뒤를 돌아보았다. 정신없이 뚫고 지나올 땐 몰랐는데 수백 명의 사람들이 빈틈없이 공연장을 메우고 있었다.

하늘은 푸르지만 오렌지빛 해가 뉘엿뉘엿 넘어가는 시간, 조명이 무대를 밝게 비추었다. 열 명 정도의 남자들이 무대 위로 등장했고, 음악이 흘러나왔다. 윤지가 유의 어깨를 툭 치며 손가락으로 무대 위를 가리켰다.

"저기 지오랑 별. 센터가 전율이야."

유의 시선은 전율에게 홀린 듯 고정되었다. 춤을 못 춘다더니, 단단한 몸과 강한 힘이 만들어 내는 동작들은 역동적이면서도 아름다웠다.

관객을 더욱 열광하게 하는 건 전율의 눈빛과 표정이었다. 열여덟 살 소년이 뿜어내는 분위기라고 하기엔 지나치게 유혹적이었다. 촐랑거리며 까불던 애들은 어디 가고 섬세한 춤 선을 선보이는 박지오와 자신만의 느낌으로 음악을 표현하는 에스타까지, 세 사람은 단숨에 무대를 장악해 버렸다.

전율이 안무 도중 앞으로 걸어 나올 때마다 쏟아지는 함성 때문에 음악 소리가 안 들리기도 했다. 유는 눈을 떼지 못하고 그들의 공연을 관람했다. 그녀 앞에서 바보 같기만 하던 전율이 무대 위에서는 다른 사람처럼 보였다. 삶을 대충 사는 아이 같았는데, 무언가에 온몸을 내던지는 모습은 평소에 알던 그의 모습과는 달랐다.

"내 인생에서 가장 큰 시험은 너야. 너무 어려워서 만날 망하지만."

유는 전율이 했던 말이 떠올랐다. 시험 기간인데 공부 안 해도 되냐는 물음에 전율은 그녀를 만나면서 인생 공부를 하는 중이라고 대답했다.

정말 시험 못 봐도 괜찮은 거냐고 재차 물으며 진지하게 걱정하는 유에게 그는 웃으면서 말했다.

"시험 못 본다고 죽냐? 난 내가 하고 싶은 일을 할 거야. 지금 그걸 하는 중이고."

콘크리트 기둥 같은 팔을 어깨에 척 걸치고 티 없이 웃는 전율을 보며 유는 작은 민들레 씨앗 하나가 멀리서부터 날아와 심장 한가운데 앉는 기분을 느꼈었다.

귀가 먹먹할 정도의 함성이 들려왔다. 순식간에 공연은 끝이 났고, 댄스 팀 멤버들은 무대 옆으로 내려갔다.

그때 함성이라기보다 비명에 가까운 소리가 들렸다. 공연을 마친 전율이 무대 아래로 풀쩍 뛰어 내려온 것이다. 거침없이 걸어온 그는 유 앞에 쪼그려 앉았다.

"일찍일찍 안 다니지?"

귀엽게 웃는 그의 이마에서 흘러내린 땀방울은 턱을 타고 바닥으로 툭 떨어졌다. 전율은 나무 그루터기에서 쉬는 나그네처럼 유의 무릎에 팔을 기대고 젖은 앞머리를 털면서 아직 돌아오지 않은 호흡을 가다듬었다.

유는 가방에서 티슈를 꺼내 그의 턱과 이마에 흐르는 땀을 닦아 주었다.

"춤 잘 못 춘다며. 안 넘어지고 잘 추더라?"

"너 보면 떨려서 넘어질까 봐 먼 산 보고 췄어."

"잘했어."

말 잘 듣는 강아지 쓰다듬듯 가볍게 머리를 헝클었더니 전율은 가지런한 치아를 드러내며 환하게 웃었다.

축제의 피날레가 끝나고 관객들이 하나둘 자리를 뜨는 동안에도 전율은 유 옆에 붙어 있었다. 그가 공연 팀 회식하는 데 같이 가자며 유를 조르고 있을 때 무대 옆에서 전율을 부르는 외침이 들려왔다.

"전율! 빨리 와!"

전율은 옷만 갈아입고 올 테니 꼼짝 말고 기다리라며 무대 옆으로 뛰어갔다.

자리에 앉아 전율을 기다리던 유의 앞으로 한 무리의 여학생들이 몰려왔다. 그들 중 한 명이 대표로 유에게 말을 걸었다.

"넌 뭐야?"

예고도 없이 날아든 질문에 유는 당황스러웠다. 누구냐고 묻는 말은 들어 봤어도 뭐냐고 묻는 말은 들어 본 적이 없었다. 나는… 뭘까? 유가 형이상학적인 질문에 대해 고민해 보려는 그때, 또 다른 여학생이 전율의 머리를 쓰다듬은 유의 행동에 대해 맹렬한 비난을 퍼부었다.

'울 오빠의 빛나는 얼굴'이라는 말로 짐작했을 때 전율을 좋아하거나 응원하는 여학생들인 것 같았다. 그들은 같은 디자인의 플라스틱 물병을 들고 있었고 거기에는 'YUL'이라는 글자가 감각적으로 새겨져 있었다.

상황을 지켜보던 윤지와 지현이 옆으로 다가왔다.

"무슨 일이야?"

"아무것도 아니야. 내가 알아서 할게."

친구들이 끼어들지 못하게 막아선 유는 전율과의 관계를 일방적으로 따져 묻는 여학생들에게 순식간에 둘러싸였다. 조롱과 협박과 출처를 알 수 없는 저급한 욕설이 유를 향해 날아들었지만 그건 단순히 질투를 표출하고 유를 무력화시키기 위한 인신공격에 불과했다.

"한 번만 더 율이 오빠를 건드렸다가는 인생에서 똥을 밟는다는 것이 얼마나 구리고 끔찍한 일인지 알게 해 주겠어."

그렇게 말한, 앞머리에 커다란 분홍색 헤어 롤을 매달고 펑퍼짐한 청바지에 삼선 슬리퍼를 신은 여학생은 들고 있던 물병으로 유의 정수리를 툭 쳤다. 마치 실로폰을 연주하듯이. 툭.

어째서 그녀의 친구들은 앞머리에 헤어 롤이 매달려 있다는 사실을 말해 주지 않은 걸까? 아무리 생각해도 급하게 나오느라 미처 떼어 내지 못한 게 분명하다. 슬리퍼를 신고 있는 걸 보면 신발을 갈아 신어야 한다는 걸 잊어버렸는지도….

여학생들은 아무런 반응도 하지 않는 유를 보며 낄낄댔다. 옆에서 지켜보던 윤지가 당장 끼어들려 했지만 지현이 막았다.

"쟤 전교 1등이야. 우리보다 머리 좋아."

"공부할 때만 좋지, 평소엔 왜 달고 다니는지 진짜 궁금하거든? 어떻게 중학생들한테 맞고도 가만히 있을 수가 있나? 뇌 없어?"

흥분한 윤지가 길길이 날뛰는 일촉즉발의 상황, 말끔해진 전율이 유에게로 달려왔다. 유를 둘러싸고 있던 소녀들은 그를 보자마자 언제 그랬냐는 듯 수줍은 얼굴로 환호했다. 주먹을 꼭 쥔 유는 앞에 선 전율을 올려다보며 결투를 신청하듯 말했다.

"전율, 나랑 사귀자."

그 말에 놀란 전율이 어떤 반응을 보일 새도 없이, 유는 그의 목덜미를 잡고 끌어당겨 아이들이 보는 앞에서 입을 맞추었다.

갑작스러운 입맞춤에 놀란 전율은 들고 있던 휴대폰을 바닥에 툭 떨어트렸다. 욕을 쏟아붓던 소녀들은 눈앞에서 벌어진 광경에 놀라 비명을 질렀다. 엄청난 혼돈 속에서도 전율은 얌전히 고개를 낮추고 턱을 비스듬히 움직여 각도를 맞춰 주었다.

박지오와 에스타가 그 장면을 목격하고 걸음을 멈추었다.

"우와… 소름…. 문어 다리 누나 진짜 역대급이다. 어떻게 하는 짓마다 상상 이상이냐? 박력 쩔어! 공연장 한가운데서!"

윤지와 지현은 유가 머리를 왜 달고 다니는지 알겠다며 고개를 끄덕였다.

주위에서 일어나는 온갖 잡음 따위에 아랑곳하지 않고 입술을 부딪쳤던 유는 얼굴을 떼고 한 걸음 물러섰다. 그리고 아직 정신을 못 차리고 멍하게 있는 전율의 손을 잡고 무대 앞을 벗어났다. 유의 등 뒤로 소녀들의 울음소리가 들려왔다.

전율은 한참을 끌려가면서도 자신에게 무슨 일이 일어난 건지 몰랐다. 사람이 많지 않은 공원에 도착해서야 유는 잡고 있던 손을 놓았다.

그제야 정신이 든 전율은 황당한 얼굴로 웃었다.

"윤유, 너 방금 뭐 한 거냐?"

좋아서 미칠 것 같은 기분을 간신히 누르고 있는 그와 달리 유의 표정은 차분했다.

"진심이야? 사귀자고? 너 나한테 그렇게 말했지?"

들뜬 그에게 뭐라고 설명해야 할지 몰라 고개를 숙인 유는 사과부터 건넸다.

"미안."

"괜찮아. 조금 놀라긴 했지만 미안할 것까진 없어."

"아니. 사실은…."

"그럼 오늘부터 우리 1일인가? 드디어 윤유 완전히 내 거 됐네?"

웃음이 가득한 그 눈을 차마 바라볼 수 없어서 유는 시선을 피했다.

"내가 이날을 얼마나 기다렸는지 넌 상상도 못 할 거다."

생각만으로도 좋아서 얼굴이 붉어진 전율은 희열을 쉽게 가라앉히지 못했다. 빠르게 뛰는 심장을 오늘은 그냥 포기해 버렸다. 옜다. 기분이다. 실컷 뛰어라. 그러고는 유를 품에 안아 보기 위해 한 걸음 다가섰다.

"사실은 그거 진심 아니야."

유의 말에, 웃고 있던 전율의 표정은 믿기 어렵다는 듯 어정쩡하게 굳어 버렸다. 유는 두 손을 모으고 진심으로 사과했다.

"미안해. 그 애들한테 복수하려고 너를 이용했어. 정말 미안해."

상공 1천 미터에서 추락하는 기분이 이런 걸까? 달리던 길이 뚝 끊긴 기분. 무중력 상태에서 곤두박질치는 기분. 미안해하는 표정도, 그 말도 제발….

전율은 바닥에 주저앉고 싶었지만 그럴 수 없어서 몸이 떨렸다. 고개 숙인 유를 보는데 그렇게 잔인할 수가 없다. 미안해하는 그 청초한 얼굴과 엉켜 있는 새까만 속눈썹이 사람을 미치게 했다.

"복수를 하든 이용을 하든 다 괜찮으니까, 미안하다는 말은 하지 마. 부탁이야."

전율은 고개를 돌리고 한숨을 내쉬었다.

"한 번만, 딱 한 번만 솔직하게 말해 줘."

전율은 유의 어깨를 잡았다. 그녀에게 애원하다시피 했다.

"너 나 한 번도 좋아한 적 없어?"

그 말을 듣는 유의 가슴은 높은 파도에 의해 잠겨 버린 것처럼 아득하게 깊은 곳에서 일렁였다. 서서히 차오르는 감정을 더 이상은 숨길 수가 없을 것만 같았다. 그러나 도현의 말이 마음에 걸렸다.

"여자가 자신을 좋아한다는 사실을 알게 되면, 그때부터 남자는 마음이 변하기 시작할 거야."

내 마음속에도 네가 있다고 말하고 싶지만, 널 좋아한다고 말해 버리면 그 후엔 어떻게 될지 너무 두려워. 유는 말을 꺼내지 못하고 입술을 깨물었다.

대답을 기다리는 것도 더는 못할 것 같다. 전율은 잡았던 유의 어깨를 놓고 고개를 돌렸다. 무언가 말을 하려고 해도 목이 메었다. 오늘은 집에 못 바래다주겠다는 말을 남긴 채 전율은 뒤돌아서 가 버렸다.

동아리 뒤풀이 장소에 도착한 전율은 식당 문을 거칠게 열어젖혔다. 뒤풀이 장소는 골목에 있는 작은 고깃집으로, 둥그런 스테인리스 테이블 여섯 개가 전부인 아담한 식당이었다. 댄스 동아리 멤버의 부모님이 운영하는데 오늘 하루 빌리기로 했다.

"오늘의 주인공! 역시 등장도 화려해. 마지막에 꼭 저렇게 요란하게 와요. 이쪽으로 와서 앉아."

댄스 팀장이 웃는 얼굴로 전율을 반겼다. 박지오와 에스타가 자리에서 일어나 까불거리며 윤유와 사귀게 된 것에 대한 놀림 반 축하 반 노래를 불렀다. 전율은 자리에 앉자마자 목이 마른 사람처럼 물컵에 갈색 액체를 콸콸 따르더니 단숨에 마셔 버렸다. 방정맞게 노래를 부르던 두 친구는 전율의 행동에 당황하여 노래를 멈추었다.

"전율! 그거 물 아니야!"

하늘색 뚜껑이 덮인 플라스틱 물통에 들어 있던 액체는 대학생 선배들을 위해 맥주, 소주, 위스키 등을 비율 좋게 섞어 놓은 술이었다.

"드디어 사랑이 이루어져서 너무 기쁜 나머지 돌아 버린 건가?"

박지오가 한마디 던지는 순간 전율은 다시 물통을 들었다.

"미친놈아! 이거 물 아니라고!"

물이 아니라는 건 마신 사람이 더 잘 알겠지만, 전율은 아무 표정 없이 들이켰다. 전율의 눈동자에 당장이라도 무언가를 쏟아 낼 것처럼 무서운 먹구름이 드리우고 있었고, 그걸 본 박지오는 불길한 상황을 짐작했다.

공연은 성공적이었다. 방금까지만 해도 윤유에게 손이 잡힌 채 끌려가던 전율의 기분은 최고로 좋아 보였다. 무언가 일이 있었던 건 확실한데 도대체 무슨 일이 있어야 사람의 기분이 천국에서 한 순간 나락으로 떨어질 수 있는 건지 이해가 되지 않았다.

"무슨 일인데? 윤유가 왜? 뭐래? 설마 사귀자고 한 지 30분 만에 또 찬 거 아니지? 그럼 걔 정신병원 보내야 해! 그거 제정신 아니야. 우리 중에 제일 돌아이가 바로 윤유야!"

박지오가 버럭버럭 소리를 지르거나 말거나 세 번째 잔이 채워졌다. 다른 팀원들은 이 희한한 광경을 보며 재미있어했다. 평소에 조용한 애들도 아니고, 활기차게 재롱떠는 후배들이 있어야 에너지도 넘치고 분위기도 즐겁다며 세 친구의 난장판을 흥미진진한 얼굴로 구경했다.

전율이 세 번째 잔을 입으로 가져가자, 옆에 있던 박지오와 에스타가 달려들어 팔을 잡고 매달렸다.

"전율, 제발 진정해."

결국 박지오의 화가 폭발했다.

"내가 당장 가서 윤유 고년 잡아 와? 주리를 확 틀어 버릴까? 뭔 연애를 이렇게 거지같이 해! 쌍!"

한숨을 내쉰 전율은 아예 물통을 입으로 가져갔다. 상황이 심각하다는 걸 눈치챈 팀원들이 자리에서 일어났다. 옆에 앉아 있던 대학생 선배까지 달려들어 물통을 빼앗고 전율을 바닥에 눕혀 버렸다. 아무 저항 없이 누운 그는 느린 동작으로 왼팔을 들어 눈을 가렸다.

마치 롤러코스터를 탄 것 같다. 힘겹게 천천히 정상에 올라서면 순식간에 바닥으로 추락한다. 정신없이 오르락내리락 반복하다 보면 몸도 영혼도 탈탈 털려서 공중분해된다. 누가 이것 좀 멈춰 줘.

조용한 한숨을 따라 관자놀이 옆으로 한 줄기 뜨거운 눈물이 흘러내렸다.

"어흐으…."

괴로움을 참는 신음과 나지막한 흐느낌이 작은 식당 안에 번졌다. 축제 공연의 뒤풀이는 처참하게 망가지고 말았다.

chapter 5

롤러코스터

"나 윤유 좀 만나야겠어."

소파에 앉은 박지오의 눈빛은 어느 때보다 차가웠다.

"네가 그 누나를 왜 만나?"

10평짜리 투룸 거실 바닥에 앉아 있는 에스타의 표정도 좋지 않았다.

"애를 왜 저렇게 만들었냐고 물어보고 싶어서."

박지오는 겨우 여자 하나 때문에 저런 꼴을 하고 있는 전율이 한심한 만큼 윤유가 어떤 여자인지 궁금하기도 했다.

"오지랖 떨지 마."

에스타의 반대에 박지오의 목소리가 커졌다.

"너는 지나가던 어떤 미친 여자가 돌멩이로 네 친구 대가리를 찍는데 가만히 보고만 있을래? 그걸 말리는 게 뭔 오지랖이야? 그건 당연한 도리고 의리야 의리! 이상한 여자한테 홀려서 사람 구실을 하지 못하고 있다고! 그 여자의 정체를 좀 알아야 할 필요가 있어. 친구로서."

침대에 잠들어 있는 전율의 옷 주머니를 뒤져서 휴대폰을 찾아낸 박지오는 유에게 전화를 걸었다. 한참이나 신호가 울려도 받지를 않자 버럭 신경질이 났다. 이러니까 전율이 사물함 문짝을 발로 걸어차지!

전화를 끊으려는 그때, 건너편에서 바람 빠지는 것 같은 목소리가 들려왔다. 박지오는 유와 만날 약속을 잡았다. 감히 전율을 갖고 논 여우 같은 계집애 버르장머리를 고쳐 줄 작정이었다.

그 시각 유는 공원에 앉아 있었다. 전율이 그렇게 가고 난 뒤, 무엇을 잘못했는지 생각하느라 시간이 훌쩍 지나가 버렸다. 대답을 하지 못한 것이 그에게 상처가 될 줄은 몰랐다. 앞으로 어떻게 해야 하는지에 대한 답도 내리지 못했다. 도현에게 전화해서 물어볼까 했지만 시간이 너무 늦었다.

박지오는 유가 앉아 있는 벤치로 씩씩하게 다가와서는 그녀를 보더니 흠칫 놀란 표정을 지었다. 두 시간 동안 쌀쌀한 바람을 맞으며 꼼짝없이 앉아 있느라 머리는 헝클어지고, 코끝은 빨개졌다. 전율에게 상처를 주었다는 생각에 축 처진 어깨와 눈썹은 어딘지 모르게 애처로워 보였다.

"누나, 단도직설적으로 물어볼게요. 전율한테 왜 그랬어요?"

'단도직설'이 아니라 '단도직입'이겠지…. 유는 손끝을 만지작거리며 입을 열었다.

"있지…. 이런 말 하긴 좀 부끄러운데 나 공부도 엄청 잘하고 반에서 발표도 제일 잘하거든? 그런데 이상하게 전율 앞에서는 하고 싶은 말을 하나도 하지 못하게 돼."

박지오는 고개를 갸우뚱했다. 유의 말투와 목소리는 왠지 어눌하면서도 조심스러워서 여우가 아니라 낯가림 심한 어린이 같았다.

"솔직하게 말하지 않으면 오해가 생기는 걸 알면서도 왜 이렇게 어렵고 부끄러운지 모르겠어."

얼굴이 발그레해져서 고개를 숙이는 유는 귀여웠다. 미쳤어! 박지오, 정신 차리자.

"그래서 이건 비밀인데…. 나 사실 연애 과외 받고 있거든? 과외 쌤이 그랬어. 남자는 '이 여자가 내 여자'라는 확신이 생기면 좋아하는 마음이 식어 버린대. 그게 사실이야?"

몰라. 모른다. 박지오는 멍청한 얼굴로 눈만 깜박거렸다.

"그래서 아까도 엄청나게 망설이다가 결국 타이밍을 놓친 것 같아. 어떡하지?"

조곤조곤 말하는 앳된 그녀의 얼굴을 넋 놓고 바라보느라 다른 말은 들리지도 않았다. 그냥 '연애 과외'에서 뇌가 멈추었다.

"연애 과외요? 와, 미치겠다…. 그런 걸 누가 받아?"

양손으로 자신의 머리채를 쥔 그는 어이없어 터져 나오는 웃음을 참느라 이를 악물었다.

유는 그런 그를 보며 참 신기하다고 생각했다. 누군가에게 하지 않으면 견딜 수 없을 것만 같았던 말들을 하필이면 그에게 털어놓고 있는 지금, 마음이 한결 가벼웠다.

"누군가 앞에서 떨리고 긴장되는 게 좋은 거야? 아니면 편안한 게 좋은 거야?"

유의 물음에 박지오가 흥미롭다는 듯 되물었다.

"누난 전율 앞에서 어떤데요?"

"떨려. 눈도 잘 못 마주치겠어."

유의 토끼 같은 앞니와 삐뚤어진 눈썹에 박지오는 제대로 치였다. 전율이 왜 이 여자만 만나면 미친놈이 되는지 알 것 같았다.

"그 연애 과왼가 뭔가 하는 쌤은 누군데요? 여자? 남자?"

"도현이라고 나 1학년 때 같이 학원 다녔던 친구야. 도현이가 많이 도와줬어. 내가 율이 때문에 고민하는 걸 알고 궁금한 거 다 알려 주기도 하고."

박지오의 한숨이 어두워진 하늘에 진하게 흩어졌다. 답이 없다는 말은 이럴 때 쓰이는 말이구나…. 전율 불쌍한 놈. 이 여자 때문에 앞으로도 꽤 속이 터질 것 같다.

유를 한심하다는 듯이 쳐다보던 박지오는 마치 본인 여자친구가 바람이라도 피우다 걸린 것 같은 말투로 물었다.

"그 과외 쌤인지 개새끼인지가 뭐라 그랬는데요?"

"음… 남자는 여자가 자기를 좋아하면 하루도 못 가서 질린대. 그 말을 듣고 보니 손여은의 전화를 받던 율이 표정이 생각났어. 손여은은 율이를 많이 좋아하는 것 같던데 율이는 무시하고 귀찮아했거든. 좋아한다고 연락하는 여자애들이 많은데 하나도 받지 않고.

그래서 걱정돼. 내가 전율을 좋아하게 될까 봐. 그러면 율이는 나를 싫어하겠지?"

박지오는 유의 얘길 듣더니 저쪽 구석으로 성큼성큼 걸어가서 으아아악! 고함을 질렀다. 그러고는 옆에 있던 나무를 발로 힘껏 걷어 찼다. 유는 영문을 몰라서 눈을 커다랗게 떴다.

나무둥치를 몇 차례 걷어찬 박지오는 조금 진정이 되었는지 헝클어진 머리를 하고 다시 저벅저벅 유 앞으로 다가와서 소리를 빽 질 렀다.

"윤유, 이 등신아!"

깜짝 놀란 그녀의 어깨가 움찔했다.

"아주 사람을 앉혀 놓고 고구마를 처먹이네! 그건 개가 손여은을 안 좋아하니까 그런 거고! 전율이 너 좋다고 개지랄을 떠는데! 그거 랑 그거랑 같아? 학교에 있으면 두드러기 나는 새끼가 축제 때 너 온다고 하루에 다섯 시간씩 연습실에서 춤 연습하고, 휴대폰 알람 맞춰 놓고 너 데리러 가고, 평소에 교장실 불려가도 긴장 안 하던 놈이 너 만날 때마다 긴장된다고 밥도 못 먹는데 여기서 손여은이 왜 나와!"

흥분한 그는 말을 이었다.

"전율은 사귀자고 했다가 너한테 차일까 봐 그동안 말도 못하고 끙끙거렸어. 오늘 축제 끝나고 고백할 거라고 엄청 들떠 있었는데 네가 먼저 사귀자고 했을 때 기분이 어땠겠냐? 근데 애를 어떻게 30분 만에 병나발을 불게 만들어? 윤유, 양심이 있어 없어?"

무릎 위에 가지런히 올려져 있던 유의 손등 위로 눈물방울이 툭 떨어졌다. 미안해서, 그런 줄도 모르고 상처만 준 스스로가 너무 바보 같아서 유의 어깨가 떨렸다.

유가 울먹이자 당황한 박지오는 안절부절 주위를 두리번거리더니 그녀의 어깨에 왼손을 올렸다가 화들짝 떼어 내고 오른손으로 자신의 왼손을 때렸다.

"누나, 잠깐. 잠깐만. 왜, 왜 이래. 울지 마요. 울면 어떡해!"

같은 반 여자애들이 울면 두루마리 휴지를 집어 던져서 머리를 맞추거나 에스타와 함께 우는 소리, 표정을 흉내 내며 놀렸던 기억이 나지만 유에게 그럴 수는 없었다.

"저기… 울지 마요…."

박지오는 울고 있는 유의 얼굴을 유심히 들여다보았다. 보송보송한 살구빛 뺨, 왼쪽 볼에 찍힌 점, 연한 컬러의 도톰한 입술, 따뜻한 질감의 머리카락이 바람에 날려 얼굴에 달라붙을 때마다 그걸 걷어 주고 싶은 무지막지한 충동에 휩싸였다. 미쳤다는 말만 속으로 반복했다.

달래는 방법을 모르니 그칠 때까지 내버려두었다. 우는 여자를 이렇게 오랫동안 자세히 구경하는 것도 처음이었다. 쪼그려 앉아 있느라 다리가 저렸지만 하나도 지루하지 않았다.

한참을 울고 나서 얼굴을 닦은 유는 고개를 들어 앞에 앉아 있는 박지오와 눈을 맞추었다. 그는 뭔가에 홀린 듯 웃으며 물었다.

"원래 울면 코가 빨개져요? 겨울엔 바빠서 데이트도 못 하겠네. 썰매 끌러 다니느라."

유는 놀리는 박지오를 흘겨보고 따라 웃었다. 배시시 웃는 유를 보는데, 비 온 뒤 햇살에 피어나는 무지개가 허락도 없이 가슴 한가운데 활짝 핀 기분이었다.

"고마워, 지오야. 덕분에 고민이 조금 해결됐어."

박지오는 웃는 유 앞에 손을 불쑥 내밀었다. 잡지 않아도 상관없었다. 그냥 한번 내밀어 보았다. (그런 그의 마음도 모르고) 작고 무해한 손은 내밀고 있던 그의 손을 살며시 잡았다. 그 순간 평소에 있는 줄도 몰랐던 심장이 가슴을 툭 치며 존재감을 드러냈다.

그는 잡은 손에 힘을 주고 유를 일으켜 세웠다. 모든 행동 하나하나가 가슴에 새겨지는 이상한 날이었다. 손끝에 남아 있는 온기가 미칠 듯이 아쉬웠다. 박지오는 이 순간을 평생 후회했다. 느닷없이 사랑에 빠져 버린 순간을….

"가요. 오늘은 내가 바래다줄게요."

두 사람은 한적한 골목길을 나란히 걸었다. 일정한 걸음으로 차분하게 나아가는 유 옆으로, 앞서가는 건지 따라가는 건지 모를 만큼 불규칙적으로 멀어졌다 가까워졌다 하던 박지오가 무언가 할 말이 있는 듯 슬금슬금 다가왔다. 말이 없는 유의 얼굴을 들여다보고 한 걸음 뒤처졌다가 다시 쫓아와서 얼굴을 들여다보았다.

예쁜 걸로 치면 손여은이나 안아름 같은 애들이 더 눈에 띄는 얼굴이긴 한데 이런 오묘한 느낌은 받은 적이 없다. 여백의 미가 이럴 때 쓰이는 말인가? 깨끗한 얼굴에 다른 건 보이지 않고 딱 필요한 것만 놓여 있다. 눈, 코, 입. 그런데 그것들을 하나하나 따져 보면 그다지 완벽한 모양은 아니었다.

옷도 참 희한하게 입었다. 유행하는 옷과는 한참 거리가 먼, 할

머니 옷장에서 꺼낸 것 같기도 하고, 남의 빨랫줄에서 되는대로 걸어 입은 것 같은 옷차림이 묘하게 잘 어울렸다. 이런 여자는 내 스타일이 아닌데…. 지오는 고개를 저었다.

완벽한 미인에 세련된 여자가 그의 이상형이었다. 눈이 꽤 높은 편이라 웬만한 여자는 눈에 들어오지도 않았다. 그런데 어째서 이런 황당한 분위기에 홀린 건지 본인도 이해가 되지 않았다.

힐끔거리는 것도 아니고 대놓고 뚫어져라 쳐다보는 박지오의 시선에 유가 대뜸 물었다.

"내 얼굴에 뭐 묻었어?"

전율을 처음 만났을 때처럼 아이라인이 번져 있을 리는 없다. 화장을 안 했으니까. 그렇지만 신경이 쓰여서 손으로 얼굴을 닦았다.

박지오가 멍청한 얼굴로 질문을 던졌다.

"누나, 이상형이 뭐예요?"

"응?"

"남자다운 남자가 좋아요? 아니면 섬세한 남자가 좋아요?"

생각해 본 적 없는 질문에 유는 뭐라고 대답해야 할지 몰라서 가만히 있었다.

"지금까지 남자 한 명도 안 사귀어 봤어요?"

박지오는 고개를 끄덕이는 유를 보며 황당해서 웃는 건지 아니면 좋아서 웃는 건지 모를 헛웃음을 터트렸다.

"와, 나 진짜 미치겠네."

전율이 이 여자 때문에 반 죽어 가고 있는 상황에 자신 또한 반해 버렸다는 기가 막힌 사실을 도저히 믿을 수가 없었다.

"전생에 문어였어요?"

그러는 동안 어느새 집 앞에 다다랐다. 유는 대문 앞에서 담담하게 인사를 했다.

"바래다줘서 고마워. 이야기 들어 준 것도. 마음이 한결 편안해졌어."

"내가 문자로 주소 찍어 줄 테니까 내일 별이네 집으로 와요. 전율은 거기 있으니까."

"응. 알았어. 조심해서 가."

유는 대문 쪽으로 몸을 돌렸다.

"잠깐만요, 누나. 내가 울렸다는 말, 전율한텐 하지 마요."

"응. 말 안 할게. 나도 비밀로 하고 싶었거든. 지켜 줄 거지?"

'유네 집 앞'이라는 곳은 이상한 곳이다. 여기만 오면 세상 모든 게 지나치게 아쉽고, 시간이라는 놈은 눈앞에서 사람을 약 올리며 휙휙 지나가고, 지금까지 잠잠했던 가슴이 미칠 듯 울렁거리고, 하고 싶은 말들은 서로 비집고 나오려 해서 무슨 말을 먼저 해야 할지 모르겠고, 그러면서도 입은 절대 떨어지지 않는….

"누나."

무슨 말을 하려고 부른 건 아니고, 보내기가 아쉬워 한번 불러 보았다.

"아니다. 들어가요."

유는 몸을 돌려 대문을 열었다.

"윤유!"

박지오의 다급한 외침에 유는 또다시 뒤를 돌아보았다. 친구라서 그런가? 고개를 숙이고 머리를 헝클이는 모습이 전율과 비슷했다. 그는 멋쩍은 인사를 건넸다.

"잘 자요."

에스타의 자취방 현관문이 벌컥 열리고, 신발을 날리듯이 벗어던진 박지오가 뛰어 들어와 소파에 다이빙했다.

"잘 자요라니! 미친놈! 어우 씨 쪽팔려!"

소파 위에 있던 쿠션을 끌어안고 고래고래 소리를 지르며 발버둥치는 박지오에게 에스타가 느긋하게 물었다.

"윤유랑 이야기 잘 했어? 그거 알고 보니 완전 나쁜 년이야?"

발광하던 박지오는 동작을 멈추고 의미심장한 눈빛을 보냈다.

"전율은 이제 내 친구가 아니다. 나의 적이다. 연적."

그건 또 무슨 헛소린가 싶었지만 에스타는 침착하게 물었다.

"윤유가 뭐래? 전율을 왜 찼대?"

박지오는 몽롱한 눈으로 낮은 천장을 올려다보았다.

"피카츄 같은 무식한 타입보다 나처럼 섬세한 타입의 남자를 더 좋아하는 것 같아."

그러고는 다시 쿠션을 끌어안더니 정신 나간 놈처럼 히죽히죽 웃으며 쿠션을 마구 쥐어박는데, 웬만해서는 놀랍지도 않은 그의 행동이 오늘따라 정상 범주를 넘어섰다. 그 여자만 만나고 오면 죄다 미친놈이 되는데, 이쯤 되니 에스타도 궁금해졌다.

"그 누나가 뭐 이상한 거 먹여? 약 탄 주스 같은 거?"

"아니. 사랑의 총알을 먹여. 으하하! 잘 자란다. 미쳤다 진짜. 하하하.”

박지오는 유에게 문자로 자취방 주소를 보냈다.

“친구를 위해 까치가 되어 줘야지.”

“까치가 아니라 까마귀일걸?”

“까치나 까마귀나 어차피 까 자 돌림은 다 형제야.”

“피카츄, 짬뽕시켰어. 해장해야지!”

욕실로 들어가서 샤워를 한 전율은 에스타의 옷으로 갈아입은 뒤 다시 침대에 누웠다. 어제 유를 공원에 남겨 놓고 돌아서서 걷는 동안 모든 감각을 상실했다. 온종일 들떠 있던 자신이 너무 바보 같아서 땅으로 꺼져 버리고만 싶었다.

이제 완전히 끝난 건가? 시작한 적도 없는데 끝났다고 생각하는 것부터 모순이라는 단순한 사실에 적응이 되지 않아 전율은 몸부림을 쳤다. 그때 딩동, 경쾌한 초인종 소리가 들렸다.

“짬뽕 왔나 보다!”

부스스한 머리, 맨발에 파자마 차림으로 헐레벌떡 뛰어간 에스타가 현관문을 열었다. 그리고 주춤 뒤로 물러섰다.

“윤유…? 여기 왜 있어?”

긴 머리를 질끈 묶은 유가 양손에 무언가 잔뜩 들고 어색하게 웃고 있었다.

“들어가도 돼?”

옆으로 비켜선 에스타를 지나쳐 집 안으로 들어선 그녀는 들고 온 초록색 장바구니 두 개를 내려놓았다. 오라고 주소를 알려 준 사람이 본인이라는 사실을 잊었는지, 거실 탁자를 닦던 박지오가 놀란 얼굴을 하고 다가왔다. 유가 내려놓은 바구니 안을 눈으로 살핀 그는 황당하다는 듯 웃었다.

"진짜 왔네? 쌀은 뭐야…. 이걸 여기까지 혼자 다 들고 왔어요?"

에스타 혼자 자취한다는 말에 유는 집에 있는 것들을 조금 챙겼다. 간단히 먹을 수 있는 레토르트 식품이랑 음료수, 과일 등 이것저것 싸다 보니 양이 좀 많아졌다.

"엄마가 남의 집에 갈 때 빈손으로 가는 거 아니랬거든."

계단을 올라오느라 힘들었는지 대답하는 유의 얼굴이 붉었다. 유가 가져온 바구니를 싱크대 앞에 밀어 놓고 4킬로그램짜리 현미 찹쌀을 집어 든 에스타의 얼굴에 피식 웃음이 걸렸다.

그사이 박지오는 배달 온 짬뽕을 받아서 거실 탁자에 올려놓았다. 오란다고 온 그녀가 웃기기도 하고 너무 순진하다 싶으면서도, 남자들끼리 있는 자취방에 어색하게 두기는 싫어서 최대한 다정하게 말을 건넸다.

"누나, 짬뽕 먹어요. 전율이 안 먹는대서 한 그릇 남아요."

얼떨결에 거실 테이블에 앉은 유는 정신력이 강한 건지 정말 아무 생각도 없는 건지, 조금은 긴장하고 있는 두 녀석과 달리 꽤 편안한 얼굴로 마주 앉아 짬뽕 그릇을 가만히 내려다보았다. 박지오가 물었다.

"왜요? 짬뽕 안 좋아해요?"

"나 매운 거 잘 못 먹어."

그녀의 말에 에스타는 자신이 먹으려고 시킨 짜장면을 잘 비벼서 유 앞에 놓아 주었다. 나무젓가락도 가지런히 갈라서 건넸다. 학교 앞에서 혹은 시내에서 몇 번 마주친 적은 있지만 같이 밥을 먹는 건 처음이었다. 밖에서는 늘 시끄럽고 장난스러운 애들인 줄 알았는데 집에서 보니 새삼 괜찮은 녀석들인 것 같다는 생각을 했다.

자신을 빤히 쳐다보는 유의 시선을 느꼈는지 짬뽕 포장을 뜯던 에스타의 유리구슬 같은 눈동자가 그녀를 향했다.

"뭘 그렇게 봐요?"

툭 던진 그의 말에 옆에 있던 박지오가 흥분한 목소리로 물었다.

"김별, 너 귀 왜 빨개졌냐? 어? 뭐야? 왜 빨개?"

"뭐래. 안 빨개. 짬뽕이나 먹어."

"옛날에 방송실에서 마이크 켜져 있는지 모르고 학주 욕하다가 걸렸을 때 귀 빨개진 이후로 처음 보네."

아니라고 잡아떼는 에스타의 목덜미까지 점점 빨개졌다.

"그땐 열 받아서 빨개진 거고."

"뭐? 지금은? 지금은!"

"매워서 그런다."

에스타는 여자 앞에서 얼굴 빨개질 놈이 아니었다. 더 신기한 건 짬뽕은 아직 입에도 대지 않았다는 사실이다.

두 친구가 소란을 피우는 와중에 방문이 벌컥 열리고 전율이 나왔다. 전율은 유를 보고 아무 말도 없이 옆에 털썩 앉았다. 얼굴은 쳐다보지도 않고, 유의 손에 들려 있던 젓가락을 빼앗더니 그녀가 먹던 짜장면을 자기 앞으로 가져와서 먹었다.

유는 짜장면 먹는 전율의 옆모습을 물끄러미 보다가 말했다.

"율아, 나도 너 좋아해."

갑작스러운 그녀의 고백에 세 남자는 동시에 먹던 걸 입에서 뿜어냈다. 턱에 흘러내린 국물을 냅킨으로 닦는 에스타와 젓가락을 테이블에 내려놓은 박지오는, 짜장면 먹다가 놀라서 기침을 해 대는 전율을 한심하다는 얼굴로 쳐다보았다.

"그 말 하려고 왔어."

정면으로 날아든 유의 고백에 전율은 화장실로 도망쳤다. 콜록거리는 기침 소리가 한참 동안 들려왔다.

"두 번 고백했다가는 애 잡겠어요. 이 상황에 짜장면이 넘어가면 정상이 아니지. 그리고 그런 건 둘이 조용히 만나서 하면 안 돼? 아주 대놓고 생방송을 해요."

박지오가 유를 구박하고 있을 때 화장실에서 세수를 마친 전율이 나왔다. 전율은 아무 말 없이 유의 얼굴을 빤히 보았다.

"아까 했던 말, 다시 해 봐."

"좋아한다는 말?"

묻는 말인데도 그의 입꼬리가 꿈틀거렸다. 전율이 고개를 끄덕이자 유의 입에서 곧장 고백이 나왔다.

"전율, 좋아해."

무덤덤하게 대하려 했는데 역시 불가능했다. 전율은 창밖으로 고개를 돌리고 심호흡을 한 번 한 뒤 다시 유를 보았다.

"뭐라고?"

분명히 들은 것 같은데 왜 자꾸 못 들은 척하는 건지 유로서는 알 수 없었지만 몇 번이고 말해 줄 수 있었다.

"좋아해."

전율은 주체할 수 없는 기쁨에 터져 나오는 웃음을 어쩌지 못하고 입술을 꽉 깨물었다. 맞은편 관람석에 앉아 전율을 바라보고 있는 두 친구의 표정은 말로 표현하기 힘들 정도로 구겨져 있었다.

"똥을 싸고 있네. 미친놈."

박지오의 혼잣말이 숨 쉬듯 자연스럽게 흘러나왔다. 죽는다고 난리 칠 땐 언제고 윤유의 한마디에 배를 뒤집어 까는 꼴이 친구로서 안타깝기도 하고 모자라 보이기도 했지만, 한편으로는 울고불고 하던 어제보다는 나아서 그냥 내버려두었다. 여자 때문에 우는 새끼는 꼴불견이라며 등신 취급하려 했는데 오늘 보니 그냥 등신 정도가 아니라 상등신이다.

유의 진심 어린 고백에 전율은 웃으며 그녀의 머리를 쓰다듬었다.

"너 때문에 수명이 반으로 줄었어."

더 로맨틱한 장면을 연출하고 싶었지만 맞은편에 앉아 보란 듯이 후루룩 쩝쩝 짬뽕을 먹어 대는 친구 놈들 때문에 분위기가 영 아니라는 걸 깨닫고, 전율은 유의 앞으로 짜장면 그릇을 밀어 주었다.

"너 먹어."

"난 괜찮아. 아침밥 먹고 왔어."

전율은 눈썹을 까딱 들어 올리며 장난스럽게 물었다.

"사람을 숨도 못 쉬게 해 놓고 넌 밥이 넘어갔냐?"

"숨을 왜 못 쉬었어?"

"몰라. 너무 아파서."

"지금은 괜찮아?"

"아직도 여기가 뻐근해."

전율은 유의 손을 잡아 자신의 가슴 한가운데에 올렸다.

박지오가 젓가락을 내던지며 짜증을 냈다.

"지랄들 하지 말고 짬뽕 좀 먹읍시다!"

다음 날 등교하자마자 유는 친구들의 축하를 받았다. 윤지와 지현은 공원에서 있었던 우여곡절에 대해서 알지 못했지만, 모든 게 제자리로 돌아왔으니 하루 분량의 이야기는 빠트려도 상관없었다.

"이제 본격적으로 연애 시작하겠네? 이러다 이은실한테 전교 1등 자리 뺏기는 거 아니야?"라는 윤지의 농담에 유는 부정하지 않고 아무지게 대답했다.

"학교에선 휴대폰 꺼 놓으니까 연락하지 말라고 했어."

학교에 있는 동안 유와 연락하는 걸 포기한 전율은 매일 교문 앞에서 그녀를 기다렸고, 독서실에 데려다주었으며, 밤에는 독서실에서 집까지 바래다주었다. 정말 특이하게도—언제부터인지 모르지만—거기엔 언제나 박지오와 에스타가 있었다. 그게 너무 익숙해져서 오히려 자연스러웠다.

석양여고 정문 앞 도서관은 타 학교 여학생들의 성지가 되어 버려서 학교를 마치면 으레 그쪽으로 모여들거나 도서관 계단을 약속

장소로 잡아 버리는 경우가 많았다. 지나가는 여학생 열 명 중 여덟 명은 에스타와 인사했고, 그중 한두 명은 박지오에게 욕을 먹었다.

박지오가 "여기가 포토 존이야? 사진 찍지 말라고 했다?" 하고 짜증을 부리면 여학생들이 "별이 오빠 찍은 건데요"라며 또랑또랑 맞받아쳤다. 상황이 이 지경이다 보니 학생주임까지 씩씩대며 달려 나와 바글거리는 학생들을 쫓아내기에 바빴다.

이 소란의 원인이 화신고 세 놈이라는 걸 알고 학주 머리에서 펄펄 김이 났다.

"또 네놈들이야? 도대체 왜 날마다 여기 와서 죽치고 있어?"

계단에 앉아 있던 전율이 일어나서 당당하게 학주 앞에 섰다. 어깨를 펴고 턱을 치켜들고 멋지게 대답했다.

"저 윤유 남친이요."

윤유 남친이라는 자기소개가 마음에 들었는지, 전율은 말해 놓고 뿌듯하게 입꼬리를 올렸다. 별 미친놈 다 본다는 듯 학주의 눈에 불이 켜졌다.

"어디서 껄렁껄렁한 놈들이 감히 명문 여고 전교 1등의 자존심을 건드려? 윤유가 너 같은 놈을 만날 정도로 한가한 줄 알아? 한 번만 더 학교 앞에 얼씬거렸다가는 줄줄이 화신고 학생부장한테 보내 버릴 테니까 철수해!"

서슬 퍼런 학주의 호통에 기죽을 전율이 아니었다.

"이 땅은 쌤 땅이 아니지만 유는 제 여자가 맞거든요. 나올 때 다 됐어요. 금방 갈 거니까 들어가서 일 보세요."

"뭐? 이 자식이!"

유가 교문 밖으로 나오자 학주는 영 못마땅한 얼굴로 유에게 물었다.

"윤유, 이놈들이 네 남친이야?"

옆에 있던 전율이 지적했다.

"쌤, 이놈'들' 아니고 저요. 제가 유 남친이에요. 호칭 확실하게."

전율과의 대화는 포기했는지 학주의 화살은 유에게 쏠렸다.

"너 인마, 고3이 남자 만날 정신이 있어?"

고개를 푹 숙이는 유 대신 뒤에 있던 박지오가 휘적휘적 걸어오며 지껄여 댔다.

"윤유 정신 나갔어요. 혼 좀 나야 해. 여고는 학교법이 어떻게 되지? 남친 사귀면 학교 잘리는 거 아닌가? 퇴학시키든가 아니면 울학교로 전학 보내 주세요. 만날 여기까지 오는 것도 귀찮아."

얼굴이 빨개진 유가 "죄송합니다" 하고 머리를 숙였다. 여고에서 모범적인 여학생들만 상대하며 나름 권위 있게 으스대던 학주는 화신고 꼴통들을 마주하고 처음 당해 보는 굴욕에 혼이 쏙 빠졌다. 지끈거리는 머리를 부여잡고 박지오에게 물었다.

"넌 또 뭐야?"

박지오는 웃으며 유의 어깨에 손을 올리고는 자랑스럽게 대답했다.

"유 세컨드요."

그때 느닷없이 쏟아진 환호와 함성에 학주의 시선이 등 뒤로 옮겨졌다. 에스타가 도서관 계단 꼭대기에 서서 유혹적인 춤을 추고 있었다. 그 희귀한 장면을 보기 위해 도서관 앞으로 몰려드는 여학생들은 마치 암사자에게 쫓기는 물소 떼 같았다.

이런 난장판은 처음이라 상황을 어떻게 수습해야 할지 모르는 학주는 마냥 허둥댔다. 그러는 사이 전율은 유의 손을 잡고 시내로 튀었고, 그 뒤를 박지오가 따랐다. 환장할 섹시 댄스로 여고 앞을 초토화시킨 에스타는 학주를 피해 도서관 안으로 숨어들었다가 뒷문으로 도망쳤다.

유의 얼굴은 걱정이 한가득이었다.

"난 괜찮은데 혹시라도 학주 쌤이 너희 학교에 전화하면….."

길가에 떨어진 나뭇가지를 주워 에스타의 옆구리를 쿡쿡 찌르던 박지오가 별거 아니라는 듯 말했다.

"울 학교 학주 착해요. 웬만한 일에는 별로 화도 안 내. 어제 전율이 복도에서 백 덤블링으로 다트 던졌는데 하필 유리창에 박혔어요. 전율이 깬 유리창만 세 개짼데 그래도 별말 안 하더라고요."

착한 게 아니라 그쯤 되면 초월한 것 같다.

"궁금한 게 있는데, 너희는 왜 매일 여기에 오는 거야?"

전율은 그렇다 치고, 박지오와 에스타까지 오는 이유가 뭘까? 유는 궁금했다.

"할 일 없어서 오는 거 아니고, 전율이 누나한테 무슨 짓을 할지 몰라서 지켜 주려고 일부러 오는 거예요. 누난 전율을 잘 몰라요. 이거 엄청 위험한 놈이에요."

전율은 당장 꺼지라고 윽박질렀지만 박지오는 오히려 큰소리쳤다.

"내 눈에 흙이 들어가기 전에 너랑 윤유랑 그 꼴은 못 봐!"

전율은 도로 옆 화단으로 뛰어가서 흙을 한 움큼 쥐고 왔다.

"원한다면 눈에 넣어 줄게. 흙."

잽싸게 도망가는 박지오와 그 뒤를 쫓아가는 전율. 두 사람은 바닥을 뒹굴며 온몸에 흙을 뿌려 댔다. 오늘만큼은 모른 척하고 싶은 그들을 지나치는 유 옆에 언제 왔는지 모를 에스타가 어깨를 나란히 하고 보폭을 맞추었다.

"전율 위험한 놈 아니에요."

오랜만에 듣는 목소리였다. 부쩍 말수가 줄어든 그는 처음 만났을 때와는 분위기가 확연히 달라졌다. 극 중 배역이 바뀌기라도 한 것처럼 어느 순간 귀여운 캐릭터의 탈을 벗고 깊이를 알 수 없는 눈빛 속에 비밀을 간직한 신비스러운 미소년이 되어 있었다.

유가 그를 올려다보았다. 에스타의 그윽한 눈길이 그녀를 향했다. 다른 여자들 같았으면 에스타의 눈길을 단 몇 초도 견디지 못하고 피해 버리거나 얼굴을 붉혔겠지만 상대는 유였다. 에스타가 보내는 눈빛 속에 담긴 어떤 것도 투명한 그물에는 걸리지 않았다. 그런 그녀의 순진함을 모를 리가 없기에 에스타는 오히려 원하는 만큼 부담 없이 바라볼 수 있어 좋았다.

"전율도 지금까지 여자친구 사귀어 본 적 없어요. 아마 엄청나게 조심할 거예요. 진짜 괜찮은 놈이니까 믿어도 돼요."

낮은 목소리로 말하는 에스타가 낯설어서 유는 그를 가만히 바라보았다. 눈을 맞추고 있던 에스타는 희미하게 웃었다.

"나 그렇게 보면 안 돼. 난 전율이랑 달라."

알 수 없는 말을 뱉어 버린 에스타는 친구들이 있는 곳으로 걸어 갔다.

시내 중심가에 도착했을 때 멀리서 유를 발견한 도현이 반갑게 손을 흔들었다.

"유야!"

"어? 도현아!"

유의 앞에 선 그는 활짝 웃으며 안부를 물었다. 독서실 가는 길이라는 유의 말에 도현은 그렇지 않아도 조만간 같은 독서실에 다닐 수 있을 것 같다며 기쁜 얼굴로 대화를 이어갔다. 해맑게 웃고 있는 유의 옆으로 전율, 박지오, 에스타가 걸어왔다. 도현은 악수를 청하듯 전율에게 손을 내밀었다.

"전율? 반갑다. 나 올림피아고 김도현이야."

그의 표정과 말투에는 자신감이라기엔 조금 더 당당한 우월감과 특권 의식이 배어 있었다. 명문 고등학교의 상징인 교복과 깔끔한 헤어스타일, 흐트러짐 없는 태도, 상류층만이 가질 수 있는 여유로움이 흘러넘쳤다.

"가자, 유야."

그가 내민 손 대신 유의 손을 잡은 전율은 독서실 쪽으로 발걸음을 옮겼다. 전율은 기억하고 있었다. 영화관에서 유의 손바닥에 연락처를 적어 주던 남자. 그 앞에서 수줍게 웃던 유. 열등감이든 뭐든 더러운 기분을 그녀 앞에서 보이고 싶지 않아 모른 척 자리를 피했다.

멀어지는 전율을 뒤로한 채 김도현 앞에 선 박지오는 잠시 고개를 돌리더니 그제야 생각난 듯 웃음을 터뜨렸다.

"아, 알겠다. 그 과외? 유한테 개소리 지껄인 그 새끼 맞지?"

박지오의 물음에 도현은 당황한 얼굴로 물었다.

"나 알아?"

"유한테 고백하지 말라고 고구마 처먹인 새끼가 너냐?"

그 말을 들은 전율은 걸음을 멈추고 뒤를 돌아보았다. 박지오는 자신을 삐딱하게 내려다보며 웃고 있는 도현에게 작정하고 시비를 걸었다.

"왜? 유 저게 어리바리해서 똥인지 된장인지 구분하지 못하는 거 알고, 순진한 애 꼬드겨서 연애질이라도 해 보려고 그랬냐?"

듣고 있던 유의 눈썹이 여덟팔 자가 되었지만 박지오는 끝장을 보자며 도현의 턱 밑에 머리를 갖다 대고 툭툭 건드렸다.

"공부 잘하는 놈들은 여자 만날 때도 대가리 굴려 가면서 각본 쓰나 본데, 전율같이 무식한 놈은 머리가 나빠서 그딴 거 몰라. 너 같은 새끼 때문에 엉망진창으로 몸 마음 다 부서져도 마냥 좋다고 처웃는 등신이거든?"

아군인지 적군인지, 욕인지 칭찬인지 모를 말을 마구 지껄여 대는 박지오 옆으로 전율이 걸어왔다. 도현을 아느냐고 묻는 전율의 물음에도 대답하지 않고 박지오는 할 말을 마저 뱉었다.

"그러니까 다시는 유 앞에 칙칙한 면상 내보이지 마라."

유는 박지오가 무슨 이유로 도현에게 화를 내는 건지 모르기에 혼란스러웠다.

"지오야, 너 왜 그래…."

여유롭게 웃고 있던 도현의 칼날 같은 시선이 박지오, 전율, 유를 거쳐 다시 박지오에게 향했다. 그는 최대한 느긋하게 말을 내뱉었다.

"솔직히 이렇게까지 말 안 하려고 했는데. 유는 너희 같은 양아치들이랑 어울릴 수준이 아니야. 의대 가려는 거 알고는 있냐? 지금이 유 인생에서 제일 중요한 시긴데, 수준 낮고 시답잖은 놈들이랑 괜히 어울리다가 인생 망치면 너희가 책임질 수 있어? 뭘 어떻게 책임질 건데? 딱 봐도 머리 나쁘고, 공부랑은 거리가 멀어 보이는데 꿈은 있냐? 인생 대충 살면서 멀쩡한 애 앞길 막지 말고, 너희랑 비슷한 여자애들이나 끼고 놀아."

"도현아….."

유는 충격을 떨쳐 내려 고개를 저었다. 내가 아는 김도현은 이런 애가 아닌데…. 평소에 배려심 깊고, 누구에게나 친절하면서도 늘 겸손했던 그가 어째서 이렇게 심한 말들을 해 버린 건지 도무지 알 수 없었다. 먼저 시비를 건 지오의 잘못이기도 하지만 방금 도현의 말은 지나치게 무례했다.

유를 더욱 충격에 빠트린 건 전율의 반응이었다. 도현의 멱살이라도 잡을 줄 알았는데, 아무 말 하지 않고 고개를 돌리는 모습에 무언가 어긋났다는 생각이 들었다. 도현의 말이 틀린 말도 아니어서 반박하지 못하는 건 박지오도 마찬가지였다. 분위기는 그야말로 불 꺼진 빈집이었다. 웃고 있는 사람은 김도현 하나였다.

도현은 다정한 눈빛으로 유에게 인사했다.

"유, 독서실에서 전화 오면 연락할게. 그럼 조심해서 들어가고 다음에 봐."

엄청난 패배감과 자괴감 속에 모두를 남겨 둔 그는 교복 넥타이를 고쳐 맨 후 사라졌다.

"율아…."

유는 전율에게 다가갔지만, 그는 아무 말 없이 길 건너편으로 가 버리고 말았다.

매일 밤 독서실 계단에 앉아 유를 기다리던 전율이 오늘은 보이지 않았다. 유는 전화도 받지 않는 그가 어디에 있는 건지, 무슨 생각을 하고 있는지 걱정되었다. 터덜터덜 대문 앞에 다 왔을 때 나무 울타리에 기대 서 있는 전율을 발견하고 그에게 달려갔다.

"율아!"

전율은 유의 목소리에 고개를 들었다.

"유야…."

"언제부터 여기 있었어? 전화는 왜 안 받아?"

전율은 질문에 대답도 하지 않고 바닥만 보았다. 주변이 어두워 고개를 푹 숙이고 있는 그가 어떤 표정을 짓고 있는지 알 수는 없었지만, 목소리는 누군가가 목을 조르고 있는 것처럼 메어서 듣는 사람의 마음을 더 아프게 했다.

"유야, 우리… 헤어질래?"

헤어지자도 아니고 "헤어질래?"라고 묻는 전율의 그 말은 이별 통보라기보다 절절한 사랑 고백처럼 들렸다. 전율의 한숨이 무겁게 번졌다.

"오늘 처음으로 느꼈어. 내가 어쩌면 너한테 방해가 될지도 모른다는 걸."

그를 어떻게 위로해야 할지 몰라서 유는 가만히 듣고만 있었다.

"나 진짜 한심한 놈이지? 지금은 어떻게 해서든 널 지켜 주고 싶고, 행복하게 해 주고 싶지만, 솔직히 방법을 잘 모르겠어. 널 위해 내가 해 줄 수 있는 게 아무것도 없다."

아픈 마음을 감추려는 듯 희미하게 웃는 전율의 눈빛은 길 잃은 강아지처럼 처량했다.

"그래서? 나랑 헤어지려고?"

"어."

대답하면서 눈도 마주치지 못하는 모습을 보며 유는 전율이 얼마나 거짓말을 하지 못하는 성격인지 알 수 있었다.

"내가 너 놓아 줄게. 그게 널 위하는 일인 것 같아. 나처럼 별 볼일 없는 놈이랑 만나기엔 네 시간이 아까워."

전율이 하는 말을 묵묵히 듣고 있던 유가 천천히 입을 열었다.

"누군가를 행복하게 해 주겠다는 건 주제넘은 생각이야. 행복은 스스로 느끼는 것이지 누군가를 통해 느끼는 것이 아니거든. 시험에 50점 맞고도 행복한 사람이 있고 100점을 맞고도 행복하지 못한 사람이 있어. 각자의 선택이니까. 나는 의사가 될 거야. 세상에 가치 있는 일을 할 거야. 그리고 너랑 함께 있을 거야. 행복하기 위해 내가 선택한 것들이야. 내 꿈, 그리고 너."

고개 숙인 전율의 눈에서 눈물이 후드득 떨어졌다. 유는 그를 안았다. 겉모습은 다 큰 성인이면서 한 뼘도 안 되는 유의 어깨에 얼굴을 묻고 정말로 헤어지게 될까 봐 무서웠다고 말하는 모습은 영락없는 어린아이였다.

"너는 게임도 잘하고 춤도 잘 추고 노래도 잘하잖아. 난 뭐든 잘하는 네가 정말 멋지고 자랑스러워."

자신의 것보다 두 배는 넓은 어깨와 등을 나팔꽃잎 같은 손으로 토닥거리는 유의 손길에 상처받은 전율의 마음은 사르르 아물어 갔다.

"유야…."

"날 위해 무언가 하려고 노력할 필요 없어. 넌 네가 잘하는 것을 하면 돼. 난 내가 잘하는 것을 할게."

전율은 자신이 무엇을 잘할 수 있을지 생각했다. 그리고 잘하는 것을 잘 해내기로 결심했다. 그건 바로 그녀를 사랑하는 일이었다. 유의 따뜻한 위로와 응원 덕분에 기운을 차린 전율은 무너진 자존감이라든가, 잃어버린 용기 같은 것들을 차곡차곡 가슴에 주워 담았다.

"율아, 이번 주말에 우리 집에 놀러 올래?"

목요일, 집으로 가는 골목길에서 유가 물었다.

"그러지 뭐."

전율은 별생각 없이 대답했다. 낮에, 부모님 다 계시는 집에 놀러 가서 이연희 여사가 차려 주는 밥 먹고 윤 사장과 카트라이더나

하다가 올 생각이었다.

"우리 부모님 제주도로 여행 가신대. 2박 3일."

이어진 그녀의 말에 전율은 우뚝 걸음을 멈추었다. 커진 눈으로 물어보았다.

"뭐라고?"

유는 담백하게 같은 말을 반복했다.

"토요일 날 우리 집에 놀러 와."

"부모님 안 계신다며."

전율이 커다란 눈을 깜박거렸다.

"응."

그녀의 말간 눈을 마주 보며 이런 생각을 하는 것조차 너무 싫지만 부모님도 안 계신 집에 남자친구를 초대하는 그녀의 심리가 파악되지 않아, 고조된 흥분이 철썩 방파제를 넘었다. 마음을 가라앉히고 다시 한번 차분하게 물었다.

"정말 내가 가도 돼?"

유는 그 뜨겁고도 조심스러운 질문을 너무 투명한 눈빛으로, 정말 무해한 말투로 걸어 냈다.

"응. 윤지랑 지현이도 울 집에서 같이 놀기로 했어."

괜한 기대는 방금 내린 변기 물처럼 쿠르르 소리를 내며 순식간에 빠져나갔다. 물 달라고 한 적도 없는데 김빠진 콜라를 마신 기분이었다.

유가 보기에도 전율의 표정이 안 좋았는지 순진한 눈망울로 물었다.

"괜찮아?"

"아니, 안 괜찮아."

그렇게 말하고 전율은 유의 손을 잡은 손에 더욱 힘을 주었다. 그녀와 구체적으로 무엇을 하겠다는 생각 같은 건 해 본 적 없지만, 그저 이렇게 손을 잡고 걷는 것만으로도 행복해서 조금은 오래 이 길을 걷고 싶다고, 그녀와 나란히 걷는 소중한 순간을 단 한 순간도 놓치고 싶지 않다고 생각했다.

"유야, 엄마 다녀올게! 밥솥에 밥 있고, 냉장고에 반찬도 있으니까 잘 챙겨 먹어!"

쿵 닫히는 현관문 소리에 잠에서 깬 유는 부스스 눈을 비비며 아래층으로 내려갔다. 떠다니던 먼지마저 아침 햇살 속에 조용히 가라앉은 시간, 그녀는 달그락달그락 주방에서 차를 우리고 식탁에 앉아 시간을 확인했다. 아침 8시. 친구들은 점심때쯤 온다고 했으니 모처럼 여유롭게 휴식할 생각으로 뜨거운 차를 호호 불고 있을 때 초인종이 울렸다.

인터폰을 확인한 유는 놀란 얼굴로 전율을 맞았다. 현관에 들어와 신발을 벗는 그는 해맑게 웃으며 "잘 잤어?"라고 인사를 건넸다. 밤늦게까지 게임을 하는 게 습관이라 아침에 일어나기 힘들다는 전율은, 웬일인지 학교 갈 때보다 더 일찍 유네 집에 도착했다. 사실은 한 시간 전에 집 앞에 와 있다가 부모님이 나가는 걸 보고 초인종을 눌렀다는 건 비밀이다.

유는 전율 몫의 차를 한 잔 더 우려서 거실 테이블에 놓았다. 일정한 간격을 두고 나란히 앉은 두 사람 사이에 정적이 흘렀다. 긴장한 전율은 힐끔 유의 표정을 살피며 찻잔을 들어 올렸다. 오늘따라 집이 더 조용한 것 같고, 시간은 멈춘 것 같고, 차는 뜨거웠다.

유랑 오래 같이 있고 싶은 마음에 눈 뜨자마자 득달같이 달려오긴 했는데 막상 텅 빈 집에 단둘이 있으려니 뭘 어떻게 해야 할지 몰라 손에 땀이 배었다.

"영화 볼래?"

유가 리모컨을 집어 들었다.

"너 영화 시작하면 바로 잠들잖아."

어색하게 웃는 유 옆에서 더 어색하게 안절부절못하는 전율은 소파에 앉아서도 몸이 근질거리는지 차를 후루룩거리고, 괜히 무릎을 두드리고, 다리를 폈다 접었다 했다.

차를 홀짝이던 유가 찻잔을 내려놓고 조심스럽게 말했다.

"그럼… 나 좀 씻고 올게."

"뭐?"

씻고 온다는 말이 그렇게 놀랄 말도 아닌데 전율의 눈동자가 심하게 흔들렸다.

"네가 일찍 오는 바람에 나 아직 세수도 못 했거든."

"아…."

자리에서 일어난 유는 2층으로 올라갔다. 욕실 문 닫히는 소리가 들리고 곧 샤워기에서 쏟아지는 물소리가 어렴풋이 들려왔다. 그 소리를 지우기 위해 리모컨으로 TV를 켜는 순간 초인종이 울렸다. 누구지? 그녀의 친구들이 벌써 왔나? 전율은 인터폰 화면을 들여다보았다. 카메라를 등지고 서 있는 실루엣이 눈에 익었다.

문을 연 전율은 집 안으로 들어서는 박지오와 에스타를 보고 석고상처럼 굳어 버렸다.

"여어, 전유울. 지금 시간이 몇 신데 벌써 와 있냐? 학교를 좀 그렇게 다녀 봐라. 만날 1교시 끝날 때쯤 등교하는 새끼가."

전율의 어깨를 툭 치며 집 안으로 들어선 박지오는 쩌렁쩌렁한 목소리로 유를 불렀다.

"유야! 뭐 하냐! 손님 왔는데 나와 보지도 않고!"

그리고 그 뒤를 따라 에스타가 들어섰다. 전율과 에스타의 시선이 허공에서 정면으로 마주쳤다. 박지오는 그렇다 쳐도 에스타가 왔다는 사실은 전율에게 묘한 긴장과 불안을 유발했다. 그는 주말 아침부터 남의 여자친구 집에 찾아올 만큼 개념 없거나 한가한 놈이 전혀 아니었다.

"네가 여긴 어떻게 알고 왔어?"

당황한 전율의 물음에 박지오는 별거 아니라는 듯 대답했다.

"윤지 누나가 채팅방에 '유네 집. 삼겹살 파티'라고 올렸던데? 김별은 왜 따라왔는지 모르겠지만."

집주인은 어디 가고 시커먼 놈들이 소파를 차지하고 앉았다. 박지오는 유가 마시던 찻잔을 들어 차를 한 모금 마셨다. 처음 마셔 보는 홍차의 향이 좋아서 몇 모금 더 들이켰다. 에스타는 게임기를 발견하고 꺼내 들었다. 전교 1등의 집에 게임기가 있다는 걸 신기해하는 친구들에게 전율은 그것은 유의 것이 아니라 윤 사장 것이라는 걸 말할까 말까 하다가 말았다.

덜 마른 머리카락을 늘어트리고 계단을 내려오는 유를 발견한 박지오가 손을 번쩍 들었다.

"좋은 아침!"

어떻게 된 일인지 몰라 전율을 바라보았지만 그 역시 한숨만 내쉴 뿐이었다. 유는 "다들 부지런하구나…" 하고 중얼거렸다.

상황을 전해 듣고 곧장 달려온 윤지와 지현은 거실에 한가득 널려 있는 세 친구의 흔적을 보고 경악했다. 주말에 뭐 하냐고 묻는 박지오에게 유네 집에서 삼겹살 파티 한다고 답장했을 뿐인데 여기까지 찾아올 줄은 몰랐다. 오래전부터 전율, 박지오, 에스타에 대한 정보를 수집해 온 윤지와 지현은 이 상황이 얼마나 특수한 경우인지 잘 알고 있었다.

밖에 돌아다니는 일이 거의 없는 세 사람은 각자 집에서 놀거나 에스타의 자취방에서 셋이 노는 일이 많아서 목격담이 희귀할 정도였다. 특히 전율은 게임을 좋아해서 집에 성능 좋은 PC가 세 대나 있고, 박지오는 노는 자리에 여자가 끼는 걸 극도로 혐오하고, 에스타는 야행성이라 낮에 눈에 띄는 일은 극히 드물었다. 그런 녀석들이 주말 오전에 유네 집에 모여 있는 건 정말 이상하고 놀라운 일이었다.

주방으로 들어간 윤지는 자기네 집인 것처럼 능숙하게 냉장고를 뒤져서 볶음밥을 만들었다. 식탁에 여섯 아이들이 둘러앉아 윤지가 만든 볶음밥을 먹었다.

"윤유가 해 준 밥 기대했는데!"

박지오의 투정에 윤지가 눈을 가늘게 떴다.

"먹기 싫으면 숟가락 내려놔. 그리고 한 가지 확실히 해 두자면 윤유가 해 준 밥은 죽었다 깨나도 먹을 일이 없어. 왜냐하면 무용지물이라는 고사성어가 윤유의 손을 뜻하는 거니까."

일찍 온 전율과 친구들은 유가 참외를 깎겠다며 손에 과도를 들었을 때 이미 눈치챘다. 칼을 연필 잡듯이 쥐고 참외를 사과처럼 돌려 깎는 그녀의 묘기에 세 친구는 할 말을 잃었다. 보다 못한 전율이 유의 손에서 칼을 빼앗아 직접 참외를 깎았다. 아침을 먹지 않은 세 친구를 위해 토스트를 해 주겠다며 토스터에 식빵을 넣고 한참을 기다리는 유를 대신해 전원 코드를 꽂아 준 것도 전율이었다.

윤지는 '무용지물'에 어울릴 법한 유의 만행들을 하나씩 들추어냈고, 그럴 때마다 전율과 친구들은 말도 안 되는 이야기라면서 깔깔 웃었다. 누구도 유에 관한 이야기를 지루해하지 않았으므로, 윤지는 유의 중학생 시절부터 최근까지의 일을 줄줄이 늘어놓았다. 유는 마치 남의 이야기를 듣는 것처럼 자신의 이야기를 들었다.

점심 식사를 마친 여섯은 식탁을 정리하고 그릇을 씻었다. 그러는 동안 전율과 에스타 사이에 냉랭한 기류가 흘렀다. 윤지와 지현에게는 누나라고 부르면서 살갑게 말도 잘하는 에스타가 유에게는 단 한 마디도 하지 않았다는 사실이 전율은 몹시 거슬렸다. 박지오가 아무리 쓸데없는 말을 해도 그러려니 했다. 신경 쓰이는 쪽은 오히려 에스타였다. 겉으로 보기에는 유와 거리를 두고 있었지만 이따금씩 그녀를 향하는 시선은 전율을 불안하게 했다.

오후에는 게임도 하고 영화도 즐겼다. 영화가 시작되자마자 유는 잠이 들었고, 박지오는 실제로 잠들어 버린 그녀를 구경하면서 그 무방비함에 연신 감탄했다. 해가 질 무렵에는 마당과 테라스에 조명을 켜고 바비큐 파티를 했다. 음악을 틀고, 고기를 구웠다. 유의 부모님이 준비해 놓은 엄청난 양의 음식은 그들이 먹고 즐기기에 충분했다.

온종일 말도 하지 않고 눈도 마주치지 않은 에스타가 신경 쓰였는지 유는 "별이에게 무슨 일이 있는 거야?" 하고 전율에게 물었지만 "김별 쪽으로 고개도 돌리지 말고 눈도 마주치지 마. 아예 없는 사람 취급해. 그게 낫겠다"라는 엄청난 답변이 돌아왔다.

바비큐 파티가 끝나고 은은하게 피어 있는 숯 위에 쫀드기나 마시멜로 같은 간식들을 올려놓았다. 유와 친구들은 식기를 주방으로 옮겼다. 유가 채소 바구니를 들고 집 안으로 들어가려는데, 테라스로 나오던 에스타가 그녀의 팔을 잡았다. 에스타는 유의 귓가에 낮은 목소리로 속삭였다.

"내 이름은 별 아니고 에스타. 그게 본명이야."

찰나의 장면을 목격한 전율은 온종일 참았던 긴장감이 안에서 폭발하는 걸 느꼈다. 그가 보는 앞에서 명백하게 선을 넘은 에스타는 오히려 여유로운 표정이었다. 에스타의 돌발 행동에 전율은 대화 좀 하자며 거실로 그를 불렀다.

거실 한가운데 마주 선 두 친구를 보고 박지오는 상황을 직감했다. 단순한 미로 속에서 누군가에게 조롱당했다는 사실을 알게 된 사람처럼 허탈한 표정을 지은 박지오는 유를 데리고 테라스로 나갔다. 주방에서 싱크대를 정리하던 윤지와 지현 역시 두 사람 사이의 서늘한 분위기를 감지하고는 자리를 피해 주었다.

"김별… 너 내 친구 맞아?"

간신히 참고 있던 감정이 새어 나오면서 전율의 심장이 마구 뛰었다.

"내가 하루에도 천국에서 지옥까지 몇 번을 오가는지 너는 모를 거다. 안전 바 없이 롤러코스터 탄 것 같은 기분. 꽉 붙잡지 않으면 당장이라도 공중으로 날아갈 것 같고, 바닥에 떨어져 죽을 것 같아. 그런데 멈출 수도 없고, 내릴 수도 없어. 그러니까 부탁이야. 그냥 평소처럼만 행동해. 더 안 바랄게. 유한테 들키지만 마."

전율의 말을 듣고 있던 에스타가 가볍게 웃었다.

"부탁 한번 구질구질하게 하네. 너 내 친구 전율 맞아? 하던 대로 해. 나 말고 딴 놈이었으면 네가 어떻게 했을지 내가 아는데, 친구라고 봐주냐?"

에스타의 도발에 전율은 참지 못하고 그의 얼굴에 주먹을 날렸다. 분노보다 더 큰 배신감에 힘을 조절하는 것도 쉽지 않았다. 휘청이는 에스타의 멱살을 잡고 한 번 더 얼굴을 가격했다. 에스타의 얼굴이 순식간에 부어오르고 바닥에 핏방울이 뚝뚝 떨어졌다.

"다시는 유 앞에 얼씬거리지 마라. 그러다 너 진짜 죽는다."

에스타는 코와 입에서 새어 나오는 피를 손바닥으로 닦으며 희미하게 웃었다.

"너한테 맞으니까 그나마 덜 미안하다."

테라스에서 유의 웃음을 바라보는 박지오는 착잡한 마음을 가눌 길이 없었다. 안에서 무슨 일이 일어나고 있을지 안 봐도 알 것 같왔다. 여자 하나 두고 친구끼리 싸우는 장면은 어느 영화에서도 본 적이 없다. 전율에게 들켜 버린 이상 이런 식으로 마음을 숨긴다고 해서 될 일이 아니었다. 가질 수 없는 거 아는데, 조금은 억울하다.

박지오는 잘 구워진 마시멜로를 유에게 건넸다. 폭신한 마시멜로를 한 입 베어 물고 해맑게 웃는 그녀는 그야말로 한없이 순수했다. 그 모습을 본 윤지와 지현은 몇 년 뒤 어느 날, 오늘의 이야기를 꺼냈을 때 마치 남 이야기처럼 들을 유를 생각하니 깊은 한숨이 새어 나왔다.

박지오는 유를 바라보며 물었다.

"누나, 하나만 대답해 줄 수 있어요?"

"응? 뭔데?"

"만약… 내가 전율보다 먼저 고백했더라면…."

그의 질문이 미처 끝나기도 전에 전율이 테라스로 나왔다.

"하아, 타이밍 한번 거지 같네."

전율은 유의 옆에 붙어 있는 박지오에게 손짓을 했다.

"너도 이제 그만해. 더는 안 봐줘."

자리에서 일어난 박지오는 전율의 경고 따위 피할 생각 없다는 듯 그에게 다가가서 말했다.

"정정당당하게 하자 전율. 나도 윤유한테 고백할 거야."

전율의 얼굴에 핏기가 싹 가셨다.

"너한테 몇 대 맞고 떨어져 나갈 만큼 가벼운 감정 아니야. 만약 유가 널 선택하면 깨끗하게 물러날게."

"너 미쳤어?"

전율은 박지오의 어깨를 꽉 잡았지만 그는 강하게 떨쳐 냈다.

"왜? 불안해? 그럼 네가 진 거야."

집 안으로 들어온 박지오는 코에 휴지를 받친 채 소파에 누워 있는 에스타 옆으로 갔다. 다행히 이가 빠지거나 뼈가 부러지진 않은 것 같았다. 지혈이 되었는지, 몸을 일으킨 에스타는 현관으로 걸어 나갔다. 터지고 찢어진 친구의 얼굴을 보는 박지오의 마음도 편하지 않아, 에스타를 위로할 겸 그의 자취방으로 가기 위해 따라나섰다.

골목을 빠르게 걷던 에스타는 누군가에게 전화를 걸었다.

"누나, 어디예요? 지금 갈게요."

통화를 마친 그는 택시를 잡기 위해 큰길 쪽으로 나섰다. 박지오의 표정이 어두워졌다.

"김별, 어디 가? 집에 안 가?"

그는 대답 없이 택시를 향해 손을 흔들었다.

"너 설마…. 그때 그 대학생 누나한테 가는 거야?"

"알 거 없어."

"뭐야, 이 쓰레기…."

유를 좋아하는 마음이 진심이라면 서로를 탓하기보다 안타까운 상황을 같이 견뎌 보자고 할 생각이었는데, 에스타에게는 윤유 역시 수많은 여자 중 하나일 뿐이었던 것이다.

박지오는 에스타의 등 뒤에 대고 소리쳤다.

"유 좋아한다는 말 네 입에서 나오면 그땐 나도 가만 안 둬!"

에스타는 박지오의 말을 무시한 채 택시를 타고 가 버렸다.

교실 문이 열리고 전율이 등장하자마자 옆 반 애리가 찾아와 따지듯이 물었다.

"전율! 김별 얼굴 왜 저래? 너 별이 맞을 때 옆에 없었어? 어떻게 친구가 저렇게 맞고 있는데 가만히 있을 수가 있어?"

맞은 놈은 두 다리 쭉 뻗고 마음 편하게 잤을지 몰라도 때린 놈은 밤새 한숨도 못 잤다. 좋아하는 마음을 억지로 돌릴 수 없다는 걸 잘 알기에 에스타가 유를 좋아하게 된 것에 대해 뭐라 할 수 없다는 것도 안다. 머리로는 알면서도 마음은 그렇지가 않아서 원망하고 화를 냈다. 가장 친한 친구 얼굴에 주먹이 닿는 고통은 물리적인 고통보다 심리적인 고통이 더 크다는 걸 처음 알았다.

언제 왔는지 모를 안아름이 새빨간 입술로 날카로운 목소리를 냈다.

"주애리, 지금 율이한테 뭐라는 거야? 율이가 김별 보디가드야 뭐야? 별이 얼굴 저렇게 된 게 율이 탓이야?"

"너 요즘 웃긴 거 알아? 손여은이 학교 그만뒀다고 이제 네가 전율 여친이나 되는 것처럼 군다? 그래 봤자 너도 손여은 꼴 날 거 뻔하지 않아?"

초콜릿 노래방 사건 이후 학교를 그만둔 손여은은 걸그룹 데뷔를 준비한다며 한 연예 기획사에 연습생으로 들어갔다. 그 후로 자신이 전율 여자친구라도 되는 양 기고만장 설치는 안아름의 꼴은 못 봐 줄 정도였다. 두 여자가 싸우는 소리 때문에 머리가 지끈거려서 교실 주인들은 쉬는 시간마다 매점이나 복도로 피신했다.

에스타는 찢어진 이마에 커다란 밴드를 붙이고 검정 마스크로 얼굴을 가린 채 버젓이 등교했다. 전율은 에스타에게 눈길도 주지 않았지만 치료는 어떻게 했는지, 상처는 어느 정도인지 궁금할 때마다 속이 상했다. 누구의 잘못을 따질 수도 없고, 누군가 나서서 대신 해결할 수도 없다.

막막한 분노와 한 여자에 대한 열정, 친구의 부재가 주는 우울함을 견디기 힘든 건 세 사람 모두 마찬가지였다. 이제 막 사춘기를 앓기 시작한 소년들처럼 불어닥치는 거센 감정을 이겨 보려 애쓰느라 몸과 마음이 아팠다.

친구들 얼굴 보기도 싫고, 입맛도 없는 전율은 점심을 굶었다. 안아름이 책상에 이마를 대고 엎드린 그의 팔을 잡고 흔들었지만 꿈쩍도 하지 않았다.

"너희들 싸웠어? 딱 봐도 싸웠는데? 말도 안 하고 밥도 같이 안 먹고. 무슨 일인데? 설마 김별 얼굴 네가 그런 거야?"

때마침 에스타가 주애리와 함께 교실로 들어왔고, 박지오는 보란 듯이 다른 친구들과 요란하게 떠들면서 교실로 모였다. 박지오의 무리 중 한 명이 큰 소리로 떠벌렸다.

"김별 얼굴 전율이 그런 거 맞지? 무섭다. 친구도 안 봐주네?"

창가 쪽에 앉아 주애리와 노닥거리고 있는 에스타에게 박지오의 싸늘한 시선이 날아갔다.

"김별이 맞을 짓을 했으니까 처맞았겠지. 더 맞아야 하는데 전율이 많이 봐줬어."

에스타가 고개를 들어 박지오를 쳐다보았다. 서로를 보는 두 사람의 눈동자에 불꽃이 번쩍 튀었다. 박지오의 빈정거림이 연이어 날아들었다.

"그 꼴로 대학생 누나 찾아가니까 누나가 좋아하든? 네 얼굴 하나 보고 헤벌쭉하던 여잔데 안 쫓아내고 재워 줬냐?"

위험 수위를 넘나드는 박지오의 발언에 에스타가 교탁 앞으로 다가왔다. 그렇다고 해도 터진 입은 말을 멈추지 않았다.

"네가 어떤 여잘 만나든 누구랑 자든 그건 내 알 바 아닌데, 유 쳐다볼 때 그딴 식으로 쳐다보지 마. 심심할 때 가끔 만나서 노는 여자들 보듯 하지 말라고."

더는 들어 줄 수가 없었다. 에스타가 먼저 박지오에게 주먹을 날렸고, 박지오도 지지 않고 에스타의 배를 걷어찼다. 엄청난 싸움이 붙었다. 교실에 있던 아이들은 두 사람을 말리기 위해 엉겨 붙었다. 서너 명씩 달려들어 박지오와 에스타를 붙잡았지만 성난 황소처럼 서로 붙기 위해 발버둥을 쳤다.

두 사람의 싸움을 말릴 수 있는 사람은 전율밖에 없었다. 맨 뒷자리에 엎드려 있던 전율이 몸을 일으키자 구경하던 학생들이 길을 트고 숨을 죽였다. 전율은 천장을 향해 한숨을 내뱉었다.

"내 여자 두고 왜 너희 둘이 싸워? 이게 대체 무슨 개 같은 상황이냐?"

주변에 있던 아이들은 전율의 말을 듣고 상황을 파악한 눈치였다.

"그게 무슨 소리야? 김별, 너 윤유한테 관심 있어?"

애리의 물음에 에스타는 아물지 않은 입안을 혀로 훑으며 박지오와 전율을 보았다. 길고 커다란 눈이 조금은 애처롭게 목적지를 잃었다. 유 앞에서는 절대 하지 못할 그 말이 비집고 나왔다.

"어. 나 윤유 좋아해."

그 한마디에, 적어도 서른 개 이상의 입에서 탄식이 터졌다. 애리는 믿을 수 없다는 듯 발악을 했다.

"너 진짜 미쳤구나? 네가 걜 왜 좋아하는데? 걔 지금 전율이랑 사귄다며!"

한쪽에서 앙칼지게 쏘아붙이는 와중에 박지오의 눈에도 불이 켜졌다.

"네 입에서 유 좋아한다는 말 나오면 가만히 안 있겠다고 했다!"

옆에서 보고 있던 안아름도 상황을 이해했는지 흥미롭다는 표정을 지었다.

"이 거지 같은 상황 뭐야. 전율도 가만히 있는데 박지오 네가 왜 화를 내? 너희 셋 다 미쳤구나? 대박이다. 하하하."

안아름이 히스테릭하게 웃어 댔다. 전율은 지금 교실 안에서 벌어지고 있는 이 난투극이 도무지 믿어지지가 않아 천장을 올려다보았다. 여기가 지옥이지 싶다.

유는 교문을 나서면서 데리러 오지 못한다는 전율의 문자 메시지를 확인했다. 독서실까지 혼자 가야겠구나 생각하며 도서관 옆을 지나다가 계단에 앉아 있던 박지오를 발견했다. 그는 소년과 남자의 중간쯤 되는 얼굴로 활짝 웃으며 씩씩하게 뛰어왔다.

"누나! 이제 끝났어요? 이 학교는 7교시가 아니고 8교시까지 해요? 한 시간 넘게 쪼그려 앉아 있었더니 다리에 쥐 났어. 야옹 해 줘요."

"야옹."

"그걸 시킨다고 또 해. 어휴, 내가 이 여자 때문에 웃는다."

생글생글 웃는 박지오에게 유가 물었다.

"율이는?"

"몰라요. 다른 여자 만나나 보죠."

정말이냐고 묻는 듯 휘어지는 유의 눈썹을 보니 거짓말도 못 하겠다 싶어서 박지오는 얼른 손을 저었다.

"오늘은 내가 독서실까지 바래다줄게요. 배 안 고파요? 독서실 가기 전에 뭐 먹고 갈래요? 햄버거 좋아해요?"

햄버거 가게에 온 두 사람은 주문을 하고 마주 앉았다. 박지오는 본인이 하기 싫은 일은 죽어도 안 하는 성격이면서 연애 자체를 혐오하는 녀석이었다. 특히 여자들한테 밥을 사 주는 것은 가장 쓸데 없는 일이며 남자들이 그 따위 일에 체력을 낭비하면 나라가 망한 다는 말을 종종 지껄이곤 했다.

다가오는 여자를 막지 않을 뿐만 아니라 은근히 마음이 여려서 냉정하게 거절하지 못하는 에스타 대신, 시원하게 꺼지라고 말해 주는 건 박지오였다. 남녀 간의 수작 자체를 피곤하면서도 소모적 인 일이라 여기던 그가 여자와 둘이 햄버거를 먹으러 왔다는 건 그 만큼 작정했다는 뜻이다. 평소에는 웃고 있어도 왠지 모르게 차가

운 이미지가 있었는데 오늘따라 눈이 거의 보이지 않을 정도로 해
맑게 웃는 그가 신기해서 유도 따라 웃었다.

"누나, 나 오늘 할 말이 있어요."

무슨 말이냐고 묻는 유의 눈동자가 그를 향했다.

"지금 말하기는 좀 그렇고. 이따가 독서실 앞에 가면 이야기해
줄게요."

겁 없는 박지오도 생에 첫 고백 앞에서는 긴장했는지 말을 아꼈
다. 다시 한번 자신의 마음을 점검할 필요가 있었다. 이 여자에게 진
심인 건지, 친구 여자에게 들이댈 만큼 제정신 아닌 게 확실한 건지.

"누나, 욕 한번 해 볼래요?"

창가에 놓아 둔 꽃병처럼 예쁜 얼굴로 얌전히 앉아 있던 유는 느
닷없는 박지오의 말에 눈을 깜박거렸다.

"나 욕 잘하는 여자 정말 싫어하거든요. 그러니까 한번 해 봐요."

"바보…."

놀란 박지오의 입이 동굴처럼 벌어졌다.

"지금 그걸 욕이라고 한 거예요? 미쳤네. 근데 왜 시키는 걸 다
해요? 욕하란다고 하는 여자는 또 처음 보네."

유에게 욕을 해 보라고 한 남자도 처음이었다. 하라고 해서 한
건 아니고 무의식중에 입에서 나온 말이었는데 펄쩍 뛰는 박지오의
반응이 웃겼다. 그는 유의 눈동자를 들여다보며 물었다.

"내가 햄버거 가게에 왜 왔는지 알아요?"

"음… 햄버거를 좋아해서?"

"아니. 햄버거 추잡스럽게 먹는 여자 완전 싫어해서."

그가 건네는 자이언트 버거는 유의 얼굴보다 컸다. 그 어마어마한 크기의 햄버거를 한 입 베어 물자, 양파와 양상추가 후드득 떨어졌고 잘리지 않은 베이컨과 토마토가 빵 사이에서 줄줄이 딸려 나왔다. 박지오는 벌떡 몸을 일으켜 유의 턱 밑에 손을 받쳤다.

"내가 이럴 줄 알았어."

입가에 마요네즈를 잔뜩 묻히고 어쩔 줄 몰라 하는 유의 얼굴을 보며 박지오는 그냥 웃어 버렸다. 100퍼센트 예상했다. 지금까지 본 인간 중 가장 추잡스럽게 먹는 그녀의 모습이 미칠 듯 사랑스러워서 고개를 저었다.

"이리 가까이 와 봐. 뭘 이렇게 다 묻히면서 먹어? 내가 닦아 줄게요."

박지오는 유의 입을 냅킨으로 닦아 주면서 설렘의 기준을 담당하는 뇌의 한 영역이 완전히 고장 났다는 걸 알았다. 살짝 벌어진 입술 사이로 음식이 들어간다는 게 신기해서, 햄버거를 먹는 것도 잊은 채 넋을 놓고 그녀를 구경했다. 참 예쁘게도 먹는다.

그때 등 뒤에서 카랑카랑한 목소리가 날아들었다.

"어머! 박지오?"

옆을 돌아보니 전율과 안아름이 이쪽으로 걸어오고 있었다. 안아름은 기가 막힌다는 얼굴로 눈을 크게 떴다.

"우와, 엄청나다. 엄청나."

뭐가 엄청나다는 건지 그 의미가 한둘이 아니어서 전율도 박지오도 해석하지 못했지만, 확실히 정상적인 상황은 아니었다. 데리러 오지 못하는 이유가 안아름 때문이었다는 걸 알게 된 유, 자신의 여자친구가 가장 친한 친구랑 웃으며 함께 있는 걸 본 전율, 사랑 앞에서 친구도 의리도 정신줄도 놓아 버린 박지오.

"언니, 우리 전에 본 적 있죠? 양꼬치집에서. 박지오랑 맛있게 드세요. 픕."

안아름은 전율을 끌고 카운터로 향했다.

전율은 유에게 오늘 학교에서 있었던 일을 알리고 싶지 않았다. 혹시라도 그녀의 마음이 흔들릴까 봐 겁이 났다. 미안해하는 그녀의 표정이 떠오르면 불안함에 식은땀이 흘렀다. 지난밤 꿈에 에스타의 손을 잡고 등을 돌리는 그녀가 나왔다. 그 모습을 다시 떠올리기만 해도 심장이 멎을 것만 같았다.

전율의 마음을 눈치챈 안아름은 윤유의 귀에 들어가지 않도록 '입단속'을 철저히 하겠다며 전율을 꼬드겼다. 친구 셋이 여자 하나 때문에 교실에서 치고받았다는 걸 알면 두 사람의 사이도 끝장일 수밖에 없다는 안아름의 말에 전율은 꼼짝도 할 수가 없었다.

박지오와 유는 다 먹은 테이블을 정리하고 밖으로 나갔다. 박지오는 시무룩한 유를 위해 독서실에 가는 내내 노래를 불러 주기도 하고 재미있는 춤을 춰 주기도 했다.

"누나, 내가 아까 할 말 있다고 했죠?"

독서실 입구에 멈춰 선 그는 장난치던 얼굴을 지우고 진지한 눈으로 유를 보았다. 칼을 뽑았으면 칼이 부러지든 팔이 부러지든 끝장을 봐야 하는 성격이라 고백 같은 것도 미루고 싶지 않았다.

"나 누나 좋아해요."

단숨에 말을 뱉고 비스듬히 돌려 버린 그의 얼굴이 붉게 물들었다. 못 들은 것 같은 유의 표정을 보고 다시 힘주어 말했다.

"윤유, 너 좋아한다고."

그는 손을 주머니에 찔러 넣고는 유와 눈을 맞추었다.

"그렇게 보지 마. 나 진짜 힘들게 용기 내서 말한 거야."

할 말 다 해 놓고 부끄러운 듯 고개를 푹 숙이는 그를 보며 유는 미소 지었다. 누군가에게 솔직한 감정을 고백하는 것이 어려운 일이라는 걸 겪어 봐서 잘 안다. 얼마나 큰 용기를 내야 하는지도. 그 마음을 가볍게 생각하지도 않았고, 그를 잃고 싶지도 않았다. 그는 전율의 친구니까….

"고마워, 지오야."

"뭐가 고맙대. 찰 거면 빨리 차. 지금도 충분히 쪽팔리니까."

"나 좋아해 줘서 고맙고, 고백해 줘서 고마워. 나도 너 좋아해. 넌 멋있고 유쾌하고 매력이 넘쳐. 사람들을 웃게 만드는 특별한 재주가 있는 것 같아. 내가 장담하는데 아마 모든 사람이 널 좋아할 거야."

박지오는 처음 듣는 인간적인 칭찬에 긴장감이라든가 쪽팔림은 날아가고 한 사람으로서 존중받고 있다는 뿌듯함을 느꼈다. 유는 말을 이었다.

"지난번 공원 벤치에서 편안하게 모든 걸 이야기할 수 있었던 건 네가 가진 선함과 다정함 덕분이었던 것 같아. 늘 고맙게 생각하고 있어. 그런데 율이를 좋아하는 것과는 조금 달라. 율이는 같이 있으면 긴장되고 불편하지만 그런 설렘이 좋아. 그 앤 나에게 특별한 영감을 주거든."

유는 전율을 만나면서 인생을 사는 데 중요한 진리를 깨닫는 중이었다. 강은 건너는 게 아니라 몸을 던져 흐르는 것이라는 걸 알았고, 좋아하는 사람과 여유를 즐기는 시간은 낭비되는 아까운 시간이 아니라 풍요로운 삶의 일부분이라는 걸 알았다.

하지 말라는 것들에 귀를 기울이는 것보다 하고 싶은 것, 원하는 것, 갖고 싶은 것에 마음을 쏟아야 한다는 것을 알았고, 나와 많이 다른 사람 앞에서는 나를 내보이는 게 두렵지만 한번 보여 주기 시작하면 더는 감출 필요가 없다는 것도 알았다.

그녀의 말을 가만히 듣고 있던 박지오가 한마디 툭 뱉었다.

"사랑."

그는 무슨 뜻인지 이해하지 못한 유에게 알아듣기 쉽게 설명해 주었다.

"넌 지금 나를 좋아한다고 말하고 있지만, 사실은 전율을 사랑한다고 말하는 거야."

유는 자신도 몰랐던 감정의 실체를 그의 말을 듣고 나서야 알았다. 전율에 대한 마음이 단순히 좋아하는 감정이 아니라는 것을….

"사람을 걷어차도 아주 제대로 차는구나."

농담 섞인 박지오의 말에 유는 미안한 표정을 지었다. 박지오는 괜찮은 척 웃어 보였다. 그래도 체면이 있지, 여자한테 한 번 차였다고 기죽을 그가 아니었다. 쓸쓸한 기분을 툭툭 털어 냈다.

"아까 전율이 안아름이랑 같이 있던 거는 신경 쓰지 마요. 그거 나 때문이야. 내가 누나 좋아한다는 거 알고 안아름이 전율을 꼬드겼나 봐요. 전율은 어쩔 수 없이 부탁을 들어준 걸 거예요."

"넌 정말 멋진 친구인 것 같아. 안 그래도 마음이 복잡했는데 오해가 풀렸어."

"하나도 안 멋져. 친구 여자한테 좋아한다고 고백이나 하고 있고…. 나 전율한테 처맞으면 병문안 와요."

"응. 갈게."

"오긴 어딜 와? 내가 전율한테 맞을 거 같아요? 피카츄랑 나랑 싸우면 내가 이겨요."

유는 시계를 보고 대화를 마무리 지으려 했지만 박지오는 들어가 봐야 한다는 그녀의 손을 잡았다. 아직 할 말이 남아 있었다. 그녀의 이름을 나직이 불렀다.

"윤유. 전율이랑 헤어지면 나한테 와. 이건 진심이다."

약간은 서글픈 박지오의 얼굴이 낯설어서 유는 대답하지 못한 채 가만히 바라보고 서 있었다. 박지오는 성큼 한 발 앞으로 다가와 그녀를 와락 품에 안았다.

"이러면 안 되는 거 아는데, 처음이자 마지막으로 한 번만 안아 볼게."

유는 저항 없이 그에게 안겼다. 조금이나마 위로가 될 수 있다면 얼마든지 괜찮았다. 처음 독서실 앞에서 전율에게 안겼을 땐 주변이 심장박동 소리로 가득 차서 누구의 것인지 구별이 되지 않을 만큼 정신이 아찔했는데, 박지오의 품은 조금 더 편안했다. 경쾌하게 달리고 있는 그의 심장 소리가 기분 좋게 들려왔다.

박지오는 움직일 생각도 없이 안겨 있는 유를 내려다보며 짓궂게 웃었다.

"네가 얌전히 있으니까 못 놔주겠잖아. 밀치든지 따귀를 때리든지 해야지. 이러고 가만히 있으면 나 다음 진도 나간다."

유는 박지오의 가슴에서 떨어졌다. 순순히 유를 내어놓은 그는 어색하게 웃으면서 손을 흔들었다.

"공부 열심히 해. 의사 되면 나 좀 고쳐 주라. 너 때문에 내 심장 다 망가졌어."

유는 고개를 끄덕이고는 빠르게 계단을 올라갔다.

늦은 밤 독서실 앞에 전율이 있었다. 전율은 복잡한 표정으로 유를 보았다. 화가 난 건지, 미안해하는 건지 모르겠지만 웃고 있지는 않았다. 그래서 유가 먼저 말을 꺼냈다.

"나는 너랑 햄버거 먹기 싫어. 입에 다 묻히고 흘려서 하나도 안 예쁘거든. 그런데 지오랑 먹을 땐 신경이 안 쓰였어. 막 묻히고, 다 흘리면서 먹었어."

전율이 피식 웃었다.

"지오가…."

"안 들을래."

전율은 어떤 말이든 지금은 감당할 자신이 없었다. 주둥이 가볍기로는 우주 최고인 박지오, 학교에서 있었던 모든 일을 다 떠벌리고도 남을 녀석이었다.

에스타가 유를 좋아한다는 것도, 친구끼리 교실에서 난잡하게 치고받은 것도 그녀가 다 알게 되었을 걸 생각하니 얼굴을 똑바로 쳐다볼 수가 없었다. 만약 그녀가 생각할 시간이 필요하다고 한다면, 아무래도 헤어지는 게 좋을 것 같다고 말한다면 살 수가 없을 것 같아 뒷걸음질을 쳤다.

유는 귀를 막고 얼굴을 돌린 전율의 두 손을 감싸고 눈을 마주 보았다.

"몰랐던 사실을 알게 해 줬어."

약간은 뜸을 들이듯 바닥에 떨어진 꽃잎을 바라보던 유의 두 볼이 발갛게 물들었다.

"박지오가… 뭐라고 했는데?"

전율은 긴장으로 마른침을 꿀꺽 삼켰다.

유는 수줍게 웃었다. 그리고 망설임 없이 말했다.

"사랑이라는 거…. 내가 널 사랑한다는 걸 알게 해 줬어."

다리에 힘이 풀린 전율은 그 자리에 주저앉고 말았다.

박지오는 한참이나 공원에 앉아서 마음을 추슬렀다. 미련 없이 털어 내려고 했는데 하나도 떨어져 나간 게 없었다. 후회되었다. 그날 유에게 전율 이야기를 하지 말았어야 했는데, 에스타의 자취방 주소를 보내지 말았어야 했는데. 아니. 그녀를 만나러 여기에 오지 말았어야 했다.

그는 두 무릎 사이에 머리를 처박고 중얼거렸다.

"여기서 울면 진짜 쪽팔린 거야. 박지오, 정신 차려."

지오는 에스타의 자취방으로 갔다. 현관 비밀번호는 세 친구가 공유하고 있었다. 문을 열고 들어서자 헝클어진 머리로 소파에 기대어 앉아 음악을 듣고 있던 에스타가 돌아보았다.

집주인은 소파에 있는데 욕실에서 씻는 소리가 들렸다. 욕실 문 앞에는 누군가 벗어 놓은 원피스가 있었다. 박지오는 탁자 위에 놓인 캔 음료를 따서 한 모금 마시고는 에스타 옆에 앉았다. 마스크 쓰고 있을 땐 몰랐는데 가까이에서 보니 상처가 가관이었다.

에스타는 박지오를 쳐다보지도 않고 물었다.

"왜 왔어?"

박지오는 대답 대신 욕실을 가리키며 물었다.

"누군데?"

에스타는 편의점 이름을 댔다. 그의 집 앞에 있는 편의점에 갈 때마다 아르바이트생이 에스타를 보며 웃던 것이 생각났다. 박지오는 넌더리가 난다는 듯 고개를 저었다.

"미친놈."

"너는 안 미쳤고?"

"나도 미쳤지."

땅이 꺼질 듯 한숨을 쉰 박지오는 에스타에게 털어놓았다.

"윤유한테 고백했다가 차였어. 위로 좀 해 주라."

"위로 같은 소리 하고 있네."

욕실에서 에스타의 티셔츠를 입은 여자가 나오더니 박지오를 보고 놀라서 수건으로 아래를 가렸다. 누구냐고 묻는 그녀의 물음에 박지오는 되레 누구시냐며 뻔뻔하게 되물었다.

당황한 여자의 시선이 에스타를 향했다.

"별아, 여기 너 혼자 사는 자취방 아니었어?"

에스타는 아무 감정 없는 표정과 목소리로 말했다.

"맞아요. 재워 달라며. 근데 친구가 와서요. 어떡할래요? 셋이 잘래요? 아님, 그냥 갈래요?"

별 의미 없이 물어본 말이었지만 여자의 얼굴이 일그러졌다.

"장난해? 셋이 잔다는 게 무슨 뜻이야?"

박지오가 대신 대답했다.

"머리가 나쁜가? 그냥 가란 소리잖아요. 미성년자 성범죄로 경찰한테 잡혀가고 싶어요?"

여자는 방으로 들어가서 옷을 입고 현관 밖으로 나간 뒤 거칠게 문을 닫았다. 박지오가 닫힌 문을 보며 에스타에게 물었다.

"진짜 궁금해서 그러는데, 너에게 여자란 뭐냐?"

에스타는 그런 걸 생각해 본 적 없었다. 하지만 한 가지는 확실하다.

"내가 만나는 많은 여자들 중에 내 이름을 아는 여자는 단 한 명도 없어."

유를 집에 들여보낸 전율이 에스타의 자취방에 도착한 건 자정이 넘어서였다. 거실 소파에서는 박지오가 자고 있었다. 밖에는 비가 추적추적 내렸다.

전율은 욕실로 들어가서 샤워를 하고 에스타의 옷으로 갈아입은 뒤 침대 위로 올라갔다. 몸을 뒤척이던 에스타가 잠꼬대하듯 말했다.

"박지오가 그러는데, 유한테 고백했다가 차였다더라."

전율의 입에서 헛웃음이 터졌다. 친구지만 정말 대단한 놈이라는 생각이 들었다. 박지오가 고백했다는 사실을 말하지 않은 유의 정신력도 보통은 아니었다. 등을 돌려 누운 전율은 착 가라앉은 목소리로 물었다.

"넌 언제 할 건데? 고백."

"들키지 말라며."

"할 거면 빨리 해. 그래야 유도 덜 귀찮지."

이쯤 되니 전율은 마음이 편안했다. 해탈한 기분이랄까…. 지금껏 자신의 여자친구가 다른 남자에게 고백받는 일 따위는 상상도 해 본 적 없었다. 그러나 실제로 몇 차례 반복되면서—유는 무례했던 도현의 행동을 따져 묻기 위해 그를 만났고, 도현은 오히려 유에게 "전율과 헤어졌으면 좋겠어. 내가 널 좋아하니까"라며 자신의 마음을 고백했다. 마침 그 현장을 덮친 전율은 웃음밖에 나질 않는 기이한 현상을 경험했다—덤덤해졌다.

오늘 유의 사랑 고백 덕분에 자신감을 얻은 전율은 최고급 방패를 얻은 것처럼 방어력이 상승했다. 세상 모든 것이 아름답게만 보이고, 누구라도 용서할 수 있을 것만 같았다. 전율은 더 이상 불안하지 않았다. 그녀의 사랑은 두 친구에 대한 우정까지도 굳건하게 만들었다. 이럴 줄 알았으면 군대 간 과외 쌤도 고백하게 내버려둘 걸 그랬다.

다음 날 아침, 방에서 부스스한 모습으로 나온 전율은 박지오가 먹던 블루베리를 냉큼 빼앗아 입에 털어 넣었다. 싱크대 앞에 서서 컵에 우유를 따르던 에스타는 중대한 결심을 한 듯 발표했다.

"나 이제 현관문 비밀번호 바꿀 거야."

"뭐? 왜?"

"이놈 저놈 들락거리니까 사생활이 없잖아."

"너의 그 더러운 사생활을 우리가 깨끗하게 걸러 주고 있는 거 모르냐?"

에스타와 박지오의 대화에 전율의 목소리가 불쑥 끼어들었다.

"박지오, 너 어제 내 여자친구한테 고백했다가 차였다며?"

"윤유가 그래? 걔는 무슨 입이 그렇게 가벼워?"

"유 아니고 김별이 그랬거든? 차였다니 쌤통이다."

"한 번 차였다고 포기할 거라 생각하지 마. 될 때까지 한다."

박지오가 한 입 베어 문 사과를 에스타가 빼앗았다. 유가 가져다 준 사과라는 걸 알고는 서로 먹겠다며 밀치고 몸싸움을 벌였다. 씨리얼이 쏟아지고 우유가 넘어졌다. 무언가 깨지고 부서져야 정상이다. 그렇게 세 친구는 평소와 같이 사이좋게 등교 준비를 마쳤다. 롤러코스터는 이제 막 출발했다는 사실을 알지도 못한 채.

신세기의 등장

그가 나타난 건 1학기 기말고사가 시작된 날이었다. 유는 도서관에 가기 전 친구들과 카페에 들렀다. 주문한 청포도 에이드를 받아 들고 뒤를 도는 순간 그의 가슴에 부딪쳐 반이나 쏟고 말았다. 쏟아진 음료를 치우느라 정신없는 유와 달리 그는 태연하게 냅킨으로 젖은 옷을 닦고 청포도 에이드 한 잔을 더 주문했다.

"죄송합니다. 혹시 세탁비를 원하시면….”

본인의 음료를 유에게 건넨 그는 반밖에 남지 않은 유의 에이드를 빼앗아 들고 카페를 나갔다. 그의 머리카락 색깔은 차가운 크림색이었다.

유의 부주의함으로 일어나는 크고 작은 사고는 자주 있었던 일로, 뒷수습은 언제나 윤지와 지현의 몫이었다. 그러나 오늘은 웬일인지 구석 테이블에 앉아 상황을 주시하기만 했다. 숨죽이고 있던 윤지는 그가 나가자마자 득달같이 쫓아와서 얼른 이름과 연락처를 물어보라며 유의 등을 떠밀었다.

"완전 내 스타일이야! 빨리빨리!"

유는 떠밀리지 않으려 안간힘을 써 보았지만, 윤지의 힘에 못 이긴 다리는 바람에 돛단배 가듯 주춤주춤 앞으로 나아갔다.

"싫어. 궁금하면 직접 물어봐. 나 그런 거 못 하는 거 알잖아."

"지금이 타이밍이야! 너랑 전율 이어 준 은혜를 지금 갚으면 돼!"

지현까지 합세해서 유의 손을 잡아끌고 카페 밖으로 나왔지만 카페 앞에 주차되어 있던 노란색 자동차에 올라탄 그는 소란스러운 카페 입구를 한 번 보더니 그대로 가 버렸다. 먹잇감을 놓친 허탈한 표정의 윤지가 유의 어깨를 꽉 잡고 말했다.

"잘 들어. 저건 람보르기니야."

엄청나게 혼날 줄 알았는데, 람보르기니라니. 유는 그게 뭔지 몰라서 다행이라고 생각했다.

유는 다음 날도 크림색 머리카락의 남자를 마주쳤다. 주황색 오픈카 한 대가 바람을 가르며 쌩하고 지나가자 윤지의 입에서 환호성이 터졌다. 주차장으로 뛰어 올라간 윤지는 기어코 그의 앞을 막고 서서 이름과 연락처를 물어보았다. 그러나 그는 어떤 것도 알려 주지 않았다. 단칼에 거절당한 윤지는 그를 추적하는 데 더욱 열의를 보였다.

—찾았음! 3층 열람실로 와!

윤지의 문자 메시지를 확인한 유는 펼쳐 놓은 짐을 옮기기 귀찮아서 그냥 있겠다고 답장을 보내고 두꺼운 책을 베개 삼아 엎드렸다. 지난 3주간 공부에 집중하느라 체력이 바닥났다. 막상 시험이 시작되니 긴장이 풀렸는지 졸음이 쏟아졌다. 유는 딱 30분만 잘 생각으로 눈을 감았다.

한 시간쯤 지났을 때 전율이 다가와서 잠든 유의 어깨를 톡 건드렸다. 잠에서 깬 유가 고개를 드는 순간 크림색 머리카락의 남자와 정면으로 눈이 마주쳤다. 3층에 있다고 한 그가 어째서 여기 있는 걸까? 책을 손에 든 모습이 너무도 자연스러워서 꽤 오랫동안 그 자리에 있었던 것처럼 보였다.

"율아… 언제 왔어?"

전율은 천천히 몸을 일으키는 그녀의 얼굴에 가까이 대고 속삭였다.

"너 여기 있다고 해서 나 오늘 점심 먹고 조퇴했어."

"뭐야…. 그러면 안 되잖아, 바보야."

"보고 싶은 걸 어떡해. 어차피 학교에 있어도 네 생각밖에 안 나는데."

싱긋 웃는 전율을 보며 유도 따라 웃었다. 잠도 깨고 머리도 식힐 겸 밖으로 나가기 위해 일어섰을 때, 맞은편에 있던 남자가 책을 탁 덮었다. 저벅저벅 걸어온 그는 하필 전율의 어깨를 툭 치고 지나갔다. 전율은 황당함에 뒤를 돌아보았다.

"길도 넓은데 왜 사람을 치고 지나가?"

전율은 그의 뒷모습을 미심쩍은 눈으로 바라보았다. 민감한 수컷의 직감은 위험을 감지하고 사이렌을 울렸다.

"이름 신세기, 나이 24세, S대 경영학부 4학년, 여자친구 없음."

윤지가 그에 대해 알아낸 정보였다. 물론 정보의 출처는 명확하지 않았고, 여자친구가 없다는 것 역시 분위기상 그럴 것 같다는 추측이었지만 윤지는 오늘도 그를 공략하기 위해 도서관으로 향했다.

"유, 넌 오늘 도서관 안 가?"

교차로에서 걸음을 멈춘 유에게 윤지가 물었다.

"응. 내일 대충 훑어보기만 하면 될 것 같아서 오늘은 쉬려고."

"이게 전교 1등 클래스구나. 여유 있다. 여유 있어."

부러움 섞인 윤지의 목소리가 씁쓸한 타령처럼 들려왔다.

"북 카페에서 책 좀 읽고 있다가 끝나는 시간 맞춰서 율이 학교 앞에 갈까 생각 중이야."

유는 모처럼 전율을 깜짝 놀라게 할 계획을 세웠다. 그러나 북 카페에 자리를 잡고 앉은 지 얼마 되지 않아 졸음이 쏟아졌고, 주문한 음료가 나오기도 전에 소파에 쓰러져서 잠이 드는 바람에 계획은 무산되고 말았다.

그녀가 잠에서 깬 건 오후 5시가 다 된 시간이었다. 눈을 뜬 유는 흠칫 놀랐다. 맞은편에 그가 앉아 있었기 때문이다. 만약 그의 머리가 검은색이었다면 유는 그를 열 번 마주쳐도 절대로 기억하지 못했을 것이다. 크림색 머리카락을 가진 사람이 또 있다면 모를까….

몸을 일으키는데, 다리를 덮고 있던 후드 점퍼가 바닥으로 흘러 떨어졌다. 누구의 것인지 알 것 같았다. 유는 덮고 있던 후드 점퍼를 개서 앞에 앉은 신세기에게 내밀었다.

"감사합니다."

"내 거 아닌데."

그녀를 올려다보는 그의 무표정에 유는 당황했다. 어째서 그의 것으로 생각한 걸까. 단순한 착각이라기엔 뭔가 부끄러운 상황이었다.

그때 카페 문이 열리고 전율이 뛰어 들어왔다. 시내에 있는 북 카페를 다 뒤졌는지 헝클어진 앞머리는 땀으로 젖어 있었다. 오랜만에 보는 박지오와 에스타도 뒤따라 들어왔다. 북 카페 점원이 다가와서 유에게 손을 내밀었다.

"저기… 그 옷…."

유가 들고 있던 후드 점퍼는 북 카페 점원의 것이었다. 유는 빨갛게 달아오른 얼굴로 점퍼를 건네며 고맙다는 인사를 했다.

"감사합니다."

세 친구는 유와 점원이 옷을 주고받는 장면을 지켜보았다. 그러고 나서 유는 신세기에게 사과를 건넸다.

"죄송합니다."

세 친구의 시선이 이번엔 이쪽으로 쏠렸다.

신세기는 유의 사과에 아무런 대꾸도 없었다.

"얜 도대체 뭐 하는 애야?"

박지오의 혼잣말이 튀어나왔다.

이 남자 저 남자에게 감사하고 사과하는 여자친구를 제쳐 두고, 젖은 앞머리를 쓸어 넘긴 전율은 신세기 앞에 와서 섰다. 도서관에서 유의 앞자리에 앉아 있던 남자. 헤어스타일과 분위기가 독특해서 기억하고 있었다.

"도서관에서부터 신경 쓰인다 했더니, 왜 여기 있어?"

조금은 거칠게 뱉어 낸 전율의 말에 신세기는 읽던 책을 덮었다. 자리에서 일어난 그는 꽤 낮은 목소리로 말했다.

"카페는 누구나 올 수 있는 데고, 내가 어디 있든 그건 내 자유야. 건방지게 굴지 마."

그는 할 말을 마친 뒤 유가 있는 쪽은 쳐다보지도 않고 카페를 나갔다.

유와 연락이 되지 않아 윤지에게 전화를 건 전율은 "북 카페에 있다가 시간 맞춰서 화신고 앞에 간다고 했는데, 못 만났어?"라는 윤지의 말을 듣고 들뜬 기분으로 학교 앞에서 한 시간을 넘게 기다렸다. 그러다 결국은 시내에 있는 북 카페를 모조리 뒤진 것이다.

전율은 느린 동작으로 자기 목덜미를 쓸어내렸다.

"파뿌리랑 같이 왔냐?"

파뿌리…. 누군지 모르겠지만 혼자 왔으므로 유는 아니라고 대답했다.

"그럼 저 파뿌리는 언제 왔는데?"

전율은 신세기가 나간 쪽을 턱으로 가리켰다.

"모르겠어."

아는 거라고는 쥐뿔도 없는 유에게 물어봤자 얻을 것도 없었다.

전율이 소파에 털썩 앉자 박지오도 유의 맞은편에 앉았다. 전율은 얼음이 다 녹아 버린 음료를 들이켰다. 유의 시선은 멀찌감치 서서 책을 구경하는 에스타에게 향했다. 독서실을 그만둔 그녀가 늦게까지 학교에 남아 자율학습을 하는 바람에 지난 2주 동안 전율과 만나지 못했다. 박지오와 에스타를 보는 것도 거의 한 달 만이었다.

그간 전율은 틈틈이 유에게 사진도 보내고 메시지도 보내면서 학교에서 있었던 일들을 이야기했지만 에스타에 관한 소식은 없었다. 싸운 것도 아닌데 어느 순간부터 친구들과 완전히 거리를 둔 그에게 여자친구가 생긴 것 같다는 추측만 있을 뿐, 그마저 옆에 있는 여자의 얼굴이 매번 달라서 확실하지 않았다.

유는 미안한 얼굴로 사과했다.

"미안, 이제 안 그럴게."

그녀의 말이 하나도 믿음직스럽지 않아서 박지오의 말투가 삐딱해졌다.

"이 여자 정신 교육이 좀 필요한 것 같아. 테스토스테론의 위력을 몰라? 현실이 전체 관람가인 줄 아나 봐. 누나, 애가 어떻게 생기는 건지는 알아요?"

전율이 박지오를 쳐다보았다.

"남의 여자친구한테 물어볼 말은 아니지 않아?"

박지오는 오히려 큰소리쳤다.

"뭐, 못 물어볼 거 물어봤냐? 나는 애가 어떻게 생기냐는 질문을 다섯 살 때부터 했거든? 엄마가 한 번도 대답을 안 해 줘서 엄마도 모르는 줄 알고 10년을 살았어. 근데 열다섯 살 생일에 엄청난 사실을 깨닫고 배신감을 느낀 거지. 그건 바로 내 존재 자체가 엄마가 애 생기는 법을 알고 있다는 증거라는 거. 얼마나 충격받았는지 알아? 어른들이 교육을 똑바로 안 하니까 유 같은 애들은 나이를 먹어도 아무 데서나 자는 거라고!"

가만히 듣고 있던 유가 손을 들고 발표했다.

"아니. 나도 알아. 정자와 난자가 만나서 수정하면 아이가 생긴다는 거."

에스타의 웃음소리가 품 들려왔고, 박지오와 전율은 입을 다물었다.

책을 구경하던 에스타가 옆에 와서 앉자 유가 물었다.

"별이 여자친구 생겼어? 윤지가 그러던데."

"나 여자친구 없어."

전율이 끼어들었다.

"반말하지 말랬다."

또래 여자애들은 상대하지 않고 연상 위주로 공략하는 에스타의 특성상 여자들에게 웬만해서는 말을 놓지 않는다는 걸 잘 알기 때문에 유에게 말을 놓는 것 자체가 마음에 안 들었다.

"인기 많을 것 같은데."

별 뜻 없는 유의 말에 에스타가 낮게 물었다.

"왜? 너도 내 겉모습이 그렇게 보여?"

"나는 사람 얼굴을 잘 구별하지 못하거든. 그래서 느낌으로만 구별하는데 넌 참 착한 사람인 것 같아."

에스타의 눈동자가 어두워졌다. '착한 사람'이라면 친구의 여자에게 그런 짓을 하진 않겠지.

한 달 전 석양여고와 화신고의 소풍이 겹쳤던 그날 '귀신의 집'에서 있었던 일은 당사자들 외에 누구도 알지 못했다. 전율과 박지오는 짐작도 하지 못하겠지만 에스타가 친구들과 거리를 두게 된 건 정확히 그날 이후였다.

유는 무언가 알고 있는 듯 에스타를 바라보았다. 에스타의 포커페이스가 미묘하게 무너졌다. 그 표정 변화를 바라보던 박지오가 끼어들었다.

"누나의 세계관에 나쁜 사람도 있어요? 하여간 기준 이상해. 김별이 착한 사람이면 나는 간디예요."

그날부터 박지오의 별명은 간디가 되었다.

본격적으로 신세기가 유에게 다가오기 시작한 건 일요일이었다. 엄마와 백화점에 간 유는 1층 입구에서 화장실에 간 엄마를 기다리고 있었다. 그때 뚜껑이 열린 주황색 자동차가 주차장으로 들어왔다. 그동안 한 번도 마주친 적 없던 그를 이렇게 자주 보는 건 신기한 일이었다. 관찰력 없는 그녀가 그의 자동차를 한눈에 알아볼 수 있다는 것도….

차에서 내린 신세기는 곧장 유에게 걸어왔다.

"손."

유는 반사적으로 그의 앞에 손을 내밀었다. 신세기는 자신의 휴대폰을 유의 손바닥 위에 올려놓고 뒤돌아서 가 버렸다. 유는 손바닥 위에 놓인 휴대폰을 물끄러미 바라보았다. 이걸 왜 주고 간 건지 생각할 겨를도 없이 엄마가 왔고, 얼른 가방에 집어넣었다.

유는 집에 돌아오자마자 가방 안에 넣어 두었던 휴대폰을 꺼냈다. 신세기가 주고 간 휴대폰은 잠겨 있었다. 한참 동안 들여다보았지만 왜 이걸 주고 간 건지 이유를 알 수가 없었다. 그의 모든 행동은 유의 머릿속에 물음표를 남겼다.

유는 등교할 때도 우연히 만날 경우를 대비해 주머니에 휴대폰을 챙겼다. 가지러 오려나? 아침부터 자연스럽게 그를 생각하고 있다는 사실은 알지 못했다. 친구들에게는 마땅히 설명할 말이 떠오르지 않아서 말을 안 하는 쪽을 택했다.

그즈음 전율과 유 사이에 작은 다툼이 있었다. 다툼의 원인은 한 달 치 일정이 빼곡히 적힌 유의 여름방학 스케줄표였다. 학기 초에 미리 세워 놓은 계획이라 변경할 수 없다는 유의 말에 전율은 환장하겠다며 한숨을 뱉었다.

"생명 서포터즈, 심리 치료 아카데미, 의료통합 봉사회 공모전, 템플 스테이? 네가 축제 때 행사 뛰는 연예인이야? 방학 내내 나 안 보려고 작정했어?"

"그게…. 마지막 여름방학엔 쌓아야 할 스펙이 좀 많아. 그래서 너한테 알려 주려고 가져온 거야."

전율의 눈치를 살피며 고개 숙인 유의 얼굴로 고운 머리카락이 쏟아졌다. 가벼운 손동작으로 흘러내린 머리카락을 귀에 꽂는데, 그 모습을 바라보는 전율의 마음은 한층 애가 탔다.

"한번 봐. 여기에 내가 있나 없나. 어떻게 내 생각은 하나도 안 할 수가 있어? 난 너한테 뭔데? 네 남자친구가 맞긴 해?"

화가 난 전율의 심정이 유도 이해가 안 되는 건 아니지만, 고3 여름방학을 남자친구와 놀면서 보내는 건 현실적으로 불가능한 일이었다.

전율은 서운한 마음을 감출 수가 없었다. 방학하면 유와 바다에도 가고 캠핑도 가려고 했다. 같이 가고 싶은 곳도, 하고 싶은 것도 많았는데 이건 말을 꺼내지도 못하겠다. 유와 함께 보내고 싶었던 여름방학을 알 수 없는 봉사 단체에게 빼앗긴 것 같아 화가 났지만, 한편으로는 놀 계획만 세운 자신이 부끄럽기도 했다.

"가장 중요한 시기에 시간 빼앗아서 미안하다. 공부하느라 힘들 텐데 나까지 만나려니 더 피곤하겠네. 내일은 쉬어."

그렇게 말하고 하루 정도 그녀의 연락을 기다려 봤지만 유는 끝내 전화하지 않았다.

이연희 여사도 유의 과한 스펙 쌓기는 반대라며 전율의 편을 들어주었다.

"이렇게 예쁘고 찬란한 시기가 또 올 것 같니? 엄마가 살아 봐서 아는데, 인생을 살면서 정말 중요한 건 스펙이 아니라 아름다운 추억이야. 10년, 20년이 지난 먼 훗날 열아홉 여름을 떠올렸을 때 어떤 기억이 네 안에 남았으면 좋겠는지 잘 생각해 봐."

"놀기만 하다가 대학 못 가면?"

"그것도 너의 운명이지. 운명이 흘러가는 데는 다 이유가 있는 법이니까."

엄마의 말에 유는 골똘히 고민했다.

"봉사 활동은 꼭 해야 하는데…. 그럼 템플 스테이를 취소해요?"

"율이한테 같이 가자고 해 보렴. 걔는 네가 지옥에 간다고 해도 신나서 따라갈걸?"

엄마의 예상은 맞았고, 유는 전율을 위해 템플 스테이 한 자리를 더 예약했다.

    신세기의 휴대폰이 울린 건 시험 마지막 날 밤 9시가 넘은 시간이었다. 집 앞이라는 그의 말에 유는 계단을 뛰어서 내려갔다. 어디 가느냐는 엄마의 물음에 윤지를 만나러 간다고 대답하고 마당으로 나왔다.

    가쁜 호흡을 가라앉히며 대문을 열었다. 전율이 늘 기대 있던 나무 울타리 앞에 그가 서 있었다.

    "빠르네."

    붉게 상기 된 얼굴과 여전히 두근거리는 심장이 급하게 달려 나왔다는 걸 증명이라도 하는 것 같아 유는 부끄러움에 고개를 숙였다. 신세기는 자동차 조수석 문을 열었다.

    "타."

    잘 때 입는 고무줄 반바지와 얇은 티셔츠, 맨발에 슬리퍼 차림으로 나온 유는 손에 본인 것도 아닌 휴대폰 하나만 달랑 들고 있었다. 차에 타고 어디를 갈 만큼의 준비가 되어 있지 않아 망설였다.

    신세기는 머뭇거리는 유를 내버려두고 운전석에 올라탔다. 억지로 태울 생각은 없었다. 타지 않는다면 그냥 가려고 시동을 걸었다. 유가 얼른 다가와서 그의 휴대폰을 내밀었다.

    "저기, 이거…."

    "안 탈 거면 문 닫아."

우물쭈물하던 유는 열려 있는 차 안으로 들어가서 앉고 문을 닫았다.

"이거 돌려드리려고⋯."

유가 자리에 앉자마자 차는 강렬한 배기음을 뿜내며 출발했다. 빠르게 속도를 내는 바람에 좌석 등받이에 눌리듯 착 붙어 버린 유의 얼굴에는 당혹감이 서렸다. 유는 창밖으로 휙휙 지나가는 풍경과 신세기의 얼굴을 번갈아 보았다. 거침없는 질주에 서둘러 맨 안전벨트를 생명줄처럼 꽉 잡아 쥔 그녀는 울상을 지으며 무릎을 한껏 오므렸다.

불안해하는 그녀와 달리 신세기의 표정은 한껏 여유로웠다. 차는 매우 빠른 속도로 도심을 벗어났다. 한적한 도로에서 안정적인 주행이 시작되었을 때, 하늘을 가리고 있던 자동차 뚜껑이 서서히 열렸다. 시원한 밤바람이 유의 긴 머리를 흩날렸다. 까만 밤하늘에 수많은 별이 반짝거렸다.

유는 움켜잡았던 안전벨트를 놓았다. 두 팔을 위로 올리고 지나가는 바람을 손으로 만졌다. 손가락 사이로 부드럽게 빠져나가는 공기의 감촉이 낯설고 좋아서 자꾸만 잡아 보았다. 시험이 끝났다는 해방감과 자유로움, 쌓여 있던 묵직한 것들이 다 씻겨 날아가는 기분이었다. 그녀의 불안한 마음을 달래 줄 겸 신세기는 음악을 틀었다. 스피커에서 초여름 밤과 어울리는 잔잔한 얼터너티브 록이 흘러나왔다. 유의 가슴이 기분 좋게 두근거렸다.

신세기는 유를 바다로 데려갔다. 해변에 주차한 그는 카페에서 커피와 레모네이드를 사 왔다.

"저기….“

유가 그를 부르자 그는 자신의 이름을 알려 주었다.

"신세기.“

유는 그가 건네는 레모네이드를 받아 들고 한 모금 마셨다. 신세기는 곧장 유의 행동을 지적했다.

"모르는 사람이 건네는 음료수를 의심 없이 마시지 마.“

마시라고 줘 놓고 마시지 말라는 그의 말에 유는 어리둥절했다. 모르는 사람이 타라는 차에 타고 여기까지 온 상황이면 말 다 했다.

신세기는 바닷가 쪽으로 걸었다. 이제 막 시작된 여름의 밤바다에는 사람들이 꽤 많이 나와 있었다. 여기저기 모여서 맥주를 마시는 사람들, 빵빵 터지는 폭죽, 어디선가 들려오는 음악 소리. 유는 마치 꿈을 꾸는 것 같았다.

신세기를 놓쳤다가는 집에 못 돌아갈지도 모른다는 생각에 유는 그의 뒤를 종종걸음으로 쫓아갔다. 오직 머리카락 색깔로만 그를 알아볼 수 있었다. 유도 말이 없는 편이었지만 신세기는 더욱 말이 없었다.

유가 먼저 조심스럽게 질문을 건넸다.

"저희 집을 어떻게 알았어요?“

신세기는 유의 질문에 의외로 순순히 대답했다.

"모르는 게 이상한 거 아닌가?“

"저를… 아세요?“

천천히 보폭을 맞춰 걷던 신세기는 걸음을 멈추고 가만히 유를 내려다보았다. 두 사람은 같은 동네에 살고 있었다. 그것도 아주 가까운 거리에. 그러나 "저를… 아세요?"라는 질문에는 대답하지 않았다.

유의 발밑으로 파도가 밀려왔다. 유는 방금 신세기와 대화를 시작했다는 사실도 잊어버리고 파도를 피해 물러났다. 살금살금 다가갔다가 파도가 밀려오면 또다시 도망을 쳤다. 그게 재미있는지 어느새 혼자만의 놀이에 푹 빠졌다.

신세기는 유가 노는 걸 지켜보았다. 소녀다운 유희를 즐기는 그녀의 모습은 예뻤다. 팔다리가 움직이는 모양도 예뻤고, 어지럽게 그녀를 따라다니는 그림자와 모래에 남는 발자국까지 예뻤다. 그러나 그러한 것에 어떤 의미도 담지 않고 그녀가 놀고 있는 곳의 울타리가 안전한지 정도만 살폈다.

유가 충분히 놀고 나자 신세기는 그녀를 차에 태웠고, 원래 있던 자리에 데려다 놓았다.

"오늘 즐거웠습니다."

인사하는 유에게 신세기는 창밖으로 자신의 휴대폰을 건넸다.

"배터리가 없다. 충전시켜 놔."

유는 얼떨결에 휴대폰을 받아 들고 멀어져 가는 자동차 불빛을 바라보았다.

그다음 날에도 유는 신세기를 만났다. 같은 시간에 전화벨이 울렸고, 같은 곳에 그가 있었다. 신세기는 옆자리에 유를 태우고 집 앞을 벗어나 교외를 달렸다. 어제는 바다, 오늘은 산이었다. 산길을 따라 굽이굽이 늘어선 카페의 조명들이 황홀하게 빛나서 산 전체가 아름다운 크리스마스트리 같았다.

크고 넓은 카페로 들어서자 창 너머 야경이 눈앞에 펼쳐졌다. 원형의 벽을 따라 웅장하게 늘어선 커다란 책장에는 다양한 책이 빼곡하게 꽂혀 있었다. 창가 자리에 앉은 유는 카페 안을 둘러보았다.

"오빠는 이런 곳을 어떻게 알아요?"

"와 봤으니까."

"책 좋아해요?"

"친하지는 않지만 싫어하지도 않아."

유는 접시에 피자를 덜어 주는 그를 바라보며 어제부터 벌어지고 있는 일에 대해 생각해 보았다.

"저를 왜 여기에 데려온 거예요?"

신세기가 웃으며 물었다.

"넌 왜 따라온 건데?"

"저는….'"

나오라고 해서 나왔고, 차에 타라고 해서 탔고, 운전은 그가 했으니 따라왔다고 하기엔 억울한 부분도 있지만 본인의 의지가 전혀 없던 건 아니었다. 나는 여기에 왜 따라왔을까? 유는 스스로 묻고 생각에 잠겼다.

"식기 전에 먹어야 맛있어."

유는 주먹을 살짝 쥐고 눈에 힘을 주었다.

"저는 남자친구가 있어요."

"알아."

남자친구가 있다는 말을 꺼낸 유의 의도에 비해 그의 대답은 몹시 단순했다.

"내가 널 유혹하는 거라고 생각해?"

그가 직접적으로 묻자 유의 얼굴이 붉게 달아올랐다. 다시 생각해 보니 그럴 리가 없었다. 별 볼 일 없는 여고생을 유혹해 봤자 그에게 이득이 될 건 없다고 생각한 유는 피자를 한 입 베어 먹었다.

신세기는 그런 그녀의 반응이 재미있어서 슬쩍 웃었다. 남자가 밤에 만나자고 연락을 하고, 집 앞에 찾아오고, 먹을 것도 사 주는데 호감이 없다고 생각할 수 있다니. 무감각한 건지, 무관심한 건지, 혹은 둘 다인 건지.

신세기로서는 남자친구가 있는 여자를 군이 유혹할 이유도, 여자를 만나는 데 시간과 정성을 쏟을 필요도 없지만 예전부터 한 번쯤은 만나기를 바라 왔고, 그녀가 즐거워하는 모습을 보는 게 좋을 뿐이다.

유를 처음 만난 건 신세기가 고3 때였다. 당시 유는 중학교 1학년이었다. 동네 공원에서 농구하던 그는 친구들과 재잘거리며 지나가는 유를 보았다. 한눈팔면서 슈팅한 농구공은 골대를 맞고 튕겨서 유의 이마로 떨어졌다.

"농구를 발로 해요? 얼마나 더럽게 못하면 지나가던 애를 맞춰? 유, 괜찮아?"

당차게 노려보며 따져 묻던 임윤지는 5년 전 일을 기억하지 못하는지 도서관 앞에서 그에게 연락처를 물었다. 당돌한 건 그때나 지금이나 변함없었다.

신세기는 바닥에 앉아 있던 유를 일으켜 세우고 농구 코트 옆 벤치에 앉혔다. 이마가 부어올랐고, 울음을 참는 눈과 코가 붉었다. 아이스크림 하나를 사서 손에 쥐어 주었더니, 유는 아이스크림을 입에 물고 햇살같이 웃었다. 돈으로 살 수 있는 모든 것을 손쉽게 가졌던 신세기는 처음으로 물건이 아닌 한 사람에 대한 욕심이 생겼다. 그러나 그땐 너무 어렸고, 그들에게는 시간이 필요했다.

고등학교를 졸업하자마자 미국으로 유학을 간 그는 얼마 전 한국으로 돌아왔다. 유를 본 순간 오랜 기다림에 마침표를 찍을 때가 되었다고 생각했다. 그녀가 자주 가는 곳을 알았고, 만남은 순조로울 것이라 예상했다. 그녀에게 남자친구가 있다는 사실을 알게 되기 전까지는. 그것도 꽤 만만치 않은….

지난밤부터 내린 비가 오늘까지도 멈출 줄을 몰랐다. 수업을 마치고 하교하는 길, 한적한 후문 앞에는 어김없이 세 사람이 유를 기다리고 있었다. 박지오는 그녀를 기다리느라 피시방에 네 시간이나 있었다고 투덜댔다. 화신고 기말고사가 시작되었다는 것도 몰랐던 유는 전율의 표정이 좋지 않은 이유가 시험을 망쳐서일 거라고 짐작했다.

그들은 늘 가던 돈가스 전문점으로 향했다. 오늘따라 조용한 분위기에 묘한 기류가 흘렀다. 주머니에 있는 신세기의 휴대폰이 울릴까 봐 조마조마한 유는 의심에 찬 세 남자의 눈빛을 알아차릴 만한 재주가 없었다. 원래 시험 기간에는 다들 예민한가보다 정도로만 생각했을 뿐이다. 그것 역시 유가 그들에 대해 아무것도 모른다는 증거였다.

전율, 박지오, 에스타에게는 지금이 시험 기간이라는 사실보다 윤유에게 무언가 이상한 일이 생겼다는 사실이 더 중대한 문제였다. 꺼림칙한 기분을 떨쳐 버리기도 전에 유는 포크를 내려놓고 자리에서 일어났다.

"잠깐만. 나 화장실 좀 다녀올게."

유가 자리를 뜨자마자 박지오는 흥분에 휩싸였다.

"내 말이 맞지? 뭔가 있어. 수상해. 지금 아예 집중을 하지 못하는 것 같아. 너무 눈에 보여."

그러더니 창가에 있는 그녀의 가방을 뒤져서 휴대폰을 꺼냈다.

"간디, 너 지금 뭐 하냐?"

여자친구의 가방을 뒤지는 절친의 상식 붕괴 행동에 전율은 짜증을 냈지만 박지오는 큰소리쳤다.

"네가 가만히 있으니까 내가 이러는 거 아니야!"

잠겨 있지 않은 휴대폰을 열어서 메시지와 통화 목록을 확인했다. 그러나 어디를 봐도 수상한 흔적은 없었다. 에스타가 유의 휴대폰을 빼앗아 가방에 다시 집어넣었다. 답답함에 박지오의 목청이 커졌다.

"전율 네가 더 잘 알잖아! 뭐 짚이는 거 없어?"

유가 거짓말을 하고 있다는 건 전율도 알고 있다. 며칠 전 그녀와 연락이 되지 않아 윤지에게 전화를 걸었더니—이제는 그런 연락 방식에 익숙해져서 전율의 휴대폰 통화 목록에는 윤지의 번호가 가장 먼저 떴다—집에서 잔다고 했고, 유의 전화를 대신 받은 이연희 여사는 유가 윤지를 만나러 나갔다고 했다.

그리고 짚이는 것도 있었다. 그녀가 누구를 만나고 있는 건지 감이 왔다. 그러나 유를 몰아붙이고 싶지 않았다.

"네 여자친구가 지금 한눈팔고 있다고! 넌 모르겠냐?"

전율은 아무 표정 없이 담담하게 말했다.

"알아. 그냥 둬."

자리로 돌아온 유의 얼굴에는 보조개가 걸려 있었다. 세 사람의 의심은 확신으로 변했다.

오늘은 바빠서 못 온다던 신세기가 유에게 메시지를 남겼다.

—저녁 8시. 집 앞.

"엄마, 나 율이 좀 만나고 올게요."

유는 빠르게 대문을 열고 나가 신세기의 차에 올랐다.

유의 취향을 정확히 파악한 신세기는 작은 독립 서점으로 그녀를 데려갔다. 유는 책방에 모인 사람들과 짧은 문학 작품을 읽으며 토론을 하고, 시를 쓰고, 다양한 주제로 대화를 나누었다. 각자 쓴 시를 발표하는 시간은 유에게 새로운 도전이면서 자기 자신을 알아가는 유익한 시간이기도 했다.

신세기는 유가 몰랐던 그녀의 흥미까지 발견해 낼 수 있도록 이끌었다. 음악을 듣게 하고, 낯선 곳의 냄새를 맡게 하고, 먹어 보지 못한 음식을 맛보게 하고, 세상과 만나게 해 주었다. 여태껏 하나의 층만 알고 살았던 유는 차원의 엘리베이터를 탄 기분이었다. 각각의 층에는 각각의 세계가 펼쳐져 있었고, 꿈을 꾸는 듯 미지의 세계를 탐험했다.

그 시간 전율은 바람을 쐴 겸 밖으로 나왔다. 불안한 마음에 게임도 손에 잡히지 않았다. 하염없이 걷다 보니 유의 집 앞까지 오고 말았다. 불 꺼진 창문을 올려다보았다. 자고 있다는 그녀의 말을 믿고 싶었다. 부디 잘 자고 있기를….

전율이 걸음을 돌리려는데 대문이 열렸다. 쓰레기봉투를 손에 든 이연희 여사가 그를 발견하고 놀란 표정을 지었다.

"어머, 율아. 유랑 같이 있는 거 아니었니? 한 시간 전에 너 만나러 나간다고…."

"아, 네. 같이 있었어요. 제가 잠깐 볼일이 있어서…. 유는 지금 카페에…."

"오늘도 12시 전에는 들여보낼 거지?"

"네. 안녕히 계세요."

알고 싶지 않은 걸 알아 버린 전율의 마음은 더 이상 부서질 것도 없이 산산조각 났다.

전율은 에스타의 자취방으로 걸음을 옮겼다. 에스타는 물건들을 처분하고 집 안을 싹 비웠다. 휑한 거실 한가운데 누워서 책을 읽던 그는 갑작스러운 전율의 방문에 몸을 일으켰다.

"착실하게 집에 잘 들어가더니, 여긴 왜 왔어?"

전율은 에스타에게 어떤 심리적인 변화가 생겼는지 몰라도 예전과 달라진 방을 둘러보았다. 그는 정말로 자취방 비밀번호를 바꿨다. 0000에서 바꿔 봤자 1111이었지만, 줄기차게 여자를 바꿔 가며 만나던 그도 오늘은 혼자였다.

에스타는 읽던 책으로 시선을 돌렸다. 《베로니카, 죽기로 결심하다》. 책 제목을 보고 전율은 옅은 한숨을 내쉬었다. 에스타, 드디어 죽기로 결심한 건가? 집을 떠나 소년 시절을 보내면서 한 번도 방황한 적 없던 그가 이토록 갈피를 잡지 못하는 건 아마 그녀 때문일 것이다. 우리는 무슨 이유로 푸른 잎을 조각조각 찢고 있는 건지…. 이것도 병이었다. 중증 환자들.

아무 말 없이 서 있는 전율에게 에스타가 말했다.

"그렇게 당장이라도 끝장날 것 같은 얼굴로 여기 오지 마. 유 아직 네 거잖아. 갖고 싶은데 못 갖는 사람도 있어. 다른 놈한테 뺏기고 등신같이 내 앞에 나타나지 말라고."

그의 말을 듣는 둥 마는 둥, 전율은 뜨겁게 타는 갈증을 식히려 물을 꺼내 마셨다. 그러고는 물었다.

"너였냐?"

에스타는 무슨 말인지 모르겠다는 듯이 침묵했다.

"귀신의 집."

어둡고 좁은 미로 속에서 전율은 잡고 있던 유의 손을 놓쳤다. 서둘러 밖으로 나와 봤지만 유와 에스타가 보이질 않았다. 다시 안으로 뛰어 들어간 전율은 무사히 유를 데리고 나왔다. 그러나 유의 표정은 왠지 모르게 아득했다.

무슨 일이 있었냐고 물었지만 유는 고개를 저었다. 단지 무서웠다고 말하는 그녀의 눈이, 코끝이, 터질 듯한 입술이 붉었다. 전율의 심장 언저리가 서늘해졌다. 누군가가 그녀를 건드렸다는 걸 알지만, 아직은 친구도 연인도 잃고 싶지 않아서 모른 척했다.

전율은 그날의 일을 묻고 있었다. 심증만 있고 물증은 없는 귀신의 집, 그리고 그 유력한 용의자에 대해서.

에스타는 책을 들어 얼굴을 가렸다. 그 일에 대해서는 죽을 때까지 묵비권을 행사할 생각이었다. 전율은 허탈하게 웃었다.

"너 여자 많이 만나 봐서 잘 알잖아. 원래 이렇게 힘든 거야? 사랑이라는 거….."

책장을 넘기던 에스타는 '사랑'이라는 말에 킥킥 웃으며 읽던 책을 탁 덮었다.

"사랑? 안 해 봐서 나도 몰라. 너 하는 거 보니까 그딴 거지 같은 건 안 하는 게 정답이네."

전율과 골목길을 나란히 걸으며 유는 생각에 잠겼다. 신세기를 처음 만난 건 우연이었다. 다시 만난 것도 그렇게 이상할 것까진 없다고 생각했다. 그와 연애하는 것도 아니고, 그에 대한 마음이 전율에 대한 마음을 초과하는 것도 아니었기에 나쁘지는 않다고 생각했다.

그러나 문제는 그게 아니었다. 어딘가 금이 가고 어긋나는 마음을 바라보면서 무엇을 어떻게 해야 하는지 모른다는 것이 문제였다. 신세기에게 다시는 오지 말라는 말을 할 수도 없고, 전율에게 사실대로 말할 수도 없었다. 전율과 같이 있을 때도 주머니 속 휴대폰의 존재가 더 크게 느껴지는 걸 설명할 능력도 없었다. "잘 들어가"라고 인사하고 힘없이 돌아서는 전율의 뒷모습을 보며, 유는 알 것 같기도 하고 모를 것 같기도 한 무언가가 몰려오는 것을 느꼈다.

아마도 '이별'인 걸까….

그날 밤 호수 근처에 차를 세운 신세기와 옆자리에 타고 있는 유 사이에 침묵이 흘렀다. 일주일째 지속된 만남에 서로에게 익숙해져 버린 두 사람은 누가 먼저 말하지 않아도 이 관계에 대한 정의를 내려야 할 때가 왔다는 걸 알았다.

잘 맞는 누군가에게 마음이 조금 기울었을 뿐인데 죄를 짓는 것 같고, 이 관계를 지속하면 안 될 것 같고, 이럴 땐 어떻게 해야 하는 것인지 모르기에 유는 막막했다. 전율에게 주었다고 생각했던 마음이 말라비틀어진 나뭇잎처럼 떨어져 나부끼는 건 유 역시 처음 받아 보는 충격이었다. 전율에게 가야 한다는 걸 알고 있지만 신세기를 뿌리칠 수 없는 이유는 뭘까…. 이것도 사랑일까?

그냥 내버려두면 밤새도록 손톱만 뜯을 것 같아서 신세기가 먼저 말을 꺼냈다.

"내일부터 안 와. 넌 너대로 네 삶을 살아."

유는 코끝이 찡했다. 사람과의 관계는 어떤 식으로든 정의되어야만 하는 거냐고 묻고 싶었다. 친구나 애인이 아니어도 이 관계를 설명할 수 있는 단어가 있다면 무엇이라도 떠올려 보고 싶었다. 아무런 대답 없는 그녀의 반응에 신세기는 말을 덧붙였다.

"나를 계속 만나고 싶다면 네 남자친구와 헤어지고 와."

유는 학교에서도 내내 멍하게 앉아 있었다. 눈은 책에 있지만 마음은 다른 곳에 있어서 노트에는 의미를 알 수 없는 기하학적인 낙서만 가득 채웠다. 전율을 정리하지 않으면 두 번 다시 만날 수 없을 거라는 신세기의 말은 유의 마음을 일렁이게 했다. 그때 주머니에서 진동이 울렸다.

—오후 4시. 학교 앞.

유는 답장을 보내기 위해 손을 움직였다. 뭐라고 해야 할지 몰라서 썼다 지우기를 반복했다. 정문에는 전율이 기다리고 있을 테니후문으로 오라고 해야 하는 건지, 다시는 안 오겠다고 했으면서 왜오는 거냐고 물어봐야 할지 몰라 허공에서 손가락만 움직이고 있을때 등 뒤에서 서늘한 시선이 느껴졌다.

윤지는 그녀의 손에 들린 휴대폰을 빼앗아 들고 신세기와 주고받은 메시지를 모두 읽었다.

"세기 오빠? 설마, 신세기?"

아무 대답 없는 유의 얼굴에는 엉킨 실을 풀어 나갈 힘도 의지도없어 보였다.

그렇지 않아도 얼마 전 박지오가 윤지를 찾아왔었다. 그는 대뜸유에게 뭔가 이상한 점이 없느냐고 물었다. 윤지는 고개를 갸우뚱했다.

"걘 원래 이상한 애라서, 어떤 부분이 이상한지 구체적으로 물어

봐 주지 않으면 대답이 몹시 광범위해져.”

머리를 쥐어뜯는 박지오의 한숨이 번졌다.

“하아… 이걸 어떻게 말로 설명해야 하지? 맞아. 심증은 있는데 물증이 없어. 유가 다른 남자 만나는 것 같아요.”

윤지는 손을 저으며 털털하게 웃었다.

“말도 안 돼. 그럴 리가. 걘 그런 쪽으로 머리가 돌아가지도 않고, 전율 두고 바람피울 만큼 겁대가리가 없지도 않아.”

유는 남자를 만나는 데 열정적인 타입이 아닐뿐더러 전율 하나로도 벅찬 그녀가 다른 남자를 만난다는 건 윤지로서는 상상도 할 수 없는 일이었다.

“나 요즘 전율 얼굴을 못 보겠어. 오죽하면 내가 윤유 남친이 아니라서 다행이라는 생각까지 든다니까. 전율을 말려 죽일 거야? 누나들한테도 책임이 있어요!”

박지오가 한탄 섞인 잔소리를 쏟아내며 난리를 칠 땐 예민함이 도를 넘었구나 싶었다. 그런데 막상 유의 휴대폰을 확인하니 윤지는 뒤통수가 얼얼한 기분이었다.

“대답해 봐. 여기 있는 세기 오빠가 내가 아는 그 신세기 맞아? 너 지금 미친 거 아니야?”

침묵은 여실한 긍정이었다. 어떤 변명이라도 하려 했지만 유는 입이 떨어지지 않았다. 그저 입술을 깨물며 고개를 숙였다. 분을 못 이겨 펄펄 뛰는 윤지와 그 앞에 묵묵부답으로 일관하는 유. 안타까운 표정으로 두 사람을 지켜보는 지현은 누구의 편을 들어야 할지 몰랐다.

"전율이 그렇게 목매는 거 알면서 신세기랑 만나? 전율 전화는 받지도 않으면서 신세기랑 온종일 문자를 해? 넌 내 친구지만 진짜 무서운 년이다."

유의 눈에 그렁그렁 눈물이 고였다.

"뭘 잘했다고 울어? 친구만 아니면 이 자리에서 싸대기 갈겼어!"

지현은 부들부들 떨고 있는 윤지의 주먹을 감싸고 진정하라며 의자에 앉혔다. 그리고 침착한 목소리로 유에게 물었다.

"너 지금 세기 오빠랑 연락하는 거 맞아?"

유는 고개를 끄덕였다.

"전율은 당연히 모르고?"

유의 고개가 또 한 번 끄덕여지자 벌떡 일어선 윤지는 앞에 있던 책상을 발로 뻥 걷어찼다. 우당탕 소리와 함께 책상 하나가 바닥에 나뒹굴었다.

"전율 어쩔 건데! 미안하지도 않아?"

흥분한 윤지와 울고 있는 유 사이에서 지현은 최선을 다해 중재하려 했지만, 상황은 점점 나빠졌다. 유의 눈에서 눈물이 후드득 떨어졌다.

"나… 세기 오빠 좋아해…."

모두를 경악하게 만든 그 한마디에 윤지는 유의 어깨를 잡고 미친 듯이 흔들며 악을 썼다. 당사자의 마음이야 어떻든 간에 지켜보는 사람의 마음도 억장이 무너졌다.

"그럼 차라리 헤어지자고 하든가! 너 전율 갖고 노냐?"

유는 눈물로 젖은 얼굴을 세차게 흔들었다. 갖고 놀다니, 결코 그런 건 아니었다. 어떻게든 정리할 생각이었다. 다만 시간이 필요했다.

이쯤에서 사태가 수습되기를 바랐지만 그건 부질없는 소망이었다. 유의 어떤 행동도 이해하고 용서할 생각이 없는 윤지는 싸늘하게 교실을 나가 버렸다. 그나마 지현이 유를 다독이고 위로했지만, 이미 다 풀어진 매듭은 다시 묶기 어려울 만큼 흐트러져 버렸다.

철저하게 혼자가 되어 버린 유는 수업을 마친 뒤 멍한 눈으로 교문을 나섰다. 길가에 주차된 신세기의 차를 발견한 그녀는 앞뒤 생각할 겨를도 없이 달려가서 차에 올라탔다. 묻고 싶은 말이 많았다. 전율에게 모든 걸 털어놓기 전에 신세기와 먼저 대화를 해 볼 생각이었다. 아직 그에게서 어떤 말도 듣지 못했다. 좋아한다는 고백조차도….

그녀를 태우고 출발하자마자 차에서 빠각! 하며 무언가 깨지는 소리가 났지만 신세기는 별일 아니라며 시내 쪽으로 차를 몰았다.

10분 전 전율과 친구들은 도서관 계단에 앉아 석양여고 정문 앞 길가에 세워져 있는 차를 구경했다. 차의 브랜드와 가격과 성능에 대해서 아는 척 떠벌리면서 서로의 몸뚱이를 팔아도 못 산다는 둥 농담을 주고받았다.

교문 밖으로 나오는 유를 발견한 박지오가 손을 번쩍 들었다. 그러나 유는 큰길로 곧장 달려가서 신세기의 차에 올라탔다. 박지오는 들었던 손을 내리지도 못한 채 황당한 얼굴로 전율을 보았다.

"유… 저 차 왜 타는 거야?"

전율은 유를 태운 차가 출발하는 모습을 바라보았다.

"유가 저 차를 왜 탔냐고!"

박지오가 벌겋게 달아오른 얼굴로 소리치는 사이, 에스타가 집어 던진 돌멩이가 사이드미러를 부쉈지만 차는 멈추지 않고 시야에서 사라졌다. 박지오는 전율의 멱살을 잡았다.

"너 지금 뭐 하는 거야?"

전율은 그의 손을 힘없이 뿌리쳤다.

"못 본 걸로 해."

"전율, 제정신이야?"

에스타까지 나서서 전율을 다그쳤지만 전율의 표정에는 변화가 없었다.

"당장 가서 저 새끼 바닥에 때려눕히고 네 여친 찾아오라고!"

쩌렁쩌렁 울리는 박지오의 목소리에 학교 앞을 지나는 여고생들의 시선이 집중되었다. 서 있을 힘도 없어서 전율은 길가에 주저앉았다.

"그랬다간 유 도망가. 다시는 못 봐."

전율과 유는 한 주가 넘도록 만나지 못했다. 매일 학교 앞에서 기다리는 전율과 전화를 받지 않는 유의 어긋남은 달리 설명할 길이 없었다. 그들이 각자 그렇게 하기를 원하고 있다는 것밖에는···. 전율은 학교 앞으로 향하는 자신의 발길을 막을 방법을 찾지 못했고, 유는 전율에게 해야 할 말을 찾지 못했다.

비가 오는 어느 밤 유는 신세기의 차 앞 유리에 정신없이 떨어지는 빗방울을 바라보았다. 앞이 보이지 않을 정도로 세차게 쏟아붓는 비에 폭포 속에 들어와 있는 듯한 착각이 들었다. 일주일 만에 만난 그의 머리카락은 여전히 부드럽고 차가운 크림색이었다. 편안한 차림으로 집 앞에 나온 그에게서 옅은 향수 냄새가 났다.

유는 신세기의 존재보다 그가 열어 주는 세상이 좋았다. 그와 함께 있으면 원하는 것들이 눈앞에 마법처럼 펼쳐졌다. 말이 많지도, 동작이 크지도 않은 그는 유에게 어떤 것도 요구하지 않았다. 고요하게 앉아 냉정한 시선으로 사람을 보고, 생각에 잠긴 듯 턱을 쓸어내는 모습을 보고 있으면 그의 고유한 인격에 대한 경외심마저 들었다. 좋아한다거나 사귀자는 말 같은 건 한마디도 꺼내지 않았다. 그가 마지막으로 건넨 말은 전율을 정리하고 오라는 말이었다.

빗속에서 신세기가 물었다.

"남자친구는 정리됐어?"

유는 길게 늘어뜨린 머리카락을 귀에 꽂고 빼곡한 속눈썹을 내리깔며 대답했다.

"네."

예상치 못한 답변에 신세기가 고개를 돌려 유를 바라보았다.

"헤어졌다고?"

유는 결심한 듯 까만 눈동자로 신세기를 마주 보았다.

"헤어질 거예요."

"어째서?"

오히려 놀란 건 신세기였다. 유는 담담하게 이유를 설명했다.

"율이에게 더 이상 상처 주고 싶지 않아요. 저는 여자친구 역할을 잘 해내지 못했어요. 율이에게는 저보다 더 다정하고 세심한 여자친구가 어울릴 것 같아요."

유가 일주일 동안 고심 끝에 내린 결론은 그거였다.

사랑하지만 잘 맞지 않는 사람과, 사랑하진 않지만 잘 맞는 사람 중에 선택한다면 후자였다. 활활 타오르는 그 뜨거움 속에 다시 뛰어들 용기가 없었다. 불같이 열정적인 전율과 얼음처럼 냉정한 신세기는 서로 다른 계절에 있었고, 미지근한 유에게는 조금 더 차가운 사람이 대하기 편했다. 무신경한 본인의 성격으로 인한 피해를 최소화할 수 있기 때문이라고 생각했다.

신세기는 자신이 원했던 대답이 아닌지 한숨을 뱉었다.

"상처 주기 싫다는 이유로 헤어지는 건 합리화일 뿐이야. 상황을 회피하는 것밖에 안 돼."

"하지만 이런 마음으로는 율이에게 갈 수 없어요."

"어떤 마음?"

"미안한… 마음이요."

전율과 사귀는 동안 유는 사랑한다는 말보다 미안하다는 말을 열 배는 더 많이 한 것 같다. 당장 그의 얼굴을 본다고 해도 미안하다는 말 외에 할 수 있는 말이 없었다.

신세기는 표정의 변화 없이 물었다.

"그런 마음으로 나한테 오면 내가 널 받아 줄 것 같아?"

유는 무릎 위로 시선을 내렸다. 빗줄기가 더욱 거세졌다. 유리창을 때리는 소리가 놀란 심장이 고동치듯 크게 들려왔다.

"받아 달라는 거 아니에요. 난… 난 그냥….'

신세기는 그녀에게 몸을 기울였다. 그리고 얼굴을 가까이 가져갔다. 남자가 마음만 먹으면 어떤 일이 벌어지는지 모르는 그녀에게 인간의 본능이란 무엇인지, 친구든 연인이든 남녀 간의 만남이란 결국 어떤 방식으로 전개될 수밖에 없는지 알려 줄 생각이었다. 그는 냉정하게, 철저한 계산으로 그녀를 몰아붙였다.

"원하지 않으면 지금이라도 내려."

그가 말했지만 유는 주먹을 꼭 쥔 채 꼼짝도 하지 않았다. 자동차 좌석 등받이가 뒤로 넘어가는 순간 유는 눈을 질끈 감았다. 숨이 닿을 듯 가까운 거리에서 멈춘 그는 한참동안 그녀를 바라보았다. 떨리는 유의 속눈썹 사이로 물기가 스몄다. 신세기는 그대로 몸을 세웠다. 자신을 덮은 그림자가 없어진 후에야 유는 왈칵 눈물을 쏟았다.

"왜 울어?"

"무서워서요."

"내가?"

유는 고개를 저었다. 정말 두려운 건 전율과 남이 되는 일이었다. 대접에 받아 놓은 물처럼 깨끗하고 흔들림 없는 그녀였지만 전율에게 느끼는 감정은 그저 그런 시시한 종류의 사랑이 아니라 인생에 몇 번 올까 말까 하는 사랑이라는 걸, 너무 강렬한 사람을 만나 미처 스며들기도 전에 섬광이 잠시 앞을 가려 버린 거라는 걸 이제야 깨달은 것이다.

신세기는 유의 좌석 등받이를 원래대로 되돌려 놓았다. 그리고 그녀를 집 앞에 내려 주었다.

"돌아가. 제자리로."

힘없이 차에서 내린 유는 줄기차게 쏟아지는 비를 맞았다. 멀어져 가는 자동차 불빛이 시야에 흐릿하게 번졌다. 방으로 돌아온 그녀는 흠뻑 젖어 버린 얼굴을 베개에 파묻고 울었다. 전율이 보고 싶었다. 그게 다였다. 전화 한 통이면 빗속을 달려올 거라는 걸 알아서, 전화조차 할 수 없었다.

여름방학

방학식을 마친 유는 윤지, 지현과 터덜터덜 후문으로 갔다. 거기엔 전율, 박지오, 에스타가 지키고 서 있었다. 빠르게 몸을 돌린 유는 정문으로 향했다. 유가 정문에 등장하자 도서관 주차장에 모여 있던 화신고 남학생들이 교문 앞에 팔짱을 끼고 빈틈없이 바리케이드를 쳤다. 유는 빠져나갈 곳 없이 갇히고 말았다. 인간 바리케이드를 향해 윤지가 온몸을 날려 보았지만 그들은 전율이 올 때까지 유가 도망가지 못하도록 지켰다. 이렇게라도 하지 않으면 유를 만날 수 없었기에 전율은 자신만의 방법을 쓴 것이다.

"윤유, 오랜만이다?"

고구려 성처럼 꿈쩍도 하지 않던 인간 바리케이드는 전율의 등장과 함께 뿔뿔이 흩어졌다. 전율은 웃으면서 유 앞으로 걸어왔다.

"바람 다 피웠냐?"

그동안 마주치지 않으려고 피해 다닌 게 무색할 정도로 전율의 목소리는 평소와 같았다. 그 목소리를 듣는 것만으로도 가슴이 찡해서 유의 눈가가 젖어 들었다. 옆에 있을 땐 미처 알지 못했던 그 다정한 목소리가 너무 듣고 싶었다. 맞지 않는 건 맞출 수 있지만 사랑은 마음대로 할 수 있는 게 아니라는 걸 유는 온 마음으로 방황한 후에야 알게 되었다.

"유야, 아무리 연애가 처음이어도 그렇지, 이별을 혼자 하는 게 어디 있어."

전율은 또다시 유를 놓쳐 버릴까 조심스럽게 다가왔다. 그녀를 보고 싶었다. 얼굴을 봐야 헤어질 수 있을 것 같았다.

"나 좀 봐."

유는 눈을 들어 전율의 얼굴을 보았다. 그는 웃고 있었다.

"와, 나도 완전히 미쳐서 네 얼굴 보니까 웃음밖에 안 난다."

"율아⋯."

"어."

"미안해."

전율은 유를 힘껏 안았다. 여린 몸을 부서져라 안고, 그리웠던 머리카락에 얼굴을 비볐다.

"네가 미안하다고 할 때마다 내 수명이 줄어."

유는 울음을 터트렸다. 얼마나 힘들었을지 말하지 않아도 안다는 듯, 전율은 한 손으로 그녀의 머리를 안고 다른 한 손으로는 그녀의 등을 토닥였다.

"네가 원하는 대로 해. 난 괜찮아."

전율의 말 한마디에 유의 눈물은 장맛비처럼 그칠 줄 모르고 쏟아져 내렸다. 좋아하는 한 사람을 가슴속에 키울 때 얼마나 많은 감정을 퍼내고 채워야 하는지 절감했다. 모든 감정을 느껴야 비로소 사랑은 완성되고, 그런 사랑만이 사람을 자라게 한다는 것도….

친구들은 한 걸음 떨어져서 묘하게 웃기고 애절하고 꼴값 떠는 그 장면을 지켜보았다. 박지오가 눈살을 찌푸리며 윤지에게 물었다.

"유, 이제 좀 정신이 돌아왔대요?"

윤지는 사람 마음 갈기갈기 찢어 놓고 본인이 더 서럽게 울고불고하는 유의 행동거지가 영 마음에 안 든다는 듯 떨떠름하게 대답했다.

"약간 돌아온 것 같아. 아침에 눈이 부어서 온 걸 보면 신세기한테 차였나 봐. 세기 오빠도 어린애 취향은 아니었던 거지. 아니면 윤유 뒤치다꺼리하는 게 귀찮아서 냅다 버린 건지도…."

옆에 있던 에스타가 물었다.

"신세기?"

박지오가 알은체했다.

"너도 같이 봤잖아. 북 카페에서 유가 잠들었던 날, 전율 발랐던 그 남자 아니야? 머리 하얗게 탈색한 양아치."

"너희도 세기 오빠를 알아?"

사슴 같은 윤지의 눈이 두 배로 커졌다. '세기 오빠'를 어떻게 아느냐는 윤지의 다그침에 에스타의 길고 우아한 눈매가 살짝 찌그러졌다.

꽤 인상적인 사람이라고 생각은 했지만 이렇게 짧은 시간에 유를 흔들어 놓을 줄은 몰랐다.

"나보다 한 수 위네…."

에스타의 중얼거림을 무시하고 지현이 물었다.

"전율은 다 알고 있었던 거야?"

"처음부터 알고 있었던 것 같아요. 괜히 몰아붙였다가 유가 헤어지자고 할까 봐 말도 하지 못하고. 옆에서 보는 사람이 더 속 터져 죽는 줄 알았어요."

차일 만큼 차여서 그런지 전율에게도 면역력이라는 게 생긴 것 같다는 박지오에게 윤지가 물었다.

"그래서 이제 어떻게 할 거래?"

"어쩌긴 뭘 어째. 유가 하자는 대로 하겠지."

전율과 유, 두 사람은 유의 집을 향해 걸었다. 사랑이라는 무자비한 폭풍 앞에서 어쩔 줄 모르는 소년의 눈동자 속에는 하지 못한 말들이 쌓이고 쌓여 산을 이루었다.

"율아."

전율은 각오했었다. 유가 어떤 말을 하더라도 묵묵히 들어 줄 각오. 그러나 품에 안겨서 눈물을 펑펑 쏟는 그녀를 보며 각오도 아무런 효력이 없다는 걸 알았다.

"다음 주에 우리 보은사 가는 거…."

전율은 그녀의 말을 잘랐다.

"갈 거야. 그러니까 너도 가."

혹시라도 불편하면 템플 스테이를 취소할까 물어보려고 했는데, 전율의 대답은 단호했다.

"너 방해 안 할게."

방학 첫날 깊은 산속 절에 유와 전율을 내려 준 유의 부모님은 스님과 간단하게 차를 마신 뒤 곧장 떠났다. 두 사람은 각각 숙소를 배정받고 짐을 풀었다. 1인용 숙소는 아담하고 정갈했으며 미닫이 문 너머 보이는 짙푸른 풍경은 보고만 있어도 머리가 맑아지는 기분이었다.

절에서 나눠 준 짙은 재색 수련복으로 갈아입고 절을 구경하기 위해 모였다. 유는 전율을 보고 웃음을 터트렸다.

"그 옷 너랑 잘 어울린다."

절 곳곳을 구경하고 산책길을 걸었다. 낯선 공간, 낯선 사람들 사이에서 서로의 존재는 더욱 선명해졌다. 한 걸음 뒤에 떨어져서 걷던 전율은 유의 옆으로 가서 보폭을 맞추었다. 침묵이 어색해서 모기를 잡는 시늉도 하고 벌을 쫓는 시늉도 했다. 그런 그의 소란함에도 유는 차분히 숲을 밟았다.

"흠흠."

헛기침 소리에 유가 옆을 돌아보았다.

"방해 안 하려고 했는데, 네가 아무 말도 안 하니까…."

그렇게 하기로 한 적도 없는데 거리를 두고 있는 유의 마음을 알 수가 없어서 전율은 속이 탔다. 그는 그녀를 용서했지만 그녀는 스스로를 용서하지 못한 것 같아서 마냥 초조했다. 울창한 산책길을 크게 한 바퀴 돌았을 때 유가 입을 열었다.

"율아, 나….."

두 사람은 걸음을 멈추고 마주 보았다.

"다리 아파."

전율은 즉각적으로 유의 앞에 등을 들이대고 앉았다.

"업혀."

유는 전율의 목을 가볍게 끌어안았다. 그리고 넓은 등에 몸을 기댔다.

"너무 달라붙지는 마. 나 지금 땀 엄청 나."

그러면서도 유를 업고 산길을 걷는 전율의 발걸음은 등에 시원한 구름이라도 얹은 것 같았다. 업힌 자세가 편안했는지 어깨에 머리를 기댄 유는 전율의 귓바퀴와 옆얼굴을 바라보았다. 건강한 흙에 단단히 뿌리를 내리고, 햇살과 비를 듬뿍 받고 맞으며 싱그럽게 잘 자란 나무 같다고 생각했다.

등에 업힌 유가 조심스레 물었다.

"너… 알고 있었어?"

전율은 확인하듯 되물었다.

"뭘? 신세기?"

그의 입에서 신세기의 이름이 나오자 유는 미안함보다 놀라움이 컸다.

"언제부터 알았어?"

"너 시험 끝난 날. 임윤지 만나러 간다고 거짓말했을 때부터."

처음부터였다.

"그런데 왜 말 안 했어? 내가 거짓말한 거 알면서 왜…."

"아주 당당하게 다른 남자 생겼다면서 헤어지자고 할까 봐."

그땐 유가 솔직하게 말해 주지 않는 것만으로도 전율은 마음이 놓였다. 혹시라도 사실대로 말할까 봐 가슴 졸였다. 지금 누군가를 만나고 있다고, 그에게도 마음을 나누어 주고 있다고, 이제 우리는 정리할 때가 된 것 같다고. 그런 말은 듣고 싶지 않아서 아무것도 묻지 못하고 버렸다.

유는 이해되지 않는다는 듯 물었다.

"내가 다른 남자 만나는 것보다 나랑 헤어지는 게 더 싫어?"

"그냥…. 다시는 널 못 보게 될까 봐 무서웠어."

유는 전율의 목을 조금 더 세게 끌어안았다.

"널 만나면서 느낀 건데, 난 모르는 게 너무 많은 것 같아. 아마 이 숲에서 길을 잃으면 네가 없이는 돌아가지 못할 거야. 앞이 가로막힌 것도 아닌데 헤매다가 해가 지면 주저앉아 잠이 들겠지. 나에 대해 무책임하고, 세상에 대한 관심이 부족했어."

전율로서는 처음 듣는 유의 속마음이었다.

전율은 너무 빨리 산을 내려가 버리면 유의 이야기가 끊길 것 같아서 적당히 내려가다가 다시 산을 올랐다.

"운동은 자신 없지만 체육 실기 점수를 얻기 위해서는 어쩔 수 없이 운동해야 하는 경우도 있어. 그럴 땐 무작정 책을 읽고 공부를 해. 라켓을 잡는 방법, 공을 치는 방법, 점수를 내는 방법. 규칙을 외워 버리면 몸에 익숙하지 않아도 점수를 얻을 수 있었거든. 그렇게 시험을 치르고 나면 금세 잊어버려. 운동이 나에게 주는 활력이라든 가 기쁨, 즐거움 같은 건 한 번도 느껴 보지 못했어."

숲속에 부는 바람은 시원해서 잠깐씩 걸음을 멈추면 땀이 식었다.

"누군가를 사랑하는 데에도 공부가 필요하다는 걸 알았어. 그렇 지만 연인 사이의 규칙이라든가, 서로의 역할이라든가, 나의 실수 가 상대방에게 얼마나 큰 상처를 입히는지는 어떤 책에도 나와 있 지 않더라. 그래서 사랑을 하면서도 사랑의 기쁨이나 즐거움이나 소중함을 제대로 느끼지 못했던 것 같아. 나 정말 바보 같지?"

"아니. 그런 건 나도 배운 적 없어. 사랑은 배워서 하는 게 아니 라 안 하면 죽을 것 같아서 하는 거니까. 난 공부는 못해도 사랑만 큼은 자신 있거든."

여전히 전율의 등에 업힌 유는 온몸으로 번지는 그의 뜨거운 체 온과 심장박동을 느꼈다. 잘할 수 있을지 자신이 없었다. 솔직히 말 하자면 무엇을 어떻게 해야 하는지 명확하게 떠오르는 것도 없었 다. 신세기를 만나고 나서 유가 알게 된 건, 전율 역시 남자로서 자 신을 원하고 있을 거라는 막연한 추측이었다. 짧고 가벼운 입맞춤 외에 더 어른스러운 무언가….

"나 아직은 자신 없어. 그래도 괜찮다면 네가 좀 알려 줄래? 이 제부터 여자친구의 역할을 제대로 해 보고 싶어."

전율이 걸음을 우뚝 멈추었다.

바람을 한껏 맞으며 몸의 열기를 식혔다. 여자친구의 역할을 제 대로 하고 싶다는 그녀에게 어떤 것부터 알려 주어야 할지 몰라서 팔에 힘이 풀렸다. 유의 발이 땅에 닿았다. 산책로 출구까지 얼마 남지 않은 거리에서 업힌 것 같은데 주위를 둘러보니 여전히 숲속이었다.

"미안해. 너무 오래 업혀 있었던 것 같아."

전율은 허리를 쭉 폈다. 축축하게 땀으로 젖어 있던 티셔츠가 몸에서 떨어지면서 한 줄기 바람이 통과했다. 30분이나 유를 업고 산길을 오르락내리락했더니 숨이 거칠어졌다. 전율은 그녀의 손을 잡았다. 나뭇잎 사이로 내비치는 햇살보다 더 빛나는 눈동자로 그녀를 바라보며 말했다.

"내가 다 알려 줄게. 그러니까 앞으로 내 손 놓지 마. 절대로 길을 잃어버리는 일은 없을 거야."

점심을 먹은 뒤 두 사람은 법당으로 들어갔다. 법당 안은 선풍기나 에어컨 없이도 시원했다. 바닥에 가부좌를 틀고 앉았다. 울려 퍼지는 매미 소리가 숲속 한가운데 있다는 사실을 실감 나게 했다.

유는 눈을 감고 지난날을 되돌아보았다. 전율과의 첫 만남부터 하나하나 떠올려 보며 미소 지었다. 사랑은 배워서 하는 게 아니라는 그의 말이 깊은 깨달음으로 다가왔다. 언제나 묵묵히 같은 자리에서 나를 기다리던 너, 나무 같고 바위 같던 그가 이제는 산같이 느껴졌다. 옆에 있는 것만으로도 안심이 되는 사람이 엄마, 아빠 말고 한 사람 더 생겼다. 그에게는 자신의 모든 처음을 맡길 수 있을 것만 같다고 유는 생각했다.

명상을 마치고 이른 저녁 식사를 했다. 전율은 유를 방 앞에까지 데려다주었다.

“들어가서 문 꼭 잠그고.”

유는 그의 손을 놓지 않고 잡아당겼다.

“같이 들어가자.”

“어딜?”

유는 당연하다는 얼굴로 자신의 방을 가리켰다. 소박한 잔디 마당이 내다보이는 방이었다. TV나 컴퓨터, 다른 오락 시설도 없는 오지에서 방 안에 들어가면 그야말로 자기 자신과의 싸움이었다. 전율은 깊은 한숨을 내뱉었다.

“여기가 절이라고 해도 나는 스님이 아니거든? 저 방엔 못 들어간다는 소리야.”

방문을 열고 유의 등을 떠민 그는 문을 닫고 가 버렸다.

유는 전율이 닫아 버린 문 앞에 한참을 서 있었다. 샤워를 하고, 말라가는 머리카락을 수건으로 툭툭 닦아 냈다. 방 한쪽에 놓여 있는 이불을 바닥에 깔고, 연잎차를 우렸다. 선풍기 앞에 앉아 창밖을 바라보며 차를 마셨다. 해가 완전히 기울어 어두워질 때까지 전율을 생각했다. 그와 같이 있고 싶다고 생각했다. 어쩐지 혼자서는 잠이 잘 올 것 같지 않았다.

다음 날 동도 트지 않은 파란 어둠 속에서 전율은 피로에 절어 뻑뻑한 눈을 비비며 유의 방문을 두드렸다. 프로그램 첫 일정은 새벽 4시 예불이었다. 전화로 깨워 준다던 그녀가 전화를 받지도 않는 걸 보면 잠에 빠진 게 분명했다.

이 시간에 깨어 있었던 적이 한 번도 없는 전율은 새벽 4시라는 시간을 처음 겪어 보았다. 숨 막힐 듯한 고요와 정적, 적응이 안 될 정도로 지나친 어둠, 밤새 울어 대는 적어도 100여 종 이상의 곤충들, 모기에게 피를 빨린 팔의 간지러움, 익숙하지 않은 온돌바닥, 이른 저녁 식사 탓에 찾아온 허기. 하지만 그런 건 전혀 문제가 되지 않았다. 마당 하나를 사이에 두고 잠들어 있을 그녀의 존재가 밤새 뒤척이게 했다.

방문을 두드렸지만 기척이 없었다. 무심결에 손잡이를 잡아당기자 너무 쉽게 열렸다. 파랗게 번져 오는 빛 속에 유의 실루엣이 보였다. 전율은 얌전히 웅크린 채 세상모르게 잠이 든 그녀의 옆에 앉았다. 잠을 못 자서 그런지 피로가 몰려왔다. 흐트러진 머리카락 사이로 말갛게 보이는 얼굴을 물끄러미 바라보았다.

"어떻게 이렇게 편안한 얼굴로 잘 수가 있냐?"

전율은 유의 옆에 몸을 눕히고 이불로 덮여 있는 허리를 끌어안았다. 푹신한 이불 뭉치가 팔 안에 가득 들어왔다. 부드러운 머리카락에 입술을 대고 향기를 맡는 순간 거짓말처럼 잠이 쏟아졌다. 이불 속 가느다란 다리 위로 잿빛 리넨 바지를 입은 전율의 다리가 묵직하게 겹쳐졌다. 잠에 빠지는 순간 전율은 생각했다. 이대로 흙을 덮고 땅속에 묻힌다고 해도 좋을 것 같다고….

웅장한 종소리가 산자락에 은은하게 울려 퍼졌다. 점심때가 되어서야 일어난 그들은 밥을 먹고 숲속을 산책했다. 오후에는 작은 돌탑을 쌓으며 소원을 빌었고, 옥색 구슬을 꿰어서 만든 팔찌를 서로에게 선물해 주었다. 이제는 서로가 옆에 없어도 함께 있는 것만 같고, 같은 공간에 있어도 문득 그리워서 바라보는 눈에 더욱 애정이 깊었다.

절에 들어온 지 며칠째, 똑같은 하루가 반복되면서 유와 전율은 점차 사찰 예절이나 묵언 등에 익숙해졌다. 두 사람은 대부분의 시간을 공유했다. 각자의 숙소로 돌아갔을 때를 제외하고는 그림자처럼 붙어 있었다. 그러는 동안 잘 알지 못했던 개인적인 취향과 버릇, 습관까지 더 많은 것을 알게 되었다. 예를 들면, 유는 모기가 다가오면 후다닥 도망을 가고 전율은 모기에게 주먹을 날린다. 유는 절에서 만난 사람들의 얼굴을 기억하지 못하고 전율은 그들의 이름을 모른다. 그래서 대화를 하면 이런 식이었다.

"은지 씨가 그러는데 산책로에서 뱀을 봤대."

"은지 씨? 쌍꺼풀 없고 입 큰 여자?"

"얼굴은 모르겠고, 포천에서 온 김은지 씨."

"이름은 모르겠고, 단발머리에 노란색 나이키 슬리퍼 신고 다니는 여자."

"아무튼 뱀이 있었대."

유는 가만히 누워 있거나 앉아 있는 걸 좋아하고 전율은 가만히 있지를 못한다. 다른 여자들이 전율을 쳐다보면 유는 수줍어하고 다른 남자가 유를 쳐다보면 전율은 열이 받는다. 유는 물을 마실 때 컵에 따라 마시고 전율은 페트병을 입에 대고 손으로 꽉 찌그러트린다. 유는 졸리면 잠들어 버리고 전율은 졸리면 자기 뺨을 때린다.

사흘째 되는 날 밤 11시 모두가 잠든 고요한 시간, 가벼운 노크 소리와 함께 유의 방문이 열렸다. 배가 아프다는 그녀의 문자를 받고 달려온 전율은 누워 있는 그녀의 옆에 앉아 걱정스러운 얼굴로 배 위에 손을 올렸다.

"사무실에 가서 약 좀 달라고 할까?"

"아니. 엄마 손은 약손 해 줘. 그러면 다 나을 것 같아."

"유야, 배가 아프면 약을 먹어야지. 그런다고 낫냐?"

유는 슬금슬금 배를 문지르는 전율을 가만히 올려다보았다. 그리고 말했다.

"이제 다 나았어."

전율의 손동작이 멈추었다.

"안 아파, 이제."

전율은 당황한 기색이 역력한 얼굴로 유를 보았다. 가끔 그녀가 이런 눈빛으로 볼 땐 어떻게 해야 하는지 모른다. 그녀에게는 남들이 모르는 두 가지 상반된 매력이 있는데 그 매력이 극과 극이라 긴장감을 유발한다. 순진하고 청순한 얼굴에 신비롭고 야릇한 기품. 무해한 눈길 속에 들어 있는 몽롱함과 나태함. 아무것도 모르는 얼굴로 자신이 원하는 걸 명확하게 전달하는 그 눈빛은 전율의 이성을 무디게 만들었다.

전율은 직감적으로 유의 의도를 파악했지만, 그럴 리가 없다며 자신의 직감을 부정했다.

"장난해?"

"응. 장난이었어."

유의 담백한 대답에 전율의 허탈한 웃음소리가 낮게 울렸다.

"까불지 말고 얼른 자."

전율은 자신의 방으로 돌아가기 위해 자리에서 일어났다.

"가려고?"

몸을 일으켜 앉은 유가 그의 손을 잡았다.

"그럼, 여기 있으라고?"

"응."

방 안의 조명은 어두웠고, 에어컨을 틀지 않아 공기는 더웠다. 전율은 그녀의 대답에 아무 말도 하지 않고 한참을 서 있었다. 그러고는 모호한 표정으로 물었다.

"너… 알고 그러는 거야? 모르고 그러는 거야?"

"알아."

굳은 듯이 서 있던 전율은 무릎을 굽혀 유와 눈을 맞추었다.

"뭘 안다는 거야?"

"네가 뭘 원하는지."

전율은 웃으며 고개를 저었다.

"아니. 넌 몰라."

유를 안고 잠드는 순간 그녀가 죽으면 반드시 따라서 죽겠다는, 전율 스스로 느끼기에도 엄청난 생각을 했다는 사실을 그녀는 모른다. 그리고 지금 초인적인 인내심을 발휘하고 있다는 것도.

유는 전율을 똑바로 보고 말했다.

"네가 알려 줘. 여자친구의 역할. 제대로 하고 싶어."

한낮의 태양은 대지를 뜨겁게 달구었고 전율과 유는 여름 한가운데 있었다. 깊은 산속 절에서 보낸 시간은 두 사람의 인생에서 두 번 다시 오지 않을 뜨거운 계절이었다. 그들이 나무였다면 아마도 가장 굵고 선명한 나이테 하나가 생겨났을지도 모른다.

전율은 책을 읽고 있는 유를 너른 잔디밭 하나 사이에 두고 멀리서 지켜보았다. 엄청난 수면 부족에 시달리면서도 하루에 세 번씩 산을 탔다. 아침, 점심, 저녁 식후 산을 한 번씩 타 줘야 몸과 마음의 밸런스를 유지할 수 있었다.

오른쪽 다리를 왼쪽 무릎 위에 걸치고 앉아 느긋하게 수박을 먹는 그의 모습이 꽤 자연스러워서 절 밥 좀 먹은 사람 같기도 하고 속세를 등진 방탕한 한량 같기도 했다. 그렇다가도 유가 고개를 들어 힐끔 자기 쪽을 바라보면 수박이 목에 걸리고 얼굴이 붉어졌다.

템플 스테이 참가자 대부분은 1박 2일 짧은 일정으로 다녀가기 때문에 일과를 소화하느라 바빴지만 머문 지 여러 날인 유와 전율은 절 사람이라고 해도 믿을 만큼 여유가 넘쳤다.

6일째 되는 날 아침, 새로 입소하는 사람들의 목소리가 조용한 절을 깨웠다. 법당 마루 끝에 앉아 바람에 흔들리는 물고기 모양의 풍경을 바라보던 전율은 캐리어를 끌고 들어오는 사람들을 보고 놀라서 벌떡 일어났다.

"뭐야…. 너희들이 여기 왜 왔어?"

전율이 일어나는 바람에 무릎을 베고 누워 있던 유의 머리가 하마터면 돌계단으로 떨어질 뻔했다.

마당으로 들어서던 박지오와 에스타는 유를 발견하고 반갑게 손을 들어 올렸다.

"누나! 엄청 오랜만이에요! 나 안 보고 싶었어요? 그새 더 예뻐

졌네? 여기서는 바람 안 피워?"

유는 햇살에 눈이 부셨는지 손으로 눈썹 위에 처마를 만들고는 눈을 동그랗게 떴다.

"그런데 네 머리….."

전율을 두고 바람피우는 여자는 너밖에 없을 거라며 너스레를 떠는 박지오와 그 옆에 서 있는 에스타의 머리카락이 금발로 변해 있었다. 박지오가 잘 익은 벼에 가까운 금발이라면 에스타는 투명한 샴페인에 가까운 금발이었다. 둘 다 원래 그 머리색으로 태어난 것처럼 잘 어울렸다.

"아 몰라. 내가 먼저 했는데 김별이 따라 했어요. 짜증 나."

"뭐래. 나도 하려고 했어."

"웃기지 마. 너 처음에 내 머리 보고 양아치 같다고 놀렸잖아."

"넌 머리가 문제가 아니라 얼굴이 문제지."

"유는 파뿌리에 환장한다면서 흰색으로 탈색하려고 했다가 망한 주제에."

파뿌리….. 유가 신세기에게 넘어간 이유가 헤어스타일 때문인 것 같다며 여름방학이 시작되자마자 미용실로 달려간 두 사람은 바뀐 서로의 머리 색깔을 보고 놀려 댔다.

고요하던 절이 순식간에 소란스러워지자 전율의 얼굴에는 짜증이 묻어났다.

"여긴 어떻게 왔냐?"

말도 예쁘게 안 나왔다. 전율의 삐딱한 질문에 박지오가 주변 경치를 둘러보며 대답했다.

"차 타고 왔지. 설마 걸어서 왔을까 봐? 산 좋네. 근처에 계곡도 있나? 시원하게 물놀이나 한 판 했으면 좋겠다."

"너 뭔가 잘못 찾아온 것 같은데, 여기는 휴가철 펜션이 아니라 절이야."

"알아. 템플 스테이. 윤지 누나가 알려 줘서 예약하고 입금했다. 왜? 어쩔래?"

유가 보은사에 들어갔다는 소식을 윤지에게 전해 들은 박지오는 곧장 템플 스테이를 알아보았다. 그러나 예약이 거의 다 차서 하루 남은 오늘에서야 올 수 있었다. 그는 방 열쇠를 손에 들고 숙소가 어디인지 잘 모르겠다며 유를 꼬드겨 법당 건물 뒤로 가 버렸다. 전율은 에스타에게 시선을 돌렸다. 굳이 말하지 않아도 너까지 왜 왔냐고 묻는 표정은 불쾌한 티를 있는 대로 내고 있었다.

그러다 아까부터 에스타 옆에 서 있던 또 다른 인물에게 시선이 옮겨 갔다. 서너 명의 게스트들이 각자 캐리어를 끌고 숙소를 찾아가는 동안 꼼짝하지 않고 서 있던 그녀는 전율을 보고 어색하게 미소 지었다. 그녀는 긴 머리카락을 쓸어 넘기며 에스타의 팔꿈치를 살며시 잡았다.

"별아, 나 여기 더워. 얼른 들어가자."

잠시 후 숙소에서 수련복으로 갈아입은 박지오가 절 뒷마당에 있는 정자로 나왔다. 먼저 나와 있던 전율과 유는 얼음이 동동 띄워진 오미자차를 한 잔씩 손에 들고 숲을 바라보며 더위를 식히고 있었다. 전율이 박지오에게 인상을 찌푸리며 물었다.

"뭐냐? 김별 옆에 있던 여자. 같이 온 거야 아니면 여기 오자마자 꼬신 거야?"

왠지 후자일 가능성이 더 높았다. 박지오는 마루에 털썩 앉으며 유가 들고 있던 유리 찻잔을 빼앗아 오미자차를 한 모금 마셨다.

"나도 몰라. 아침에 아빠 차로 김별 집 앞에 데리러 갔더니 둘이 같이 타더라고."

박지오 말로는 그녀가 일방적으로 에스타를 따라온 것이라고 했다. 예약제로 운영되는 템플 스테이에 당일 신청은 불가능한 관계로 절 아래 있는 작은 숙소를 따로 잡았다며, 그녀의 나이(21세)와 이름(유제인)을 알려 주었다.

"너희는 무슨 생각으로 여기까지 온 건데?"

박지오는 하늘에 흘러가는 구름을 바라보며 숨을 크게 들이마시고 천천히 내뱉었다.

"나에겐 어디든 갈 수 있는 자유가 있어. 마치 저 구름처럼."

"하아… 미친놈. 차라리 김별처럼 여자나 만나든가."

전율은 둥근 부채로 파닥파닥 부채질하며 유에게 달려드는 더위와 곤충을 쫓아 주었다. 박지오는 유를 보며 진지하게 말했다.

"유야, 난 일편단심이다."

곧이어 잿빛 수련복을 입은 에스타와 연보라색 원피스를 입은 제인이 친구들이 있는 곳을 향해 걸어왔다. 에스타가 제인에게 친구들을 소개했다.

"내 친구들이에요. 인사해요."

살짝 기울어진 고개를 가볍게 끄덕이며 쏟아지는 긴 머리카락을 손으로 넘기는 제인의 인사에 반응한 사람은 유밖에 없었다.

유는 소문으로만 듣던 에스타의 n번째 여자친구를 호기심 가득한 눈으로 보았다. 날씬한 몸매에 예쁜 얼굴, 우아한 분위기가 에스타와 잘 어울렸다. 전율과 박지오는 그녀에게 눈길도 주지 않았다. 간접 키스가 어쩌구 떠들어 대며 유의 오미자차를 빼앗아 먹는 박지오와 그걸 막으려고 부채를 휘두르는 전율에 의해 소개 시간은 황망히 끝이 나고 말았다.

오늘 입소한 그들의 첫 일정은 산 중턱에 있는 작은 폭포까지 걸어서 가는 것이었다. 전율에게는 유를 업고 오르내릴 수 있을 만큼 익숙한 산행이었지만 평소 등산할 일이 없는 박지오와 에스타에게는 만만치 않은 운동이었다.

유가 차오른 숨을 가쁘게 내쉬며 걷는 동안 전율은 손을 잡아 주기도 하고 뒤에서 등을 밀어 주기도 했다. 유를 번쩍 안아 들고 뛰어 올라가는 전율과, 내려 달라며 바둥거리는 유 사이에는 웃음이 끊이질 않았다.

"별아, 나 힘들어."

등산과 어울리지 않는 원피스 차림에 바닥이 납작한 샌들을 신은 제인이 앞서 걷는 유와 전율을 의식했는지 에스타에게 손을 내밀며 말했다.

"힘들면 먼저 아래로 내려가요."

호흡을 가다듬은 에스타는 무심하게 대꾸했다. 템플 스테이 참가자도 아닌 그녀가 굳이 산을 오를 필요는 없었다. 조금은 냉정한 에스타의 말에 그녀는 내밀었던 손을 치우고 앞서갔다. 따라오던 박지오가 혀를 쯧쯧 찼다.

산 중턱에 있는 폭포에서 시원하고 맑은 물이 쏟아져 내렸다. 나머지 일행이 물에 발을 담그고 첨벙대며 노는 동안 에스타와 제인은 나무 그늘에 서 있기만 했다. 언뜻 보기엔 둘만의 시간을 보내는 것 같지만 에스타의 시선은 신나게 놀고 있는 유와 전율을 향해 있었다.

박지오는 나뭇잎을 뜯어 먹고 있는 애벌레를 잡아 유에게 장난을 치기도 하고 차가운 물방울을 튕기기도 했다. 서로 유의 옆에 앉겠다고 밀치던 전율과 박지오는 엄청난 물보라를 일으키며 상대방을 흠뻑 적셨고, 유의 머리 위에는 무지갯빛 물방울이 쏟아져 내렸다.

한참 동안 놀면서 더위를 식힌 그들은 일렬로 줄지어 산길을 내려왔다. 유는 전율과 박지오의 뒤를 따라 씩씩하게 내려가다가 나뭇가지를 잘못 밟는 바람에 발목을 삐끗하고 말았다.

"아얏."

그 소리에 뒤를 돌아본 전율과 박지오가 동시에 달려갔고, 본능적으로 몇 걸음 따라갔던 에스타는 우뚝 멈춰 서더니 제자리로 돌아왔다.

제인은 싸늘한 표정으로 물었다.

"너 아까도 계속 저 여자애만 보고 있었던 거 알아? 내가 예민해서 그런 거야?"

바람에 흩날리는 금발 사이로 에스타의 눈동자가 흐릿하게 빛났다.

"맞아요. 그쪽이 예민한 거예요."

산에서 내려온 뒤에는 다 같이 점심을 먹었다. 밥 먹는 동안에도 전율의 애정은 식을 줄을 몰랐다. 말랑말랑한 인절미를 유의 입에 넣어 주며 "유야, 너 약간 떡 닮았어. 늘어진 찹쌀떡?" 같은 말을 했다. 유는 부담스럽다며 전율의 손을 밀어냈다.

"내가 알아서 먹을게. 안 먹여 줘도 돼."

"너 입 벌리는 거 엄청 귀여워. 새끼 메추리 같아. 아 해 봐."

옆에 있던 박지오도 지지 않고 휴대폰 카메라를 열어 유가 밥 먹는 모습을 찍어 댔다.

"찍지 마, 새끼야. 밥이나 먹어."

"너 찍는 거 아니니까 관심 끄고 너나 처먹어."

"남의 여친 몰카는 범죄야. 휴대폰 박살 내기 전에 꺼."

"남의 휴대폰 박살 내는 것도 범죄야."

두 친구의 우정 어린 대화를 들으며 다들 맛있게 식사를 마쳤다.

후덥지근한 여름 한낮, 바람에 날려 떨어진 나뭇잎과 꽃술 등을 부스스한 머리카락 사이에 매달고 혼곤히 낮잠에 빠진 유를 옆에 두고, 전율과 박지오는 나란히 앉았다.

"김별은 여자 사귀는 기준이 뭐야?"

마당 건너 처마 밑 툇마루에 앉아 있는 에스타와 제인을 보고 전율이 물었다.

"나도 몰라. 철저하게 얼굴이랑 몸매만 보는 것 같아. 하긴 정신이 온전히 박혀 있는 여자라면 김별 같은 놈이랑 사귈 리가 없지."

"김별이 어때서. 너보단 낫지."

"얼굴에서 감정이 느껴지지가 않잖아."

우울하고 깊은 내면에 감추고 있는 에스타의 아픔을 두 친구는 알고 있었다. 에스타를 위해 해 줄 수 있는 건 그가 필요할 때 옆에 있어 주는 것뿐이라는 사실이 그들을 안타깝게 했다.

"중학교 때부터 혼자 여기 올라와서 자취하느라 엄청 외로웠을 거야."

"그래서 여자를 끊임없이 만나는 건가?"

"모르지. 극심한 애정 결핍일 수도 있고, 엄마의 빈자리를 대신할 사람을 찾느라 그런 것일 수도 있지만 결국은 습관이 되어 버린 것 같아. 김별한테 여자는 습관이야, 습관."

"그래도 좋아하니까 사귀는 거 아니야?"

"딱히 좋아서 사귄 적은 없어. 여기 오는 거 말도 안 했는데, 저 여자가 잘 때 휴대폰 뒤져서 따라오겠다고 억지 부린 거잖아. 그래서 기분이 엉망일걸. 김별도 나름대로 규칙이 있어. 자기가 줄 수 있는 만큼 선을 그어 놓고 딱 그만큼만 주니까. 여자만 불쌍한 거야."

에스타의 어깨에 턱을 기댄 제인은 다정한 연인 흉내를 내어 보려 애썼고, 에스타는 그런 그녀에게 맞춰 주기 위해 노력했지만 두 사람은 전혀 즐거워 보이지 않았다.

"원래 저 정도까지는 아니었는데 유 때문에 더 심해진 것 같아."

전율은 잠들어 있는 유의 머리카락을 쓸어 넘기며 머리카락 사이에 걸린 꽃술을 떼어 주었다. 때 묻지 않은 한 여자가 이렇게 허술한 상태로, 한 줌도 안 되는 팔로 도도한 강물같이 흘러갈 수 있다는 게 신기했다.

전율과 친구들은 강물에 발을 담그고 싶어 하는 개구쟁이들처럼 겁 없이 들어와서 첨벙대고, 물결을 일으키고, 조금 더 깊은 곳으로 가려 했다. 거센 물살에 휩쓸려 정신을 잃고 허우적대는 서로의 꼴을 놀리면서도 멈출 수가 없었다.

유의 속눈썹이 가볍게 떨렸다.

해가 기울 때쯤 유는 숙소 앞으로 조용히 전율을 불렀다.

"율아, 있잖아. 나 뭐 좀 사다 주면 안 될까?"

절에는 매점이 없었으므로 필요한 물건이 있으면 절 아래 있는 편의점까지 걸어서 내려가야 했다.

"필요한 거 있으면 말만 해. 사다 줄게."

"오가닉 순면 중형 하나만… 부탁해."

무슨 말인지 몰라서 눈만 깜박이는 전율을 보고, 유는 다시 한 번 조심스럽게 부탁했다.

"생리대 좀 사다 줄 수 있어?"

태어나서 한 번도 사용해 본 적 없는—실제로 본 적도 없는—물건을 사 오는 일은 엄청난 도전처럼 느껴졌지만, 유의 부탁이라면 세상에 없는 것도 가져다줄 수 있었다.

"뭐 사 오면 된다고?"

제품명을 확인한 전율은 금방 다녀오겠다며 절 밖으로 달려 나갔다.

유는 마루에 앉아 박지오와 시간을 보냈다.

"바람을 피우려면 다른 날을 골라서 피우든가. 하필 시험 기간에 누나가 바람이 나서 우리 시험 다 망쳤잖아요."

"미안."

"윤유 때문이야. 대학 못 가면 책임져요. 전율은 시험 보는 내내 엎드려 있다가 답안지 내라고 하니까 시험지도 안 보고 막 찍어서 냈는데 누가 보면 로또 번호 찍는 줄 알았을 거야. 그래도 7점이나 맞은 거 보면 신기해."

"7점? 너희 학교는 10점이 만점이야?"

"기말고사가 10점 만점인 학교가 어디 있어요?"

유의 엉뚱한 말에 박지오는 피식 웃으며 그녀의 얼굴을 바라보았다. 유와 함께 있으면 설명할 수 없는 이상한 기분이 들었다. 말끔하게 정돈된 방에 들어온 기분, 케이크에 꽂힌 촛불을 바라보는 것 같은 기분, 뜯지 않은 선물을 앞에 둔 기분. 마음은 엉망인데도 그냥 좋았다.

유의 눈동자가 박지오를 향했다. 그는 눈을 마주치기가 부끄러워서, 어두워지는 하늘을 보며 혼잣말하듯 중얼거렸다.

"어쨌거나 100점 중에 7점이면 로또에 당첨될 확률이 7프로는 있는 건가…."

"복권 당첨은 되거나 안 되거나 둘 중 하나라서 언제나 확률이 50퍼센트라던데?"

"바보예요? 어떻게 그런 계산이 나오지? 그런 식으로 계산하면 세상에 실패는 없어."

"어떤 식의 계산?"

"한 사람이 가진 성공의 확률이 50퍼센트라고 했을 때, 두 사람이 가진 성공 확률은?"

"100퍼센트."

"그러니까 바보라는 거야. 하하하."

희미한 어둠이 내렸을 때 마당 어귀에서 작은 소란이 일었다. 소란의 주인공은 에스타와 그의 여자친구였다. 그리고 그 옆에 박지오와 유가 서 있었다. 생리대가 담긴 검정 비닐봉지를 들고 돌아온 전율은 자연스럽게 친구들이 모여 있는 곳으로 갔다.

소란의 자초지종은 이랬다. 제인은 에스타와 절 아래 예약해 둔 펜션으로 같이 가길 원했지만, 에스타가 곤란한 표정을 지은 것이다. 이곳에 온 목적은 그녀와의 데이트가 아니었다. 그간 고단했던 마음을 잠시나마 쉬게 하고 싶었다.

"어떻게 여기까지 와서 혼자 가게 둘 수가 있어?"

신경질적으로 따져 묻는 제인에게 박지오가 대신 대답했다.

"각자 본인이 잡은 숙소에서 자는 게 맞지. 김별은 절에 숙박비를 냈고, 그쪽은 펜션에 숙박비를 냈으니 어쩔 수 없잖아요."

"미안한데, 이건 나랑 별이 문제야."

"잘 모르시나본데, 김별의―여자―문제를 해결하는 게 내 역할이에요."

박지오가 처음부터 두 사람의 대화에 끼어든 건 아니었다. 잔디 마당 하나를 사이에 두고 노닥거리던 유와 박지오는 마당 건너편에서 다투는 목소리를 들었다. 여자의 목소리가 높아질수록 에스타의 눈빛은 생기를 잃어 갔다. 거절의 말 한 마디 하지 못하고 듣고만 있는 에스타가 안쓰러워서, 보다 못한 박지오가 대화를 중재하기 위해 나선 것이다.

"오늘 처음 본 사이에 이런 말까지는 안 하려고 했는데, 너희들 정말 이상한 거 알아?"

한껏 싸늘한 표정의 제인이 유를 힐끔 쳐다보더니 박지오에게 물었다.

"너, 애 좋아하니?"

그녀의 질문에 박지오는 어이가 없다는 듯 웃었다.

"뭘 당연한 걸 물어? 여기에 내가 유 좋아하는 거 모르는 사람도 있나?"

친구의 여자를 좋아한다는 사실을 이토록 당당하게 밝히는 경우는 처음이라, 물어본 제인은 황당한 표정을 감추지 못했다. 당사자인 유도, 그녀의 남자친구인 전율조차도 무덤덤한 반응이었다. 박지오가 유에게 손을 내밀자 유는 뺨에 보조개를 띄우고는 그의 손을 잡았다.

"유야, 난 내가 너 좋아한다는 사실을 세상에 모르는 사람이 없도록 할 거야. 널 좋아하는 일에 긍지를 느껴."

전율은 에스타와 그의 여자친구가 절에서 자든 산속 동굴에서 자든 관심이 없었다. 애초에 여자친구인지 아닌지조차 관심 밖이었다. 그는 박지오에게 잡힌 유의 손을 뽑아 낸 뒤 그녀를 데리고 숙소로 사라졌다.

에스타는 마당 밖으로 걸음을 옮겼다.

"펜션까지는 데려다줄게요."

에스타와 제인은 인적 없는 산길을 말없이 걸어 내려갔다. 별이 가득한 밤하늘 아래 풀벌레 소리가 들렸고, 축축한 나무 냄새가 났다.

옆에서 나란히 걷던 제인이 물었다.

"김별, 너도 윤유 좋아하니?"

흐릿하던 그의 눈동자가 유를 바라볼 때마다 보석처럼 빛나는 걸 제인은 몇 번이나 목격했다. 이곳에서의 모든 사건이 유를 중심으로 돌아가는 것처럼 느껴졌다. 어딜 가나 여주인공을 도맡았던 제인으로서는 그 사실이 기분 나빴지만 그건 착각이 아니었다.

"온종일 그 애만 쳐다본 거 알아? 네 여자친구는 나인데, 남처럼 겉도는 기분 정말 더러웠어."

"따라온 건 그쪽이잖아요."

제인은 걸음을 멈추고 에스타를 보았다. 감정 없는 눈빛, 무미건조한 말투. 그것조차 아름답게 보였던 환상이 깨지는 순간이었다.

"너 진짜 소문대로 쓰레기구나."

"쓰레기인 거 알면서 사귀자고 한 것도 당신이에요."

"그래, 넌 한 번도 내 이름을 불러 준 적이 없어. 말 놓으라고 해도 꼬박꼬박 존댓말을 하지. 그 존댓말도, 다른 곳을 향해 있는 시선도 지긋지긋해."

처음에는 예의가 발라서 혹은 인간적으로 존중해서인 줄 알았는데 아니었다. 그건 에스타가 그어 놓은 선이었다. 그는 결코 그 선을 넘지 않았다. 옆에 있어도 멀게 느껴진 이유였다. 그녀의 경멸 섞인 비난에 에스타는 부정하는 대신 정중하게 사과했다.

"미안해요."

착하지나 말지. 다른 여자를 사랑하는 주제에 아름다운 외모로 유혹해 놓고 착하기까지 한 건 반칙이다.

"미안하면 빼앗아 봐. 너 그럴 능력 있잖아. 친구 여자 유혹하지 말란 법도 없고. 혹시 알아? 그 여자애도 좋다고 홀랑 넘어올지."

농담이든 진심이든 대화 속에 유가 엮여 버리면 에스타는 의연하게 대처할 수가 없었다. 서늘해진 그의 눈빛에 비꼬듯 말을 내뱉던 제인의 입이 다물어졌다. 에스타는 한 걸음 앞으로 다가갔다. 그의 차분하고도 낮은 목소리가 어둠 속에 짙게 깔렸다.

"잘 모르는 것 같아서 이야기하는 건데요. 난 여자를 유혹한 적 없어요. 벌은 꽃을 유혹하지 않아. 단물만 빨아 먹을 뿐이지."

원두막 마룻바닥에 누운 전율, 박지오, 에스타는 하늘을 올려다보았다. 까만 밤, 하늘에는 수많은 별이 빛나고 있었다. 느릿하게 타오르는 모기향 연기가 공중으로 흩어졌다. 그 모습이 왠지 유와 닮았다. 아무 생각 없이 바라보게 된다는 점에서.

박지오가 에스타에게 물었다.

"기어코 펜션에 데려다주고만 왔어?"

"어."

"웬만하면 같이 있지 그랬냐. 낯선 곳에서 밤엔 무서울 텐데. 여자 혼자 두는 것도 매너는 아니야."

전율과 에스타가 의외라는 듯이 박지오를 쳐다보았다.

"너 그런 놈 아니잖아. 여자라면 질색하는 주제에 매너를 찾아?"

"휴머니즘이야. 내가 그 여자였으면 김별 뺨 한 대 갈겼어. 내내 외롭게 했잖아. 사랑해 주지 못할 거면 만나지도 마."

이번에는 에스타가 전율에게 물었다.

"유랑, 했어?"

전율은 아무런 대답도 하지 않았다. 곧 박지오가 따져 물었다.

"무슨 질문을 그딴 식으로 해? 뭘 했는지 구체적으로 물어봐야 대답을 하지."

"뭐, 아무거나."

"했겠지. 잡초 뽑기, 마당 쓸기, 묵언 수행 따위."

에스타의 커다란 손이 박지오의 입을 막았다. 전율에게 직접 대답을 듣고 싶었지만 전율은 끝내 대답하지 않았다. 박지오는 에스타의 손을 치워 버렸다.

"음식 남기면 지옥 가서 다 먹어야 한다잖아. 여자 만나다가 버리면 지옥 가서 다 만나야 할지도 몰라. 얼마나 끔찍하냐? 그러니까 각자 책임감 있게 행동하자."

전율이 픽 웃으며 받아쳤다.

"웃기고 있네. 너야말로 적당히 해라. 뭘 믿고 남의 여친한테 대놓고 들이대는 건데? 유가 너 같은 놈한테 관심이 없으니까 그냥 내버려두기는 하는데, 책임감 있게 행동하자."

"어? 모기다."

박지오는 손바닥으로 전율의 이마를 짝 소리 나게 때렸다. 전율이 눈썹을 찡그렸다.

"진짜 모기였어. 아, 놓쳤네. 오늘도 한 생명 살렸다."

능청을 떠는 박지오의 목덜미에 전율의 손날이 날아왔다. 박지오의 입에서 억! 하는 소리가 나왔다. 전율은 태연하게 말했다.

"모기."

"와, 그렇게 나온다 이거지. 이 동네에 모기 많네. 오늘 한번 다 잡아 볼까?"

전율과 박지오는 자리에서 일어났고, 에스타는 여전히 팔을 베고 누운 채 하늘에 박힌 별들을 바라보았다.

하루 동안 있었던 수많은 일들은 남은 인생에서 겨우 작은 하나의 점에 불과하지만, 훗날 되돌아보면 그 점과 점을 이은 새로운 별자리를 만날 수 있을 것이다. 쉽게 잊힐 수도 있고 어쩌면 평생 못잊을 수도 있는 별자리. 그것만 있다면 어디에 있든, 얼마나 어두운 곳에서 헤매든 반드시 길을 찾을 수 있을 테니 오늘은 하나의 점이어도 괜찮다. 그렇게 세 친구는 서로의 이마나 뺨, 허벅지에 앉은 모기를 열심히 잡아 주며 템플 스테이의 마지막 밤을 보냈다.

다음 날 집으로 돌아갈 시간이 되자, 땅을 보느라 절 근처 지인의 집에서 하룻밤 묵은 박지오의 아버지가 영국산 SUV를 몰고 아이들을 데리러 왔다. 박지오의 아버지는 부동산 업계 대부라 그쪽에 관심이 있는 사람이라면 박 사장을 모르는 이가 없다고 한다.

전국을 누비는 호걸답게 성격도 호탕하셔서 "한 번만 더 집 안에 이혼 서류가 굴러다니면 이 망할 집구석 나가 버린다!"라고 외치는 아들에게 "너도 장가 가 봐라. 발길에 돌보다 더 많이 차이는 게 여자다"라는 막말을 농담 삼아 하신다고. 박지오가 여자를 돌같이 보는 이유였다.

유는 살짝 벌리고 자던 입속에 박지오가 손가락을 넣으려 했다가 전율에게 얻어맞은 일이라든지, 울리는 유의 전화를 전율이 대신 받았는데 웬 남자가 되레 누구냐고 묻는 바람에 전율이 욕을 퍼 부은 일 같은 건 전혀 모르는 상태로 기절해 있다가 집 앞에 도착해서야 잠에서 깼다.

차 안에서 아무 말도 없던 에스타와 그의 여자친구는 암묵적 합의하에 결별을 맞이했다.

여름방학이 끝나기 며칠 전 유는 신세기를 만났다. 그의 휴대폰을 돌려주어야 방황했던 시간도 끝이 날 것만 같았다.

오랜만에 만난 신세기의 머리카락은 짙은 갈색으로 바뀌어 있었다. 잘 지냈냐고 묻는 그가 유는 매우 낯설게 느껴졌다. 마치 한 번도 가까웠던 적이 없는 사람처럼.

"잠깐 걸을까?"

두 사람은 집 근처 공원을 향해 천천히 걸어갔다. 보폭도, 바닥에서 발을 떼는 속도도 비슷해서 함께 걷는 게 편안했다. 유는 가방에 챙겨 온 신세기의 휴대폰을 꺼냈다. 그는 아무 말 없이 받아서 바지 주머니에 넣었다. 시내 쪽에 있는 공원에는 자주 갔었지만, 윗동네에 위치한 공원에 가는 건 처음이었다. 유는 남의 동네를 둘러보듯 주변 경치를 감상했다.

"보고 싶었어."

오랜 침묵 끝에 신세기의 입에서 나온 말은 유의 발걸음을 멈춰 세웠다. 유는 그를 올려다보았다. 울창한 나뭇잎 사이로 햇빛이 내리쬐는 가운데 싱긋 웃는 미소가 눈이 부셨다. 눈빛이 서늘하다는 정도만 알고 있었는데, 하얀 피부와 반듯한 콧대가 신비로운 귀공자 같았다.

"안 보니까 보고 싶더라."

신세기는 걸음을 옮겼고, 두 사람은 다시 걷기 시작했다. 발걸음에 맞추어 그의 목소리가 노랫소리처럼 리듬감 있게 들려왔다.

"널 아느냐고 물었지? 우리가 처음 만난 건 5년 전이 아니라 그 이전일지도 몰라. 난 태어날 때부터 여기에 살았고, 너도 그랬을 테니까."

"오빠… 이 동네 살아요?"

"네가 사람 얼굴을 잘 기억하지 못하는 거 알아. 그래서 머리 색깔을 조금 파격적으로 바꿔 봤던 거고."

늘 깔끔하고 고상한 스타일을 고수하던 그가 흰색에 가깝게 탈색을 시도한 건 처음이었다. 덕분에 두피가 따끔거렸지만, 유의 눈에 띌 수 있어서 만족했다. 자동차도 일부러 색깔과 디자인이 튀는 것만 골라서 탔다. 그런데 이제는 그럴 필요가 없게 되었다. 서로를 충분히 알아볼 수 있기 때문이다.

공원을 한 바퀴 돌고 원래 자리로 돌아왔다. 신세기는 걸음을 멈추고 유와 눈을 맞추었다.

"네 남자친구한테 가서 전해. 언젠가 작정하고 흔들어 줄 테니 각오하라고."

chapter 8

Belongs to U

개학 첫날부터 바쁜 유 탓에 윤지의 짜증이 폭발했다. 유와 연락이 되지 않는다는 이유로 전율이 매 쉬는 시간마다 윤지에게 전화를 걸어 왔기 때문이다.

"핸드폰에 전율 이름 뜨는 거 보고 짜증이 날 거라고는 상상도 하지 못했어. 애 집착이 너무 심한 거 아니야? 이거 꽤 심각한 문제야. 가볍게 넘어갈 일이 아니라고. 근데 윤유, 어차피 내 전화로 통화할 거면서 넌 왜 전화를 꺼 놓는 거야? 생각해 보니 웃긴 것들이네?"

남의 전화로 줄기차게 전화해 대는 인간이 문제인 건지, 바쁘다고 제 전화 안 받는 인간이 문제인 건지 모르겠다는 윤지의 잔소리를 듣는 둥 마는 둥 하고, 유는 영어가 빼곡히 적힌 종이에 얼굴을 파묻었다. 영어 말하기 대회에 참가해야 할 뿐만 아니라 수시 원서

접수까지 해야 하는 그녀는 전화를 받을 시간도 부족했다.

2학기가 되어서 더욱 바빠진 유와 달리 여전히 여유로운 전율, 박지오, 에스타는 되찾은 일상을 만끽하며 여고 정문 앞에 아예 돗 자리를 깔았다.

"이제 한 학기만 버티면 된다. 유가 대학 가면 한가해지겠지?"

박지오의 말에 에스타가 대꾸했다.

"대학 가도 우리 같은 놈들이랑 어울릴 시간은 없을 거야. 원래 어른이 될수록 시간은 점점 사라지는 법이거든. 정작 중요한 일은 아무것도 하지 못하고 살게 돼."

"어른? 윤유는 나이 먹어도 애 같을걸. 난 성숙하고 섹시한 여자 가 좋은데 어쩌다 어린애한테 홀린 건지 이해할 수가 없다니까."

"유가 생긴 건 순진하게 생겼어도 눈빛이 묘하게 섹시한 면이 있어."

"어딜 봐서. 걔 눈은 만날 졸려서 흐리멍덩해."

에스타와 박지오의 대화를 듣던 전율이 그들을 쳐다보았다.

"너희들 대화 속에 나온 그 흐리멍덩하고 섹시한 여자가 제발 내 여친은 아니었으면 좋겠다. 진심으로 짜증나니까 그만 좀 떠들어."

그때 교문 밖으로 유가 나왔다. 그녀를 둘러싼 세 사람은 초등학교 앞 분홍색 병아리를 구경하러 모여든 어린이들처럼 해맑게 웃었다.

시내 쪽으로 걸어가면서 박지오는 다다음 주 토요일에 시간 비워 두라는 이야기를 했다. 아버지의 별장을 빌려서 전율의 생일 파티 를 하기로 했다는 것이다.

"생일이구나. 그런데 어쩌지? 그날 영어 말하기 대회가 있는데."

"남친 생일보다 영어 말하기 대회가 더 중요하다고?"

박지오와 에스타는 경악했지만 정작 전율은 무덤덤했다. 오후 5시쯤에 끝난다는 유에게 먼저 가 있을 테니 천천히 오라고 했다.

"아, 그리고 그날은 내 생일이라서 울 학교 애들도 몇 명 있을 거야. 괜찮지?"

"싫어. 너희 학교 애들 무서워."

전율은 유의 어깨에 다정하게 손을 올리고 속삭였다.

"유야, 울 학교 애들은 너를 제일 무서워해."

2주의 시간이 지나고 전율의 생일이 왔다. 어떤 법칙이라도 되는 듯, 지나치게 기대한 일은 틀어지기 마련이었다. 전율의 생일 파티도 그 법칙에서 예외는 아니었다. 별장에 일찌감치 도착한 전율과 친구들은 들뜬 기분으로 생일 파티를 준비했다. 생일의 주인공인 전율은 직접 풍선을 불고 매달아 거실을 장식했다.

날이 저물기 시작했고, 모두 유가 도착하기만을 기다렸지만 아무리 기다려도 그녀는 나타나지 않았다. 늦어도 저녁 6시까지 오겠다고 해 놓고 전화도 받지 않았다. 친구들은 10분마다 번갈아 가며 유에게 전화를 걸었다.

"왠지 이럴 줄 알았어. 불길한 예감은 입 밖에 내지 않아도 꼭 들어맞더라. 우리가 데리고 왔어야 하는데. 혼자 오게 내버려두는 게 아니었어."

박지오와 에스타가 마당으로 나오며 윤지에게 물었다.

"유는 아직도 연락이 안 돼요?"

"응. 전율은 어때?"

"아, 씨. 몰라요. 윤유 나타나면 가만 안 둬. 아무도 말리지 마."

"율이, 안아름이랑 같이 있어?"

지현의 물음에 박지오가 고개를 끄덕였다.

"와, 내가 윤유랑 사귀는 것도 아닌데 처음부터 끝까지 마음 졸이느라 나까지 너덜너덜해지는 것 같아. 어떻게 이럴 수가 있지? 다른 날도 아니고 생일인데. 늦으면 늦는다고, 못 오면 못 온다고 전화 한 통 하는 게 그렇게 어려워? 이해할 수 없어."

일그러진 박지오의 표정에는 걱정과 짜증과 원망이 뒤섞여 있었다. 유의 행동이 이해되지 않는 건 모두가 마찬가지였다.

"너희는 들어가 있어. 가서 전율 좀 잘 챙겨 봐. 우린 여기서 유한테 계속 전화해 볼게."

흐지부지해진 생일 파티에서 웃을 수 있는 사람은 아무도 없었다. 빛과 음악을 퍼트리며 아름답게 돌아가던 오르골을 누군가가 바닥에 툭 던져 깨트린 기분이었다. 싸구려 장식품에 불과한 쓸모없는 물건이라며 내던져진 오르골에는 금이 갔다. 빛도 음악도 꺼져 버렸다. 먹고 마시기를 포기한 모두는 최악의 건기를 보냈다.

"윤유 나쁜 년이다. 그치? 또 그 남자 만나러 간 게 분명해."

전율의 팔을 잡고 앉아서 조곤조곤 유의 험담을 늘어놓는 안아름의 입에서는 온갖 잔인한 상상과 자극적인 비방이 흘러나왔지만 전율은 고장 난 기계처럼 아무런 반응도 보이지 않았다.

"그 애가 너 갖고 노는 거 보면 내가 너무 속상해. 난 진심으로 너만 생각하고, 항상 너만 보는데 어떻게 그럴 수가 있는 건지. 한 남자로 만족하지 못하는 그런 여자는 너에게 상처만 줄 뿐이야."

전율은 나직이 한숨을 내쉬었다.

"난 윤유처럼 너 두고 다른 남자 안 만나. 어떻게 널 두고 다른 남잘 만날 수가 있니? 그것도 버릇이래. 평생 못 고친대."

산 하나를 옮기는 기분이었다. 막막하고 힘들었다. 아무리 흙을 퍼다 날라도 꿈쩍하지 않는 산은 이제 포기하라며 비웃는 것 같다. 가슴 한가운데서 뜨거운 무언가를 꺼내 간 그녀 때문에, 전율은 아픈데 아프다는 말도 하지 못하는 바보가 되어 버렸다.

일요일 오후 유는 집 근처에서 지현을 만났다. 전율의 전화는 내내 꺼져 있었고, 윤지도 더는 유를 상대하고 싶지 않다며 통화를 거부했다. 지현은 유의 전화를 받아 준 유일한 사람이었다. 차분한 성격을 가진 지현은 본성이 착하고 남을 배려할 줄 아는 바른 소녀였다. 괄괄하고 드센 성격의 윤지와 우유부단한 유 사이에서 야무지게 친구들을 챙겨 온 그녀는 모두가 이해 안 된다며 등을 돌린 상황에서도 유에게 그럴만한 사정이 있었을 거라고 옹호했다.

유는 전율의 생일 파티에 오지 못한 이유를 지현에게 설명했다. 영어 말하기 대회가 끝났을 때 마침 병원에서 전화 한 통이 걸려 왔는데, 신세기의 차량이 전복되었으며 응급 수술이 필요한 상황이라고 했다. 신세기가 가지고 있던 휴대폰에는 유의 전화번호밖에 저장되어 있지 않았고, 유는 부모님과 함께 병원으로 갈 수밖에 없었다는 것이다.

"그래서, 전화 한 통 못 할 정도로 그렇게 정신이 없었어? 신세기 때문에?"

그 당시에는 전율에게 가야 한다는 생각보다 신세기가 깨어나지 않으면 어떡하나 하는 걱정이 더 컸다. 수술실에 들어간 그가 무사히 깨어나는 걸 보고서야 안심이 되었다. 그땐 이미 자정이 넘은 시간이었다.

"어제 전율이 너랑 사귄 지 100일째 되는 날이라고 준비 엄청 많이 한 거 알아?"

유의 흔들리는 눈동자가 지현을 향했다. 지현은 대답을 안 들어도 알 것 같았다.

"당연히 몰랐겠지. 생일도 몰라, 기념일도 몰라. 아는 게 있긴 해? 전율이 너 놀라게 해 준다고 이벤트도 준비했었어. 그 많은 꽃도 촛불도 선물도 전부 쓰레기통에 처박혔어. 속상해서 내가 다 눈물이 나더라."

전율은 본인의 생일이면서도 세상에 태어났다는 사실보다 유와 함께한 시간이 더욱 소중했기에 그녀를 기쁘게 해 줄 생각으로 들떠 있었다. 그토록 순수한 열정을, 유는 너무도 무심하게 내팽개쳤다.

울지 않으려 앞니로 입술을 깨무는 유를 바라보는 지현의 표정에는 변화가 없었다. 그럴 수밖에 없는 사정이 있었다고 해도 갈팡질팡하는 그녀의 마음까지 이해하기란 불가능했다. 평소 너그럽던 지현도 오늘만큼은 냉정하게 그녀를 꾸짖었다.

"율이 화 많이 났어. 지오랑 별이도, 나도 너한테 실망했어."

손등으로 툭 떨어지는 유의 눈물을 보며 지현은 말을 이어갔다.

"안아름이 힘들어하는 율이를 세심하게 다 챙기고 위로했어. 그걸 보면서 율이한테는 어쩌면 안아름이 더 나을 것 같다는 생각마저 들더라. 이젠 마냥 네 편만 들 수가 없다. 네 일이니까 네가 알아서 해. 내일 학교에서 보자."

지현은 유를 남겨 두고 카페를 나갔다. 유는 먹먹한 마음으로 한참을 그 자리에 앉아 있었다. 해일처럼 밀려드는 미안함과 이제 전율을 만날 자격도 없다는 자책감이 뒤늦은 후회와 뒤섞였다. 구제 불능은 이럴 때 쓰이는 말이구나. 전율의 과분했던 사랑을 이렇게 망쳐 버리고 말았다.

쉬는 시간은 물론 점심시간에도 친구들의 철저한 외면 속에 유는 조용하고 외로운 하루를 보냈다. 어떤 사정이 있었든지 이건 책임 감의 문제이기도 하고 기본적인 도덕성의 문제이기도 했다. 사고가 난 신세기를 외면하지 못한 걸 탓하는 게 아니었다. 적어도 전화 한 통은 했어야 했다.

뭐든지 속에 차오르는 말은 쏟아 내야 속이 후련해지는 윤지는 유에게 직접 욕을 하자니 상대할 가치 없어 입만 아프고, 뒤에서 수 군대는 건 본인 스타일이 아니어서 수업 시간마다 선생님들께 질문 을 해 댔다.

"쌤, 궁금한 게 있는데요. 전화하지도 않고 받지도 않을 거면 휴대폰은 왜 갖고 다니는 거예요?"

"쌤, 사람이 약속을 했으면 지켜야 하는데 만약 지키지 못할 상황이 생기면 어떻게 해야 하는 거예요? 그냥 잠수 타도 되나요? 그게 인간이에요?"

"쌤, 신체적 폭력과 정신적 폭력 중에 어떤 게 더 나쁜 거예요? 둘 다 똑같은 거면 마음에 상처를 준 인간을 존나 패는 것도 정당방위 맞죠?"

급기야 반 아이들이 윤지를 말렸고, 유는 어떤 말을 들어도 침묵했다. 오히려 윤지가 그런 식으로라도 자신에게 화를 내고 있다는 사실이 고맙게 느껴졌다.

학교를 마친 후 유는 화신고 앞으로 찾아갔다. 박지오, 에스타와 함께 교문을 나서는 전율 옆에는 안아름이 있었다. 그들은 교문 앞에 서 있는 유를 보고 그대로 지나쳤다. 도로 옆에 핀 제비꽃처럼 흔들리지 않으려고 버티던 유는 지나가는 학생들의 행렬 속에 소리 없이 묻혔다. 에스타가 슬쩍 뒤를 돌아보았지만 모른 척하라는 박지오의 말에 고개를 돌렸다.

"율아!"

유의 목소리가 들리자 아이들은 우뚝 걸음을 멈추었다. 전율 앞으로 달려간 유는 잠시 숨을 고른 뒤 그의 눈을 똑바로 마주 보았다. 사과하고 싶었다.

"미안해. 급한 일이 생겨서 못 갔어. 정말 미안."

안아름이 유의 어깨를 거칠게 밀어내며 꺼지라고 소리쳤지만, 유는 신경 쓰지 않고 전율에게 할 말을 마저 꺼냈다.

"미안하다는 말 싫어하는 거 알지만…. 알아, 내가 잘못한 거. 그래서 사과하고 싶었어. 그리고…."

전율을 위해 꼭 해야 할 말이 있었다. 그는 절대로 이 말을 먼저 꺼내지 못할 게 분명하니까. 늘 상처만 주는 자격 없는 여자친구로서 그를 자유롭게 놓아 주는 건 그에게 줄 수 있는 마지막 선물이었다.

"네가 그랬잖아. 이별은 혼자 하는 게 아니라고. 그러니까, 우리 이제 헤어지자. 그동안 정말 고마웠어."

그 자리에 있던 모두가 어떤 표정을 지었는지는 알 수가 없었다. 서너 개의 짤막한 한숨이 동시에 터졌다는 것밖에는…. 담담하게 서 있던 전율은 입술을 꽉 깨물었다. 한 줄기 찌릿한 통증이 명치를 타고 올라와 심장에 꽉 박혔다. 고통을 간신히 참으며 유에게 물었다.

"너 진짜 그 말 하려고 왔어?"

유는 이 말도 꼭 하고 싶었다.

"생일 축하해."

안아름이 기가 막힌다는 표정으로 머리를 쓸어 넘겼다.

"이 언니가 미쳤나. 진짜 분위기 파악 못하네. 공부 잘한다면서 대가리는 장식이야 뭐야?"

한 발짝 나서려는 안아름의 팔을 에스타가 붙잡았다.

유와 전율, 두 사람 사이에는 바람 한 줄기 지나갈 수 없을 만큼 고요한 강이 흘렀다. 전율에게는 지금 어떤 것도 보이지 않았고, 어떤 것도 들리지 않았다. 헤어지자고 말하는 유의 잔인함에 압도되어 감각이 마비될 지경이었다.

"윤유, 마지막으로 물을게. 너 나한테 할 말이 그거밖에 없어?"

이제 와서 변명 같은 걸 해 봤자 소용없는 일이었다. 유는 그와 헤어지는 것만이 잘못에 대한 책임을 지는 방법이라고 생각했다. 사랑한다는 말, 그 말 한마디면 되었는데 유는 그걸 알지 못했다. 유가 대답하지 않자 전율은 그녀를 두고 빠르게 횡단보도를 건너갔다. 그 뒤를 친구들이 따라갔다. 유는 교차로에 덩그러니 남겨진 채 멀어지는 그를 보았다.

전율은 이를 악물었다. 큰길을 건너자마자 가까운 건물 안으로 들어갔다. 걸음이 얼마나 빠른지 안아름은 뒤처졌고 박지오와 에스타만 남자 화장실 문이 닫히는 걸 보았다. 잠긴 문을 어떻게든 열어 보려고 애를 썼지만 굳게 닫힌 문은 꿈쩍도 하지 않았다.

"전율! 문 좀 열어 봐!"

화장실 벽에 기대앉은 전율은 후드득 떨어지는 눈물을 닦을 새도 없이 밀려드는 고통에 숨이 막혀서 입으로 숨을 크게 들이마셨다. 내뱉는 숨은 더욱 아팠다.

"어흐흐흑….."

참으려고 해도 참을 수 없이 새어 나오는 그 안타까운 소리에 화장실 문을 두드리던 손도 멈추었다. 뒤늦게 쫓아온 안아름이 다급하게 물었다.

"전율은?"

박지오가 미칠 것 같은 얼굴로 안아름을 쫓아냈다.

"가."

"왜? 율이 어디 갔는데?"

"가라고!"

박지오가 버럭 소리를 지르자 안아름은 주춤 뒤로 물러났다. 닫힌 남자 화장실 문을 보고 돌아서면서 그녀는 주먹을 꽉 쥐었다. 다시 학교 앞에 갔을 때 그 자리에 윤유가 있다면 한 대 갈겨 버릴 작정이었다. 박지오와 에스타는 숨이 멎을 듯 애절한 전율의 울음소리가 밖으로 새어 나가지 않도록 문 앞을 지켰다.

생일 파티 따위 안 해도 상관없었다. 사정이 있으면 못 올 수도 있다고, 약속을 지키지 못한 이유가 있을 거라고, 원래 연락이 잘 안 되는 애라서 이 정도는 익숙하다고, 그녀의 모든 걸 이해하려고 노력했다. 그런데 이별을 같이 하자는 말에 전율의 마음이 무너져 내렸다. 헤어지자는 그녀에게 차마 그러자는 말도 못 꺼내는 자신이 바보 같아서 더 아팠다.

전율은 세면대에서 세수를 하고 화장실 문을 열었다. 그의 얼굴을 본 박지오와 에스타는 아무 말도 하지 않았다.

세 사람은 에스타의 자취방으로 갔다. 전율은 침대에 누워서 눈을 감았다. 그리고 오지 않는 잠을 청했다. 거실에서는 박지오와 에스타의 심각한 대화가 오고 갔다.

"나 유 좀 만나야 할 것 같아."

"네가 걜 왜 만나?"

"도대체 무슨 생각으로 애를 저렇게 만들었는지 묻고 싶어서."

데자뷔인가? 이런 상황, 어쩐지 처음이 아닌 것 같다. 한 가지 다른 건, 그날처럼 유가 에스타의 자취방으로 찾아와서 전율에게 사랑한다고 말할 가능성은 거의 없다는 것이다. 지금으로서는 유와 전율이 다시 이어지는 게 최선인지 아닌지도 헷갈렸다.

박지오가 중얼거렸다.

"뭔가 불안해. 전율의 빈자리를 차지하려고 줄 서 있는 놈들 있잖아. 유가 덥석 받아 주면 어떡하지?"

"모르지. 전율이 옆에 있어도 다른 남자한테 넘어가는 애를 누가 말려. 그리고 그 줄 서 있는 놈 중 첫 번째가 너 아니야?"

"맞지. 근데 난 솔직히 유 감당할 자신 없어. 옆에서 전율 보는 것으로 간접 체험하잖아. 피 말라 죽을지도 몰라."

이러지도 저러지도 못하는 끔찍한 시간이 마지막 더위와 함께 그들을 훑고 지나갔다.

윤지가 유에게 말을 건넨 건, 전율과 유가 헤어진 것도 아니고 사귀는 것도 아닌 어정쩡한 관계를 유지한 지 일주일 만이었다.

"누구는 학교에도 나가지 못할 정도로 망가졌는데, 그 와중에 누구는 대학 가겠다며 제 살 궁리만 하고 있네? 그 뻔뻔한 인간이 누굴까?"

영어 지문을 독해하던 유가 고개를 들었다.

"율이 학교 안 갔대?"

"궁금하긴 하냐?"

싸늘하게 비꼬는 윤지에게 적당히 하라며 눈짓을 보낸 지현은 전율의 소식을 전했다.

"아프다고 벌써 이틀째 결석했대."

전율은 휴대폰이 어디 처박혀 있는지도 모른 채 끊임없이 잠만 잤다. 또 악몽을 꾸었다. 밤새도록 롤러코스터를 탔다. 빠르게 아찔한 높이까지 올라갔다가 순식간에 바닥으로 뚝 떨어지는 꿈. 올라가고 내려오고 끝이 없었다.

바닥이 보이지 않을 정도로 까마득히 높이 올라갔을 때, 갑자기 레일이 끊겼다. 몸이 허공에 붕 떴다. 죽는다는 공포에 식은땀이 흘렀다. 자유낙하 한 몸은 땅을 뚫고 뜨거운 맨틀까지 푹 꺼져 버렸다. 온몸이 바스러지는 충격이 느껴지며 흐릿하게 잠에서 깼다. 깨어나고 잠들고 꿈꾸기를 아침까지 반복했다.

"어머! 얘 땀 좀 봐. 열이 꽤 높네. 안 되겠다. 오늘은 엄마랑 병원에 가자."

전율은 아침 해가 뜨자마자 병원에 다녀왔다. 열이 높은 것 외에는 별 증상도 없어서 두 시간 동안 수액을 맞고 해열제와 두통약을 처방받아 왔다. 약 먹는다고 낫는 병이 아니었다. 학교고 뭐고 다 귀찮았다. 걱정하는 친구들 얼굴 보는 것도 힘들고, 유의 얼굴이 떠오르면 더욱 참기 힘들었다.

이렇게 무섭고 두려운 기분은 처음이었다. 그녀를 보지 않고는 살 수 없게 된 자기 자신이 무서웠다. 이러다 정말로 그녀가 눈앞에서 사라져 버리면 나도 사라져 버리는 게 아닐까? 하는 생각이 그를 두렵게 했다. 이런 두려움을 가지고는 온전히 사랑하지 못할 것 같았다. 그래서 연습이 필요하다고 생각했다. 그녀 없이도 살아가는 연습.

　유는 학교를 마친 뒤 학원 일정을 취소하고 전율의 집으로 갔다. 죽도 약도 안 먹고 온종일 침대에 누워만 있었다는 전율의 몰골은 말이 아니었다. 전율의 어머니는 뭐라도 챙겨 먹이기 위해 방을 나가면서 "유 왔어"라고 한마디 했다. 그 말에 웅크리고 있던 전율의 어깨가 움찔했다.

　그는 아무 소리도 들리지 않는 방 안에서 유의 인기척을 느끼려 숨을 죽였다. 곧이어, 서서히 번져 오는 유의 존재가 등 뒤에서 느껴지자 멀쩡하던 심장이 세차게 뛰기 시작했다.

　유는 전율의 등을 바라보며 한참을 서 있었다. 어디에서나 당당하게, 넘치는 에너지로 해맑게 웃던 그의 힘없는 뒷모습에 눈물이 핑 돌았다. 전율은 천천히 뒤를 돌아보았다. 시야에 유가 담기는 순간 벽 쪽으로 다시 몸을 돌렸다.

　"가."

　"밥은 왜 안 먹어?"

　"먹을 거니까 집에 가."

　유는 침대에 좀 더 가까이 다가가 전율의 어깨에 손을 올렸다.

　"네가 아픈데, 내가 어떻게 그냥 가?"

　전율은 유의 손을 부드럽게 떨어냈다.

　"나 이제 네 남자친구도 아니잖아."

　듣는 사람보다 뱉은 사람의 심장이 더 욱신거리는 말이었다.

　"많이 아파?"

　유의 입장에서는 남자친구든 아니든 그가 아프다는 사실이 걱정이었다.

"남인데 무슨 상관이야."

전율 입장에서는 아프든 죽든 남자친구냐 아니냐가 더 중요했다. 헤어지자는 말을 취소하라는 일종의 투쟁이자 반항이었다.

"어디가 어떻게 아픈 건데?"

"여기저기, 몸 마음 다."

전율은 아프다면서 묻는 말에 꼬박꼬박 대답은 잘했다.

"나 좀 봐."

유가 어깨를 당기자 저항 없이 돌아누운 전율은 손으로 얼굴을 가렸다.

"씻지도 않았어."

전율의 말이 무슨 뜻인지 몰라서 유는 고민했다. 그리고 가만히 물었다.

"씻겨 줘?"

사람이 어째서 한결같은 건지, 유의 엉뚱한 대답에 전율은 얘한테 화를 내서 뭐 하나 싶은 생각이 들었다.

"그런 말이 아니라…. 이제 가 줬으면 좋겠다는 말이야. 너한테 이런 모습 보여 주고 싶지 않아."

전율은 이틀이나 씻지도 않은 채로 유를 마주하고 싶지 않았다. 늘 멋지고 씩씩한 모습만 보여 주고 싶은데 지금 상태가 어떨지 생각만 해도 부끄러웠다. 그는 이불을 머리끝까지 끌어 올렸다.

유는 끝내 얼굴 보여 주기를 거부하는 전율에게 해 줄 수 있는 말이 잘 생각나질 않아서 망설이다가 "너무 많이 아프지는 마"라고 했다. 병 주고 약 주는데, 그 약에 내성은 없고 중독성만 있어서 앓던 모든 것이 나아도 끊을 수 없을 것만 같았다.

"내일은 학교 갈 거니까… 너무 걱정하지 마."

며칠 앓고 나면 충전되는 몸이었다. 한두 번 차인 것도 아니고, 발버둥 쳐 봐야 소용없다는 걸 그는 잘 알고 있었다. 본인 몸이 아픈 것보다 유가 걱정할 것이 더 걱정된 전율은 그녀를 안심시키고 돌려보냈다.

아파트를 나서던 유는 마침 입구에서 들어오던 박지오와 덜컥 마주쳤다. 박지오는 유를 발견하고 걸음을 멈추었다. 유는 숨을까 도망갈까 하다가 투명인간 취급을 당할 수도 있겠다는 생각에 가만히 서 있었다. 슬금슬금 다가온 그는 삐딱하게 물었다.

"헤어지자며? 보란 듯이 걷어찬 전 남친 집 앞에 알짱거리는 이유가 뭐야?"

유는 그의 시선을 피한 채 대답했다.

"율이가 아프다고 해서."

비웃음이 픽 날아왔다.

"걔가 아픈 거랑 너랑 무슨 상관인데? 네가 의사라도 되냐?"

"걱정돼서 와 봤어."

그는 유 앞으로 한 걸음 더 다가섰다.

"너, 헤어지자는 말 진심이야?"

박지오는 본인이 들은 말도 아니면서 감정 이입은 남자 주인공 저리 가라였다. 평소엔 누나라고 부르더니 오늘은 대놓고 '너'라고 한다. 유는 무작정 사과를 건넸다.

"실망시켜서 미안해."

"뭘 실망시켰는데?"

"난 좋은 여자친구가 될 수 없어."

박지오의 입에서 헛웃음이 나왔다.

"웃긴 애네. 누가 너 보고 사귀재?"

"그런 말이 아니라, 율이에게 헤어지자고 한 건 내가 여자친구로서 자격이 없어서이기 때문이라는 말을…."

"최소한 노력이라도 해야 할 거 아니야!"

그는 속 시원히 말을 쏟아 냈다.

"네가 뭔데 헤어지자는 말 따위를 해? 사랑은 사랑을 시작한 사람만이 끝낼 수 있는 거야. 넌 여자친구로서의 자격뿐만 아니라 이 사랑에서 하차해라 마라 할 자격도 없는 거라고. 전율한테 끝내자고 강요하지 마라. 전율이랑 헤어지면, 넌… 넌… 나 같은 놈이랑 사귀어야 할지도 모르니까 조심해. 난 너 절대 안 봐줘."

그렇게 말한 박지오는 아파트 단지 안에 있는 분수대로 달려가서 머리를 푹 담갔다.

다음 날 유는 전율이 무사히 등교했다는 소식을 들었다. 그 후로 일주일째 전율에게서 연락이 없었다. 금방이라도 다시 연락이 올 줄 알았지만 잠잠한 휴대폰은 울리지 않았고, 유는 전율이 먼저 손을 내밀어 주기를 기다리며 하루하루를 보냈다.

우연히 그를 본 건 학원으로 향하던 길이었다. 유는 화장품 가게 앞에 있는 입간판 뒤로 숨어 버렸다. 전율의 팔에 매달린 안아름의 표정은 행복해 보였다. 안아름과 자연스럽게 보폭을 맞춘 전율은 유와 자주 갔던 돈가스 전문점으로 들어갔다.

유의 속눈썹이 천천히 내려앉았다. 전율이 전화를 하지 않는 이유는 용서할 시간이 필요해서인 거라고, 기다리면 언젠가는 다시 와 줄 거라고 마음을 놓고 있었다. 하지만 연락하지 않은 이유가 지난 과거를 접고 새로운 만남을 시작했기 때문이라는 걸 알게 된 유는, 그만 바닥에 주저앉고 말았다.

돈가스 가게 창문을 올려다보는데 시야가 뿌옇게 흐려졌다. 사랑은 시작한 사람만이 끝낼 수 있다는 박지오의 말이 무슨 뜻인지 알 것 같았다. 전율이 이 사랑에서 자진 하차했다고 생각하니 지금까지 참고 있던 슬픔이 아주 작은 세포부터 하나씩 적셔 가기 시작했다. 그에게 헤어지자고 말할 땐 멀쩡하던 가슴 한가운데가 아파 왔다.

"유, 여기서 뭐 해?"

문득 들려온 낮고 익숙한 목소리에 뒤를 돌아보니 에스타였다. 여름방학 이후 금발로 살기로 결심한 에스타는 반짝반짝 빛나는 머리카락을 흩날리며 바닥에 주저앉은 분홍 눈의 토끼 같은 유에게 손을 내밀었다.

"아, 학원 가는 길에 잠깐 다른 생각 하다가 부딪쳐… 아니, 부딪쳐서…."

금방이라도 눈물을 쏟을 것 같은 그녀를 보고 에스타는 물었다.

"잠깐 시간 돼?"

에스타와 유는 가까운 카페로 들어갔다. 음료를 주문하고 마주 앉았다. 둘 사이에 어색한 침묵이 흘렀다. 두 사람의 조용한 성격 탓도 있지만 말할 수 없는 생각이 많아졌기 때문이었다. 에스타가 먼저 침묵을 깼다.

"미안해."

유는 무엇에 대한 사과인지 처음에는 알 수 없었다. 그러나 차곡 차곡 쌓아 올리던 블록을 한 번의 실수로 무너트린 아이처럼 조금 은 단념한 그의 눈빛을 통해 짐작할 수 있었다.

"귀신의 집…. 너 맞지?"

전율의 손을 놓쳐 버린 유가 출구를 찾지 못하고 헤매고 있을 때 누군가가 유의 손을 잡고 구석진 곳으로 이끌었다. 전율인 줄 알고 안심했던 순간 그가 입술을 덮쳐 왔다. 그는 대담하고 거침없었다. 능숙하게 입안을 헤집었고, 심한 갈증에 목이 탄 사람처럼 그녀를 갈구했다. 거짓말 같은 키스로 인해 혼미해진 정신 속에서 유는 희 미한 백단 향을 맡았다. 에스타의 자취방에서 나던 향이었다.

에스타는 어떻게 돼도 상관없다는 얼굴로 그렇다고 대답했다. 그리고 물었다.

"만약에… 내가 널 원한다고 하면, 나한테 올래?"

유는 고개를 저었다.

"아니. 미안하지만 마음은 나누어 줄 수 없어."

박지오의 고백을 거절했을 때처럼 고맙다거나 좋아한다는 그런 모호한 말은 하지 않았다. 엄마가 그랬다. 흔들리는 이를 뽑을 때는 천천히 달래 가며 뽑는 것보다 단숨에 빼는 게 덜 아프다고.

에스타는 얼굴을 숙이고 오래 기다려 왔던 순간이 조금은 빠르게 지나가기를 기다렸다.

"나 방금 차인 건가?"

"응."

고개를 들고 유의 얼굴을 마주한 그는 웃어 버렸다.

"아… 차였구나."

웃는 그의 표정은 무거운 짐을 내려놓은 것처럼 편안해 보였다.

"지금처럼 이대로 네 옆에 있어도 돼?"

에스타의 물음에 유는 고개를 끄덕였다.

"네가 원한다면."

"친구 사이가 아니어도… 괜찮아?"

그때 유는 알았다. 세상에는 '친구'나 '연인' 혹은 다른 어떤 단어로 정의할 수 없는 관계가 분명히 존재한다는 것을, 사람의 마음에는 정답이 없다는 것을.

"응. 괜찮아."

유는 괜찮다고 답했다. 애정을 듬뿍 담은 그녀의 눈동자가 그렇게 말했다. 자기 자신을 형편없는 놈이라고 부정해 왔던 에스타는, 그녀를 통해 존재의 가치를 인정받은 기분이었다. 비열하고 더럽고 헤프기 짝이 없는 자신을 그녀는 괜찮다고 해 주었다.

한 번도 느껴 보지 못한 강렬한 설렘이 덮쳐와 에스타의 가슴이 뭉클해졌다. 그리고 그것이 사랑이라는 걸 처음으로 알게 된 순간, 에스타는 악명 높은 롤러코스터에 탑승하게 되었다. 그는 찻잔과 약속이라도 하듯 찻잔 고리에 걸고 있는 유의 하얀 손가락, 내려앉은 속눈썹, 벚꽃색 입술을 바라보며 말했다.

"아직 율이 좋아하지?"

유는 살며시 고개를 끄덕였다.

"사실은 아까 안아름이랑 율이 같이 가는 거 봤어."

유는 입간판 뒤에 숨어 있었던 이유를 솔직하게 말하고 나서 부끄러웠는지 고개를 떨구었다. 에스타는 알고 있었다는 듯 희미하게 웃고는 할까 말까 고민하던 이야기를 결국 꺼냈다.

"전율 생일날, 안아름이랑 율이 사이에 사건이 있었던 것 같아."

유가 전율의 집에 찾아갔던 다음 날, 전율은 언제 아팠냐는 듯 멀쩡한 얼굴로 등교했다. 학교 끝나면 석양여고 앞에 찾아갈 거라고 아무도 따라오지 말라며 으름장을 놓았다. 친구들 다 보는 앞에서—그것도 큰길 한가운데서—헤어지자는 말을 들어 놓고도 정신 못 차리는 전율을 두고 볼 수가 없었던 안아름은 전율을 옥상으로 불렀다.

두 사람이 어떤 대화를 나누었는지는 에스타도 모른다. 옥상에서 내려온 순간부터 전율은 안아름과 함께 다니기 시작했으며 유에 대한 어떤 이야기도 꺼내지 않았다. 친구들이 캐어물어도 "사진 때문에…"라는 말만 짧게 하고는 입을 다물었다.

"율이 너 없으면 안 되는 거 네가 더 잘 알잖아. 전율 많이 힘들어하고 있어. 구해 줄 사람은 너밖에 없다."

에스타의 말에 유는 짐작이 갔다. 윤지와 지현의 대화를 통해 그날 밤 별장에서 무언가 일이 있었다는 것 정도는 알 수 있었다. 전율의 방에 안아름이 들락거린 일을 지현이 걱정하자, 윤지의 입에서 "뺏겨도 싸다"라는 말이 나왔다. 유는 보은사에서 전율이 했던 말이 떠올랐다.

"내 손 놓지 마."

힘없이 돌아누운 전율의 뒷모습에서 느껴지던 아픔의 정체는 불안함이었다. 전율은 스스로 손을 놓으면 영영 유를 놓칠 거라는 불안함을 느끼고 있었던 것이다. 전율 혼자 잡고 있는 것이 아니라 함께 잡고 있다는 걸 확실히 알려 줘야 한다. 유는 가방을 챙겨 들고 자리에서 일어났다.

"별아, 미안한데 나 먼저 일어날게. 율이한테 가 봐야 할 것 같아."

그렇게 말하고 유는 서둘러 카페를 나갔다.

에스타는 유가 가고 난 빈자리를 바라보았다. 그녀가 마시던 찻잔에 손을 대 보니 여전히 온기가 남아 있었다. 한여름에 뜨거운 차를 마시는 여자. 그녀와 함께 있었다는 느낌을 오래 간직하기 위해 에스타는 그 자리에 한참을 앉아 있었다.

카페에서 나온 유는 주저 없이 돈가스 전문점으로 향했다. 가방 안에는 전율에게 주려고 준비한 생일 선물이 들어 있었다. 그가 좋아할지 어떨지 모르겠지만 준비한 선물은 주고 싶었다. 창가 테이블에 안아름과 전율이 마주 보고 앉아 있었다. 유는 또박또박 걸어가 테이블 앞에 섰다.

"밥 먹는데 미안. 율이한테 할 말이 있어서."

느닷없이 식사를 방해받은 안아름의 짜증과 전율의 당혹감을 무시한 채 유는 책가방을 테이블에 내려놓고 선물 상자를 꺼냈다.

"너한테 줄 거 있어. 생일 선물."

유는 선물 포장지를 직접 뜯었다. 은빛 메탈 체인을 전율의 목에 감은 뒤 자물쇠를 철컥 채웠다. 그리고 열쇠는 자기 교복 주머니에 집어넣었다.

"전율, 지금 이 순간부터 넌 내 거야. 다른 여자랑 팔짱 끼지도 말고, 돈가스도 먹지 말고, 나만 봐."

전율은 'Belongs to U'라고 적힌 자물쇠를 내려다보았다. 자물쇠 목걸이는 윤지의 아이디어였다. 전율의 생일 선물로 무엇을 해 주면 좋을지 유의 머리로는 도무지 떠올릴 수가 없어서 친구들의 도움을 받았다.

윤지는 소풍 갔을 때 전율의 바지 뒷주머니에서 수갑이 나오는 걸 보고 그가 정상이 아니라는 걸 알았다고 했다. 전율은 유의 왼손에 수갑을 채우고, 한쪽은 자기 오른손에 찼다. 집착도 심하고, 윤유한테 학대당하는 걸 즐기는 걸 보면 전율 취향이 평범하진 않다는 결론을 내렸다. 그러면서 추천한 것이 낸시가 시드의 목에 채웠다고 알려진 자물쇠 목걸이였다. 인터넷으로 주문 제작한 목걸이는 전율과 완벽하게 어울렸다.

자물쇠 목걸이가 마음에 드는지 싱긋 웃는 전율을 보고 안아름의 얼굴이 구겨졌다.

"너 이러면 안 되잖아. 그날 찍은 사진들, 윤유한테 전송해도 괜찮아?"

웃고 있던 전율의 표정이 굳었다. 안아름은 대단한 발표라도 하듯 고개를 치켜들고 말했다.

"나 그날 율이랑 잤어요."

유는 표정의 변화 없이 안아름을 똑바로 보았다.

"그래서?"

"그래서라니? 하나만 확실히 할게요. 언니는 그날 율이를 버렸고, 더 이상 나와 율이 사이에 끼어들 권리가 없다는 뜻이에요. 그러니까 이제 좀 빠져 줬으면 좋겠어."

전율은 입을 꾹 다물고 있었다. 그는 안아름이 주장하는 것에 대해서 아는 게 없었다. 괴로움에 몸부림치는 친구를 위해 박지오가 별장에 있던 장식장에서 인삼인지 나무뿌리인지 모를 것으로 담근 술을 꺼내 왔고, 대접으로 몇 잔 마신 것까지는 기억이 나는데 그 후로는 필름이 끊겼다. 안아름의 주장이 사실인지 아닌지보다 중요한 건 그날의 일을 유에게는 절대로 들키고 싶지 않다는 것이었다.

유는 목걸이를 포장했던 상자와 포장지를 가방에 넣고 지퍼를 닫았다. 그리고 안아름을 향해 말했다.

"안아름, 네가 율이 좋아하는 거 알아. 하지만 제일 중요한 걸 빠뜨렸어."

"뭐?"

"율이는 널 좋아하지 않아. 전혀."

흥분한 안아름의 얼굴이 빨갛게 달아오르더니 떨리는 목소리가 극도로 커졌다.

"상관없어! 율이에게 헤어지자는 말도 네가 먼저 했잖아! 이제 와서 여자친구인 척하지 마!"

"그건 나와 율이 문제니까 내가 알아서 해결할게. 그 대신 언니로서 너에게 충고 하나 하자면, 네가 좋아하는 남자보다 널 좋아해 주는 남자를 만나. 그게 여자로서 더 행복하니까."

책가방을 멘 유는 전율에게 손을 내밀었다. 율은 주저 없이 그녀가 내민 손을 잡고 일어섰다. 걸음을 옮기려던 유는 뭔가 중요한 이야기를 빠트렸다는 듯이 안아름을 돌아보았다.

"아참, 율이랑 찍은 사진 있다며? 내 휴대폰으로 한 장도 빠짐없이 전송해. 동의 없이 타인의 신체를 촬영하고 그걸 유포했을 경우 도촬죄로 처벌받을 수 있다는 거, 몰랐다면 이제라도 알길 바랄게. 부모님을 통해 변호사를 선임해 두는 게 좋을 거야. 경찰 조사와 재판 과정이 그렇게 녹녹하지만은 않거든. 전율, 가자."

재판이라는 말에 덜컥 겁을 먹은 안아름은 단순한 장난이었다며 변명하려 했지만, 유는 뒤도 돌아보지 않고 전율과 함께 돈가스 가게를 나왔다.

유는 전율의 손을 잡은 채 신세기가 있는 병원으로 갔다. VIP 병실에는 왼쪽 팔과 어깨 전체에 깁스를 하고 오른쪽 다리까지 쓰지 못하게 고정해 놓은 신세기가 누워 있었고, 옆에는 긴 생머리의 여자가 앉아 있었다.

"여길 왜 왔어?"

전율이 묻자 유가 대답했다.

"네 생일날 늦은 이유."

전율은 신세기가 누워 있는 침대로 슬금슬금 다가가서 매달려 있는 다리와 각종 의료 장비들을 호기심 가득한 눈으로 구경했다. 그는 유의 친구들을 통해 들었다. 그날 유가 오지 못한 이유가 이 남자 때문이라는 걸….

전율과 둘이 할 이야기가 있다는 신세기의 말에 긴 생머리의 여자는 유를 데리고 복도로 나갔다. 신세기가 먼저 전율에게 사과를 건넸다.

"전율, 미안하다. 너 생일이었다며. 유, 나 때문에 못 갔어."

"대단하네. 팔다리가 부러져서도 남의 여자 꼬여 내는 능력이 매우 뛰어나. 쥐 패기 딱 좋은 자세로 누워 있고."

전율은 주먹으로 신세기의 깁스를 툭툭 두드렸다.

"휴대폰이 두 개였어. 새로 산 휴대폰에는 유의 연락처밖에 저장되어 있지 않았어. 차가 뒤집혔고, 병원 측에서 유한테 전화를 했다. 그 애 부모님 덕분에 수술도 받을 수 있었고."

"용의주도하구먼. 어쩐지 물증이 없더라니."

"내 잘못이야. 그러니까 유한테 화내지 마."

주변에 오지랖 떠는 놈들이 왜 이렇게 많은지, 무슨 연애를 1대 100으로 하는 것 같다.

병실 밖에서는 긴 생머리의 여자가 유에게 자신을 소개했다.

"난 세기 누나 은서야. 세기한테 네 이야기 많이 들었어."

그녀는 다정한 눈으로 유를 바라보며 웃었다.

"고마워. 덕분에 세기가 무사해서. 나는 그날 사업 때문에 제주도에 있었고, 부모님은 지금 해외 출장 중이셔. 너 아니었음 정말 큰일 날 뻔했어."

유는 은서의 옷차림이나 단정하게 손질된 손톱, 매끄러운 머리카락, 은은하게 풍기는 향기가 매우 품격 있는 부잣집 아가씨 같다고 생각했다.

"덕천동 산다며? 이웃사촌이네. 우리는 산 밑 수아재에 살아."

'수아재(秀雅齋)'라면 동네에서 제일 높은 곳에 자리 잡은 장엄한 한옥이었다. 멀리서 보면 아름다운 기와집이 장관이지만, 가까이 다가가면 높은 담벼락밖에 보이지 않았다. 신세기의 방에서는 큰길 쪽으로 이어진 골목이 내려다보였는데, 그가 창밖을 보고 있을 때면 항상 골목에 유가 있어서 그녀도 유를 자주 봤다고 했다.

"말 걸어 보지 그랬냐고 했더니 '쟤 기억상실증 걸린 애 같아. 볼 때마다 인사했는데 볼 때마다 못 알아봐'라고 하는데 얼마나 웃겼던지. 그때가 세기 고등학생 때였나…"

그때 병실 문이 열리고 전율이 복도로 나왔다. 전율은 인심 쓰듯 1분 줄 테니 '세기 오빠'에게 인사만 하고 나오라고 했다.

유는 병실로 들어가서 신세기의 옆에 앉았다.

"우리 처음 만났을 때 왜 말 안 했어요? 오래전부터 나를 알고 있었다는 말."

볼 때마다 인사를 건넸다는 사실을 그녀가 알았더라면 다른 방식으로 만남을 이어갈 수 있었을까? 동네 아는 오빠로 그칠 바에는 처음부터 몰랐던 것이 낫다고, 신세기는 생각했다. 그래서 후회는 없었다.

신세기는 자물쇠 목걸이가 전율한테 잘 어울린다는 말을 했다. 그리고 사고 당시의 상황을 잘 설명했으니 전율도 이해할 거라며 유를 안심시켰다. 유는 고개만 끄덕였다.

병실 문이 벌컥 열리고 전율이 얼굴을 불쑥 들이밀었다.

"10초 안에 안 나오면 '세기 오빠' 남은 팔다리 장담 못 해."

병실에 들어온 지 30초밖에 안 된 것 같지만 유는 자리에서 일어 났다.

"오빠, 그럼 잘 쉬어요. 또 놀러 올게요."

유가 다녀간 뒤 신세기는 비가 쏟아지던 그날 차 안의 온도와 습도와 흐르던 음악을 떠올렸다. 떨리는 속눈썹, 흐트러진 머리카락, 눈물을 머금은 눈동자. 나를 쓰레기라고 생각하려나, 하고 걱정했지만 불행인지 다행인지 유는 마치 꿈이었던 것처럼, 실제로 일어난 적 없던 일처럼 행동했다. 그래서 더 잊히지가 않았다. 그녀가 기억하지 못하는 만큼, 그가 기억해야 했으므로.

유는 그 후에도 종종 아이스크림을 사 들고 신세기의 병실을 방문했다. 아이스크림을 먹다가 잠이 든 유의 얼굴에서는 달콤한 냄새가 났다. 신세기는 그녀가 버리고 간 분홍색 숟가락 하나를 깨끗하게 씻어서 컵에 꽂아 두었다. 사용할 일은 없지만 버릴 수가 없었다.

다음 날 윤지는 유에게 다가와서 휴대폰을 내밀었다. 화면 속 영상에는 교복 셔츠를 다 풀어 헤친 전율이 헝클어진 머리로 학생주임의 가슴을 들이받는 장면이 담겨 있었다. 박지오는 커다란 가지치기용 가위를 들고 있는 학주의 팔에 매달려 있었고, 금발의 에스타는 전율의 허리를 끌어안고 있었다.

과도한 액세서리는 교칙 위반이라는 사실을 알면서도 전율은 보란 듯이 목걸이를 드러내고 2교시가 시작할 때쯤 등교했다. 운동장에서 교목을 다듬고 있던 학생주임은 목걸이를 풀라고 지시했지만, 전율이 차라리 목을 자르라며 머리를 들이대는 바람에 한바탕 소란이 일어난 것이다.

"목걸이가 질긴가, 네 모가지가 질긴가 어디 한번 잘라 보자!"

현자로 불리던 학주의 분노에 교실에 있던 박지오와 에스타가 달려가서 두 사람을 말렸고, 화신고 학생들은 창문에 매달려 그 흥미로운 장면을 구경했다.

윤지는 자신이 골라 준 생일 선물이 마음에 들었는지 영상을 보며 뿌듯한 표정을 지었다.

방과 후 박지오는 떨떠름한 표정으로 유에게 물었다.

"누나, 저 개 목걸이 뭐예요? 저런 건 어디서 구해? 내가 아침에 학주 손에서 전율 살려 내느라 얼마나 힘들었는지 알아요? 그리고 뭘 어떻게 했기에 안아름이 흔적도 없이 떨어져 나갔지? 나 오늘 안아름 학교에 안 왔는 줄 알았다니까?"

뭐부터 대답해야 할지 몰라서 유가 머뭇거리는 사이 전율이 뜬금없는 소리를 했다.

"나 내년에도 열여덟 살이야."

"왜?"

유가 물었다.

"올해 생일 그냥 지나갔으니까 나이 한 살 안 먹을 거야."

"응. 네 마음대로 해."

"그리고 우리 사귄 지 아직 100일도 안 됐어."

"그건 또 왜…."

"신세기랑 바람났던 건 사귄 날짜에서 다 빼."

그래, 그러렴. 유는 고개를 끄덕여 주었다.

– 2부에 계속

우리들의 롤러코스터 1

초판 1쇄 인쇄	2025년 5월 15일
초판 1쇄 발행	2025년 5월 20일
지은이	클로에 윤
총괄	김명래
책임편집	김명래
디자인	301페이지 이정현
책임마케팅	최혜령 박지수 도우리
마케팅	콘텐츠 IP 사업본부
해외사업	한승빈
경영지원	백선희, 권영환, 이기경, 최민선
제작	제이오
교정·교열	김정현
펴낸이	서현동
펴낸곳	㈜오팬하우스
출판등록	2024년 5월 16일 제2024-000141호
주소	서울특별시 강남구 테헤란로 419, 11층 (삼성동, 강남파이낸스플라자)
이메일	info@ofh.co.kr

ⓒ클로에 윤 2025

ISBN 979-11-94654-96-4 (03810)

한끼는 ㈜오팬하우스의 출판브랜드입니다.